問學

丛书编委会

（按姓氏音序排列）

主 编

傅　杰　　刘进宝

编　委

程章灿　杜泽逊　廖可斌　刘跃进
荣新江　桑　兵　舒大刚　王　素
王云路　吴振武　张　剑　张涌泉

临风想望

高克勤 著

浙江古籍出版社

图书在版编目（CIP）数据

临风想望 / 高克勤著. -- 杭州：浙江古籍出版社，2024.8. -- （问学）. -- ISBN 978-7-5540-3033-2

Ⅰ．I206-53

中国国家版本馆CIP数据核字第20241RG256号

问　学
临风想望
高克勤　著

出版发行	浙江古籍出版社
	（杭州市环城北路177号　电话：0571-85068292）
网　　址	https://zjgj.zjcbcm.com
责任编辑	伍姬颖
封面设计	吴思璐
责任校对	叶静超
责任印务	楼浩凯
照　　排	浙江大千时代文化传媒有限公司
印　　刷	浙江海虹彩色印务有限公司
开　　本	787mm×1092mm　1/32
印　　张	10.25
字　　数	220千字
版　　次	2024年8月第1版
印　　次	2024年8月第1次印刷
书　　号	ISBN 978-7-5540-3033-2
定　　价	68.00元

如发现印装质量问题，影响阅读，请与本社市场营销部联系调换。

序

八年前,我在拙著《拙斋书话》(上海辞书出版社,2016年)自序中写道:"自略识之无以迄于今,五十年来惟以读书为务。尤其是在复旦大学求学的七年和从事编辑工作的三十年间。"读书的过程就是问学的过程。读古人时贤的著作,就是在向古人时贤问学。除了自学以外,问学之路上能够有良师益友的指点,就是人生的幸事了。幸运的是,从小学到大学,我都遇到了传授知识和经验的良师,尤其是在大学阶段,更是有幸遇到不少具有卓越风范和精深造诣的学术大家。进入出版社从事编辑出版工作,工作的过程就是读书问学的过程,较之求学阶段,问学的范围更广,遇到的作者不少都是各个领域的杰出人物,同事中也不乏饱学之士,堪称良师益友,在编辑出版的过程中不断得到教益,我以为这是从事编辑出版工作最明显的收获。

为了将这些收获铭记于心,不忘在问学之路上遇到的良师益友,我陆续撰写发表了一系列文章,记述所知所遇的前辈学人,包括出版人的事迹。由于自己的求学和工作经历，记述的对象主要集中于我的大学老师、我所在出版社的前辈和作者，以及编辑出版过程中那些书和事。我以为这些文章不仅是我个人的问学记录，而且可以为当代学术史、出版史提供一些史料，是不无意义的。这些文章，先后结集为《拙斋书话》、《传薪者——上海古籍往事》（人民文学出版社，2016年）、《会心不远》（凤凰出版社，2020年）。

2020年以来撰写发表的这方面的文章，于此编为一集，公之同好，亦是敝帚自珍。宋人邵雍《暮春寄李审言龙图》诗云："年年长是怕春深，每到春深病不任。伤酒情怀因小会，养花天气为轻阴。岁华易革向来事，节物难回老去心。唯有前轩堪静坐，临风想望旧知音。"我以为"临风想望旧知音"贴切地描摹出自己已经进入暮年的心境，当然不敢妄称拙文中我所景仰的前辈为"知音"；因名本书为"临风想望"。

2024年1月

目录
CONTENTS

1　琐忆施蛰存先生及其他

13　琐忆程千帆先生及其《闲堂书简》

28　周劭的早年与晚年

48　观景楼上的智者
　　——钱伯城先生印象

65　欢聚难再，唯有书在：忆杨勇教授

79　吴敬琏先生在上海书展

83　望之俨然，即之也温：罗宗强先生印象

99　琐忆傅璇琮先生

116　琐忆章培恒先生

133　纵浪大化中：王水照的学术人生

149　才气过人，豪气干云
　　——记林东海先生

157　咬定青山不放松
　　——记李国章

168　考论俱长，艺文兼擅：林继中印象

178　陈寅恪著作的标点符号
　　——以《元白诗笺证稿》等为例

192 四十年后的重温
——《陈寅恪文集》纪念版感言

199 《古代文学理论研究》丛刊前期编辑出版回顾

213 经典永流传
——《宋词赏析》出版始末

225 纪念文集的标杆
——兼述《选堂文史论苑》的编辑出版

237 史家意识与问题意识
——读《北宋三大文人集团》

247 一路相随，共创辉煌
——记上海古籍出版社与古籍整理小组的六十年

258 春风吹拂四十年
——上海古籍出版社发展之路简记

270 在坚守中发展
——记上海古籍出版社的古籍整理出版实践

288 同饮一江水，相携四十春
——记上海古籍出版社与四川大学古籍所的合作历程

300 工作指导，信息来源
——我与《古籍整理出版情况简报》

307 找准作者

314 后记

琐忆施蛰存先生及其他

2022年春节前,退休不久的老同事、施蛰存先生长孙施守珪送来刚出版的施蛰存遗稿《北山楼随劄》(上海人民出版社,2020年)。这是根据施蛰存留下来的他为研究古代文史所做的读书摘抄笔记整理的,凡二百余条,内容丰富,可见其学术兴趣的广泛和博学。这本书勾起了我对施蛰存先生的回忆。

一

我只见过施蛰存先生一次,已经是二十多年前的事了;但知道他的名字、读他的著作就更早了。最早知道施先生的名字,可能是20世纪80年代初在复旦大学中文系上"中国现代文学史"课时,听老师说起过施蛰存是著名的小说家,他主编的《现代》杂志,以及他因为劝青年读《庄子》《文选》而与鲁迅发生争论并被鲁迅斥为"洋场恶少"的故事。最早读的施先生大作,是

施蛰存先生像（沈建中摄）

1981年11月由华东师范大学出版社出版的他主编的《词学》集刊第一辑，他在这本集刊上发表了《读韦庄词札记》等文。我没想到作为现代文学名宿的施先生还是古典文学名家，于是开始了关注、阅读并收藏施先生著作的历程。

1983年9月，我开始随王水照先生研读唐宋文学。一年后，王先生赴日本讲学，系里命我随刘季高先生问学。此后一年间，我基本上是每隔一周的周六下午去刘先生府上听他讲课。刘先生对先秦至明清的文史都有广泛的涉猎和独到的研究。他与施蛰存先生是老友。有一次，刘先生要我们换一次上课时间，因为施先生邀请他参加硕士研究生论文答辩，施先生的这名研究生的论文是关于吴梅村的。1986年7月，我硕士研究生毕业后到上海古籍出版社工作，在校对科实习半年后被安排在第二编辑室，室主任是时年67岁的陈邦炎先生。编辑室内最年长的是刚过70岁的王勉（鲲西）先生，我正赶上为他的退休送行，并接手了几部他尚未审阅完的书稿。编辑室内最年轻的是比我进社早一年的王兴康，我从他手中接过了编辑室编务的工作。巧的是兴康兄正是施先生门下写关于吴梅村论文的那个研究生。十五年后，王兴康担任了上海古籍出版社社长。2013年1月，我又从他手中接过了社长的担子。

我进编辑室时，兴康兄正在编辑施先生的著作《唐诗百话》。这本书是陈邦炎1977年向施先生约的稿。施先生1978年开始撰稿。施先生在写于1985年7月5日的《唐诗百话》初版《序引》中说："一九七七年冬天，上海古籍出版社的陈邦炎同志来访问，寒暄几句之后，他就开门见山，说是来为出版社组稿的。他希望我编一本古典文学方面的书稿给他们的出版社印行……当时我就向陈邦炎同志建议，用一年时间写一本关于唐诗欣赏的书。陈邦炎先生赞同我的建议，希望我在一年内交稿。他回去后，就把我的计划作为一九七九年的出版选题。"施先生接着说，他于1978年1月2日开始写第一篇，最初的设想是选讲几十首唐诗，使它们能代表整个唐代三百年的诗风，一共写六十篇，书名定为《唐诗串讲》。他打算每个月写五篇，年底写完。他1月4日完成第一篇《王绩：野望》，接下来一个月内写了八篇，可见他文思泉涌，对唐诗名篇烂熟于心。施先生把这本书的读者假定为具有文

施蛰存著《唐诗百话》书影

科大学生的文化水平。在写的过程中，施先生调动了他丰厚的文史积累，融入了他对诗歌的深刻体悟，但是要涉及诗所反映的时代、政治背景和社会风俗，要讲关于诗的文学史、文学基础知识，要辨证前人之说，要做校勘、考证，他还只能不断地查找资料，丰富腹笥，结果到1979年10月才完成六十篇，只写到中唐刘禹锡。接着几年，他又是忙碌又是生病，直到1984年9月病愈出院后，才重起炉灶，改用漫话的形式谈唐诗，直到1985年6月完成一百篇，改书名为《唐诗百话》。书稿交来后，由当时分管第二编辑室的副总编辑黄屏自告奋勇担任外审编辑，她早年毕业于浙江大学，从学于夏承焘先生。黄屏主要对书稿做了如下加工：统一全书体例，查核部分引诗引文，有疑问处请作者做了修订。因为黄屏工作忙，编辑室让王兴康担任这本书的责任编辑。1986年5月发稿，次年9月出版。《唐诗百话》出版后，好评如潮。三十多年来，屡有重印。施先生这本80岁写成的书，成为其学术研究的代表作。

在这之前，施先生1983年在上海古籍出版社出版了他和20世纪40年代在厦门大学任教时的学生马祖熙标校的《陈子龙诗集》，责任编辑是周劭。周劭是20世纪三四十年代上海著名的杂志编辑，也是施先生的老友，这时在上海古籍出版社第一编辑室任特约编辑，施先生的第一届研究生赵昌平当时也在第一编辑室任编辑。周劭与施先生有抽雪茄的共同爱好，晚年经常走访施先生。工余休息的时候，周劭经常在编辑室门外走道里叼着雪茄与年轻人聊天，也会说起施先生的近事。每年春节后复工，兴康兄也会说起节日期间看望施先生的情形。那几年，八九十岁的施先生成了高产作家，旧著旧译纷纷重版，新作新编不断问世。我也买了不少施先生的著作，有几种就托兴康兄带去请施先生签名。经兴康兄介绍，认识了华东师范大学出版社《施蛰存文集》责任编辑刘凌先生。承蒙刘先生热心，他经手的几种施先生著作出版后都送我，并特意请施先生为我签名。

二

施先生曾将自己一生的事业比喻为开了四扇窗："东窗指的是东方文化和中国古典文学的研究，西窗指的是西洋文学的翻译工作，南窗是指文艺创作……近几十年来我其他事情干不成，把兴趣转到金石碑版，这就又开出一面北窗，它是冷门学问。"（丁言昭《北山楼头"四面窗"——访施蛰存》，香港《大公报》1988年7月16日）施先生晚年以很大的精力从事金石碑版的收集与考释。在《唐诗百话》出版同时及之后，施先生又出版了《水经注碑录》（天津古籍出版社，1987年）、《北山集古录》（巴蜀书社，1989年）、《金石丛话》（中华书局，1991年）、《唐碑百选》（上海教育出版社，2001年）等金石碑版研究著作。1999年初，兴康兄向施先生拜年时，施先生问起上海古籍出版社这类选题的情况。兴康当时已任上海古籍出版社副社长，我继他

施蛰存《沙上的脚迹》书影

施蛰存《沙上的脚迹》签名本

接任文学编辑室主任。兴康告诉施先生选题的事可以找我谈谈。兴康回来后把见施先生的事告诉了我。黄屏恰也来社,说起也要去看望施先生。于是,我请黄屏向施先生禀报,一起去看他。

1999年3月4日下午,我随黄屏一起去愚园路施先生寓所看他,向他老人家拜个晚年。施先生与长他一岁的夫人同住,去时正在看报。他面貌清癯,以94岁的年龄来看,还是很精神的样子。黄屏先问候他的身体状况。他自言,今年觉得老了,一是心跳跳得慢了,一是记忆力差了。但是说起往事,他还是记得分明。我对他说,你记性还是不错啊!他笑说:"这是我基础好呀!"他生活很有规律。他告诉我,他早上吃一个水煮鸡蛋,加一个肉粽。他说,乔家栅的肉粽现在煮得烂了,他改吃弄堂里买的湖州粽了,有嚼头。中午吃些菜。下午喝一杯奶粉加咖啡。晚上吃粥。他每天早晨9点起床,晚上9点入睡,靠枕便能睡着。他不吃补品,隔天吃一粒缓解脑神经硬化的西药都可喜(Duxil),他说是法国产的,要三元多一粒呢。他除了耳背用助听器外,其他没什么病,视力还好,看小字要用放大镜。他说,他抗战时在云南大学等地教书经常步行五六十里。他认为,一个人40岁以前,心肺、肝胆、胃肠三大系统没毛病,活到80岁没问题。谈到选题,施先生建议可以编纂一套《中国石刻大系》,可以按朝代编为几辑。谈到来往的老友,施先生调侃道:"周劭可是三朝元老啊!"谈到居住环境,他对现在高层建筑清一色火柴盒样很不满意。怕他累了,我们坐了一个小时就告辞了。

此后几年，施先生每年都有新著出版。2003年10月17日，华东师范大学中文系在华东师范大学科学会堂举办"庆祝施蛰存教授百岁华诞、徐中玉教授九十华诞暨施蛰存、徐中玉学术思想研讨会"。当时施先生已入住华东医院病房。出于对施先生的敬仰以及与华东师大中文系的合作之谊，上海古籍出版社为此赶出了华东师大中文系编《庆祝施蛰存教授百岁华诞文集》，全书68万字，收入施蛰存先生的朋友、学生等写的贺辞、回忆文章和学术论文。这部文集是时任华东师大中文系主任陈大康与我社联系的。陈大康告诉我，华东师大中文系还编了《庆祝徐中玉教授九十华诞文集》，拟由华东师范大学出版社出版。当时，王兴康已任上海古籍出版社社长，赵昌平已任总编辑，我时任副总编辑，受命负责这本书的编辑出版。施先生及时地看到了这本书和庆祝会的录像。一个多月后，施先生就与世长辞了。

施先生逝世后，他毕生搜集研究并珍藏在寓所的两千余件碑帖拓片转为台湾收藏家潘思源整体收藏。潘先生接手后，编了《施蛰存北窗碑帖选萃》《施蛰存北窗唐志选萃》两书，由上海古籍出版社于2012年、2014年次第出版。前者从施先生的藏品中精选两百余件精品，其中很多是经过历代知名收藏家之手的善本；后者专选未出版的唐代墓志精品。这两书的编选出版，是对施先生碑帖收藏的系统整理和最好纪念。

谈到施先生的金石碑版研究和晚年著作的出版，不能不提到沈建中君。沈建中长我两岁，在中国建设银行上海市分行从事业务工作，业余爱好摄影，给施先生拍过肖像，得到施先生的赏识，成了施先生的"学徒"和助手。他为施先生整理了《唐碑百选》《北山谈艺录》《北山谈艺录续编》《云间语小录》等施先生晚年出版的许多著作；同时从事施蛰存生平事迹和著作的研究，先后编撰出版了《遗留韵事：施蛰存游踪》（文汇出版社，2007年）、《施蛰存先生编年事录》（上海古籍出版社，2013年）、《北山楼金石遗迹》（华东师范大学出版社，2021年）等著作。

三

施先生的学生张文江曾撰文说："四窗之说，还不能完全概括先生的主要成就。除了可以作为海派文化的代表以外，他至少还有一重身份，就是一生所从事的编辑事业。先生早年以主编《现代》杂志而闻名，影响文学的潮流。晚年编辑《词学》丛刊，以及《外国独幕剧选》，也推动文化的发展。在指导学生就业时，他往往推荐编辑出版方向。由于先生的引领，有好几位学生去了出版社，作出了杰出的成绩。"（《施蛰存先生的名号和"四窗"》，《文汇报》2021年9月11日）其实，施先生一生长期从事的还有教育事业，仅在华东师范大学任教就达半个世纪，培养学生无数；同时，他也一直没有忘情编辑出版事业，从青年到老年都有从事编辑出版的经历。

这里仅以施蛰存先生最早带的两届硕士研究生为例，补充文江兄的观点。1979年,他招收首届中国古代文学专业硕士研究生五名:赵昌平、严寿澂、李宗为、陈文华、黄明,其中后两个是女生,俱从事唐代文学研究。他们毕业时,留校名额给了两个女生。陈文华留在中文系,后来成了教授,著有《唐诗史案》等。黄明留在学校图书馆古籍部工作,曾与赵昌平、严寿澂合撰《郑谷诗集笺注》,选注《归有光文选》等。据说施蛰存先生开玩笑地说,让男生去闯天下吧。于是赵昌平、严寿澂分别去了上海古籍出版社和上海辞书出版社任编辑。赵昌平是著名的唐诗研究专家,后来担任了上海古籍出版社总编辑,是学者型编辑的杰出代表。严寿澂在上海辞书出版社担任责任编辑的图书有《宋诗鉴赏辞典》等,后离职去美国印第安纳大学读博士,毕业后执教于新加坡南洋理工学院,治中国学术思想史与古典文学,著有《近世中国学术思想抉隐》等。李宗为毕业后到苏州大学任教,后调入上海华东理工大学任教,著有《唐人传奇》等。1982年,施蛰存先生招收第二届中国古代文学专业硕士研究生三名:王兴康、宫晓卫、张文江,都是男生,从事明清文学研究。张文江毕业后先在上海社会科学院文学研究所从事研究工作,后调任同济大学人文学院教授,著有《钱锺书传》《管锥编读解》等。王兴康、宫晓卫毕业后分别去了上海古籍出版社和山东齐鲁书社任编辑,他们两位后来也分别成为各自社的社长,为我国的古籍整理出版事业作出了很大的贡献。

2012年,王兴康调任上海人民出版社社长直至退休。在他的推动和参与下,《施蛰存全集》进入了编辑出版流程。年前,《施蛰存译文全集·小说卷》由上海人民出版社和华东师范大学出版社联合出版。《施蛰存译文全集·小说卷》汇集了施蛰存自20世纪20年代起陆续翻译发表的域外小说近60种,共12册,总字数600余万,是对其小说翻译成果的首次全面而系统的集中展示。《施蛰存译文全集》还有诗歌卷、散文评论卷、戏剧卷、史传卷。全集完成的话,估计会超过30册1000万字,将集中展示施先生"四窗"丰硕成果,为施蛰存研究提供了坚实的基石。同时,也令人惊叹施先生巨大的创造力。

(载《南方周末》2022年3月31日)

琐忆程千帆先生及其《闲堂书简》

程千帆先生去世已有二十三年了，他的著作一直在刊行。转眼间，又到了千帆先生一百一十周年诞辰的日子，凤凰出版社出版了新版《程千帆全集》以为纪念，其中《闲堂日记》是首次刊行，《闲堂书简》是再次增订本。千帆先生和夫人沈祖棻都是中国古代文学研究领域的名家，早在四十多年前我读大学时就读过他俩的不少著作；他俩的不少著作又多是由我后来长期工作的上海古籍出版社出版的。这次，读到《闲堂日记》和《闲堂书简》再次增订本这两本新书，不由地回忆起千帆先生与我社的交往，以及《闲堂书简》的编辑出版往事。

一、与程千帆先生的交往

最早读到的程千帆先生的著作，是上海古籍出版社1980年8月出版的他的《唐代进士行卷与文学》。所谓行卷，就是应试的

程千帆先生像

举子将自己的文学创作写成卷轴,在考试前送呈当时有地位的人,请求他们向主司推荐,从而增加自己及第希望的一种手段。程先生的这部著作,仅五六万字的篇幅,要言不烦,对唐代科举考试时伴随的行卷这一现象进行了全面的考察,包括行卷之风的由来、内容、与文学发展的关系、对唐代诗歌发展的影响、对推动唐代古文运动所起的作用等,均有所论述,对文学史界长期讨论的唐代科举对文学的影响这一问题作出了明确的解答。1981年下半年,我在复旦大学中文系读大三的第一学期,给我们讲唐代文学史的陈允吉老师就在课堂上介绍过这本书。此后,读到了千帆先生越来越多的论文和著作,印象较深的有《张若虚〈春江花月夜〉的被理解和被误解》(《文学评论》1982年第4期),1982年发表在《古代文学理论研究》丛刊第6辑的论文《古典诗歌描写与结构中的一与多》等。

最早见到程千帆先生，是在1983年11月30日。当天下午，程先生来复旦大学中文系讲课。他此次是来上海华东师范大学参加第一届全国词学讨论会的，会议于当天上午闭幕。我那时已考上复旦大学中文系唐宋文学专业的研究生，得知程先生来讲课，就赶去听讲。程先生讲的主要是治学方法。讲座是由王运熙先生主持的，记得王先生在讲座结束前问程先生近来发表的那些精彩的论文是如何选题的，程先生回答的具体内容已记不清了，但他强调把文艺学和文献学的研究结合起来的观点还是给我留下了深刻的印象。

1986年7月，我研究生毕业后进入上海古籍出版社工作。程千帆先生在我社的书稿主要是我所在的第二编辑室承担编辑出版的，室主任陈邦炎、老编辑邓韶玉等都与程先生熟悉，我经常听他们谈程先生与南京大学的事。1991年5月25日，我赴南京师范大学参加"中国首届唐宋诗词国际学术研讨会"，又一次见到程先生，时任中国唐代文学学会会长的程先生出席会议并讲话。

1993年1月，我担任上海古籍出版社新组建的文学编辑室副主任，原来与程先生联系较多的陈邦炎、邓韶玉先生都已退休，原第二编辑室主任王镇远于1992年6月赴新西兰奥克兰大学做访问学者，后在新西兰定居，原来第二编辑室承担的一些研究著作的编辑出版工作就由我负责。程先生的日记对书信来往记得很详细,《闲堂日记》1993年2月开始记载他与我的书信来往。2月19日日记记载:"复上古高克勤,寄书签(《神女之探寻》)。"《神女之探寻——英美学者论中国古典诗歌》是程先生弟子莫砺锋编的,选译了英、美等国汉学家研究中国古典诗歌的论文十余篇。该书由程先生题签,我担任责任编辑。1993年12月12日,程千帆、吴新雷先生给我来信,信中说:"送上备重印的《两宋文学史》校本一册,请查收。(需挖改纠错处均用红头签条标示,请按该页修正文字挖改。)"此后五年间,程先生又陆续给我写了十来封信,信的内容多是交代我有关其书稿和替他购书事。老人性子急,往往上一封信才到几天就又来信催办了。

二、程千帆与上海古籍出版社

我到了上海古籍出版社后,才知道程千帆先生与我社的渊源。他最早刊行的著作是他与夫人沈祖棻合著的《古典诗歌论丛》,1954年由上海文艺联合出版社出版。1956年2月,上海文艺联合出版社并入新文艺出版社,后者是1952年6月成立的。1956年11月,在新文艺出版社中国古典文学编辑组的基础上成立古典文学出版社,李俊民任社长兼总编辑。古典文学出版社正是1978年1月易名成立的上海古籍出版社的前身之一。李俊民也是上海古籍出版社的首任社长兼总编辑。

1954年6月,新文艺出版社策划编辑一套中国文学名著选读丛刊，选辑历代诗歌、散文、戏曲、小说等，请郭绍虞、刘大杰担任主编。编选者人选多为当时的一流学者。随后陆续出版的有陆侃如、高亨、黄孝纾选注的《楚辞选》，朱东润选注的《左传选》，顾廷龙、王煦华选注的《汉书选》等。当时被约稿的还有时任武汉大学中文系教授的程千帆。《夏承焘日记全编》（浙江古籍出版社，2021年）1954年9月25日载："接程千帆寄其妇沈子苾祖棻《涉江词稿》一册，千帆精楷手书，属为加墨。附来一笺，谓在沪尝向新文艺出版社古典文学部主任钱伯城君推荐予之《词人年谱》。"可见程千帆此时已与新文艺出版社有联系。他与同事缪琨共同选注的《宋诗选》，由古典文学出版社于1957年5月出版。《闲堂书简》收入了程先生就《宋诗选》等致新文艺出版社、古典文学出版社和李俊民的8封信。他与缪琨在1956年10月12日致新文艺出版社的信中说："如果你们找外审，希望你们能和我们事先取得联系。我们认为：夏承焘教授、刘大杰教授担任这本小书的外审是比较适宜的。"

《宋诗选》出版后不久，程先生被错划为右派分子，直到1975年才摘掉帽子。摘帽后，他就奉命"自愿退休"。1977年6月27日，与他同甘共苦四十年的发妻沈祖棻遭遇车祸身亡，程先生遭遇了人生中最黑暗的时刻，支撑他的是抓紧为亡妻整理遗著的工作。那个时候，他想离开武汉这个遭遇痛苦的地方。他的老友上海师范学院教授章荑荪（1913—1980），请古典文学出版社时期的老编辑富寿荪向出版社负责人李俊民反映：能不能以作者的名义把他调到上海？富寿荪把李俊民的意见转告章荑荪：调到上海不可能，如他有著作或愿意整理古籍，则可以考虑。当时全国对错划右派的改正工作还没有开展，李俊民敢于向程千帆约稿，是出于对程千帆学术水准的了解和坚持实事求是的勇气。

1977年10月22日，程千帆致信李俊民、富寿荪："前些时，收到章荑荪兄来信，转达尊意，十分感谢。我虽然已经六十五岁，又退休了，但身体还好，如果能够在你们的协助之下，为社会主义文化建设事业添砖盖瓦，聊尽绵薄，以赎旧愆，是非常愿意的"。"现在，我手头有两部已完成的稿子，《史通笺记》和《古诗今选》，前者比较专门，后者则是一本普及读物（由亡室沈祖棻和我合作的）。今各写简介一篇寄呈。如两位愿意看原稿，当即邮奉"。"我现在忙于为亡室整理遗稿，她写的《唐人七绝诗浅释》及《宋词赏析》都有成书，略加清理，即可付印。我自己也还有一部《宋元文学史稿》要重写一遍。另外，黄季刚师的遗书中也还有一些应当整理付印的。山东大学殷孟伦兄给他整理的《尔雅郝疏订补》，有六十多万字，已完成三分之一。我很想把黄先生批的《文选》整理出来。如果我们这些受过黄先生亲自教诲的人都过去了，将来整理起来就更加困难了"。

富寿荪接到程千帆来信后，于1977年11月6日写了《对程千帆来函中的一些意见》交李俊民，文中说："今年八九月间，在路上遇见章荑荪，他告我程千帆丧妻和想离开武汉等情况，要我向您反映：能不能以作者的名义把他调到上海？后来我把您的

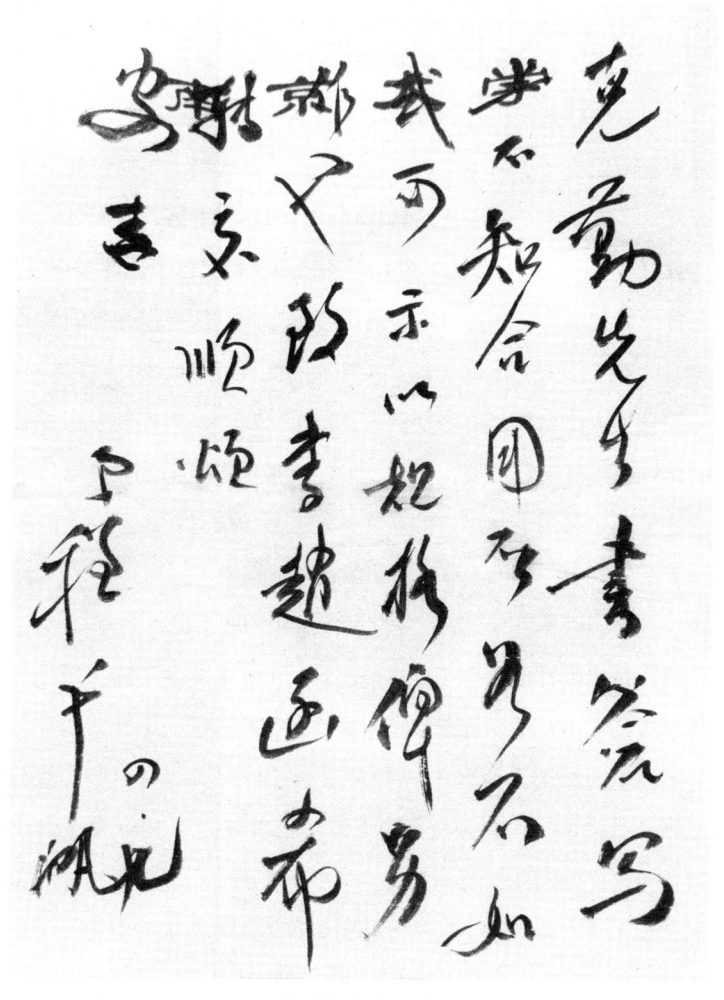

程千帆先生书信

意见转告章荑荪：调到上海不可能，如他有著作或愿意整理古籍，则可以考虑。十月初章荑荪到我家来，说程有《史通》等注释稿，要我们去信联系，我告诉他叫程来信联系（此事已向您汇报）。程来信中说有《史通笺记》《古诗今选》等成稿，不妨请他寄来看看。《古诗今选》所选的是八代到唐宋的五七言诗，而且只选二百首，想必选的都是代表性作品，精而又精。这个选题很别致，而且读者很需要，如有质量，可以考虑出版。信中提到程的爱人沈祖棻有《唐人七绝诗浅释》和《宋词赏析》等成书，可以请他一并寄来。沈祖棻是著名女词人，造诣之高，是李易安以来少见的。"李俊民次日批复："关于程千帆来信，原则上同意老富所提意见……拟请老富以室的名义作复（复信中对沈祖棻女士的遇难表示慰问）。"（上海古籍出版社书稿档案）

这样，程千帆与出版社中断了二十年的联系得以恢复。此后，上海古籍出版社成了程千帆生前出版其著作最多的一家出版社。他整理的沈祖棻的两部著作《宋词赏析》和《唐人七绝诗浅释》先后由上海古籍出版社于1980年3月、1981年3月出版；他与沈祖棻选注的《古诗今选》由上海古籍出版社于1983年4月出版；他自己撰写的以及与友人、学生合作的著作《唐代进士行卷与文学》《古诗考索》《被开拓的诗世界》《两宋文学史》《桑榆忆往》也先后由上海古籍出版社于1980年8月、1984年12月、1990年10月、1991年2月、2000年9月出版；他整理的《汪辟疆文集》由上海古籍出版社于1988年12月出版。此外，他推荐的同事、学生的著作也有多种在上海古籍出版社出版，如周勋初的《文史探微》、吴志达的《唐人传奇》、蒋寅的《大历诗风》分别于1987年12月、1981年3月、1992年8月出版。

在长期的合作过程中，程千帆与上海古籍出版社的领导、编辑保持了经常的来往，有的还结下了深厚的友谊。这种合作是建立在共同传承弘扬中华文化、彼此引为学术同道的基础上的，《闲堂书简》中收录的他致上海古籍出版社及相关编辑的信可以充分说明这一点。程千帆与上海古籍出版社继李俊民之后的几任社长、总编辑魏同贤、钱伯城、李国章、赵昌平都保持着比较密切的来往，与编辑陈邦炎等结下了深厚的友谊。他与钱伯城1954年就相识，三十年后钱伯城担任了上海古籍出版社总编辑。《闲堂日记》中记载有他与钱伯城等上海古籍出版社同仁的来往。他与陈邦炎相识后，彼此投契，成为好友，两人都曾蒙受"丁酉之祸"，都出身于书香门第，有家学渊源，都谙熟中国古典诗词，有诗文来往。1994年3月26日，李国章、赵昌平分别就任上海古籍出版社社长、总编辑。程先生闻讯后，在4月9日致我信中托我转交致李国章、赵昌平函："近知继魏、钱二公之后主持出版社事，忭贺无既，此自有关神州学术之弘扬，非细事也，行见山辉川媚，蔚为国光矣。"1996年12月27日，他在致弟子蒋寅的信中说，他新出版的《程千帆选集》"皆旧作又定价贵，故未能普赠友人。青年学者除门弟子外，独赠陈尚君、陶敏、陈平原、王小盾、林继中、赵昌平六人，皆我所畏者也"。可见他对青年学者的关注和对赵昌平学术成就的肯定。对于与上海古籍出版社密切合作的关系，程先生是颇为自得的。1980年3月4日，他推荐学生吴志达为上海古籍出版社《中国古典文学基本知识丛书》撰写《唐人传奇》得到同意后，给吴志达写信说："古籍和我关系很深，我有较大的发言权，因此他们很快作出决定。希望你这回和他们关系搞好，以后出书方便。（全国的古典文学专业出版社只有他们和中华两家。）"又叮嘱："写通俗读物不容易，不可掉以轻心。（他们那套小丛书质量不低。）"

三、二十年三版《闲堂书简》

《闲堂书简》是程千帆的书信集，收入了他自1942年至2000年间给亲友、学生和有关机构等的信函，时间跨度几近六十年，从中不仅可以广泛了解其治学、交游、工作和家庭等情况，而且可以真实看到他处世为人的态度和方法，在他众多的著作中是最能彰显其个性特点的。这本书是在他身后出版的，自2004年至2023年的二十年间出了三版。

《闲堂书简》的初版和二版增订本都是由上海古籍出版社出版的。大约是2003年年初，千帆先生的高足、南京大学古典文献研究所所长程章灿与我联系，说其师母陶芸先生收集整理了千帆先生的近千封书札，约50万字，编为《闲堂书简》，署名程千帆著，陶芸编。收信者有113人（或单位），其中最早的为

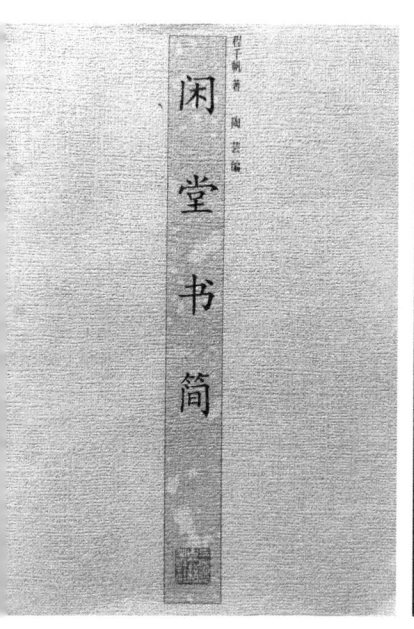

《闲堂书简》初版书影　　　　《闲堂书简》二版增订本书影

1949年6月1日致孙望的,最晚的为2000年5月9日致郝延霖的;收信最多的是他早年的学生杨翊强(69封)和晚年的弟子蒋寅(69封),朋辈中最多的为舒芜(50封)。此前,河北教育出版社已于2000年出版了《程千帆全集》十五卷,不拟再出版此书。因此,章灿希望此书能在我社出版。我当时担任分管文学编辑室的副总编辑,考虑到千帆先生与我社的渊源以及《闲堂书简》的价值,经社主要领导同意后接受了此稿的出版,并担任此稿的终审。审读此稿是一件饶有趣味的工作,由于书简内容的广泛和生动,不仅在做核对原稿、辨析字迹、审查内容等编辑常规动作的同时温习了一遍现当代学术史,而且对千帆先生的为人处世之道和治学方法有了较直观和全面的了解。该书于2004年7月出版,收录书札988封,47万字,32开平装本,正文639页。

《闲堂书简》出版后,受到了文化、学术界的广泛关注。程章灿等又收集到了不少未收入该书的千帆先生的书简,也发现了已经收入该书的一些书简系年不够准确,决定对该书加以增订再版。章灿又与我联系,希望《闲堂书简(增订本)》能在2013年程千帆先生百年诞辰纪念活动举办时出版,当时我正主持上海古籍出版社的工作,当即表示同意。《闲堂书简(增订本)》于2013年9月出版,字数59万,32开精装本,正文807页。这次增订还为每位收信人加注简介。凡与程千帆先生有亲属师生关系者,也简注说明。简介虽寥寥数言,但对读者有很大帮助。第二版补入书简225封,收信者增加近50人(或单位)。其中最早的信是 1942 年 3 月 3 日致诗人吕亮耕的。收信最多的是他早年的学生吴志达（76 通），比初版增加 35 通。增加较多的还有致陈邦炎信，有 25 通，初版仅 3 通。2013 年 10 月 12 日，我去南京大学仙林校区参加了文学院举办的"程千帆先生百年诞辰纪念暨程千帆学术思想研讨会"，以新出版的《闲堂书简（增订本）》作为对千帆先生的纪念。

2023 年，时值千帆先生一百一十周年诞辰，凤凰出版社推出新版《程千帆全集》。之前，凤凰出版社同仁告诉我新版《程千帆全集》拟收入《闲堂书简》，所以上海古籍出版社在《闲堂书简（增订本）》版权到期后就不再续约，由凤凰出版社独家出版《闲堂书简》。在《闲堂书简（增订本）》出版后的十年间，程章灿等又收集到了不少未收入该书的千帆先生的书简，第三版即新版全集本《闲堂书简》做了再次增订。前两版中，收入了千帆先生致陈邦炎和我的书简，而给上海古籍出版社及其他同仁的书简不多，这是不符合千帆先生与上海古籍出版社联系合作的实际情况的。由于上海古籍出版社是将作者有关书稿的来往信函归在相应的书稿档案里的，于是我花了几天时间，把我社几十年来保存的与千帆先生相关的众多书稿档案翻阅了一遍，发现了前两版未收录的书简 23 封，其中程千帆 1956、1957 年致新文艺出版社、古典文学出版社及其负责人李俊民关于《宋诗选》出版等的 8 封信，1977、1978 年致上海古籍出版社及其负责人李俊民等关于《古诗今选》编选出版和整理出版沈祖棻遗著《唐人七绝诗浅释》《宋词赏析》的7封信，是了解千帆先生生平和学术观点的珍贵史料，尤具学术价值。我将这些书简扫描给了凤凰出版社《闲堂书简》的责任编辑，得以及时增补进去。"新版全集本"较之"增订本"增补更多，增补了350封信20多万字，使得《闲堂书简》的总量达到1563封，字数达83万余字，16开精装本，正文900页。

《闲堂书简》内容丰富，举凡治学教学、时事政治、友朋往来、家庭生活等无不涉及。全书给我印象最深的是其中所深蕴着的情感，有夫妻之情、父女之情、祖孙之情、师生之情、朋友之情，等等，他在信中表达对亡妻的怀念、对女儿和外孙女的慈爱、对老师的感恩、对学生的关怀、对友人的思念等，充分反映出千帆先生是一个长于情、深于情的性情中人。

亡妻沈祖棻的悲惨遭遇是千帆先生心中永远的痛。沈祖棻去世一月后，他在致沈祖棻的堂侄、堂侄媳沈辰宪、汪文英的信中说："我和她四十年的患难夫妻，感情极好。她这么善良的一个人，死得这么惨，我永远也想不通。孤孤零零一个人活着，有什么味道？能够早点去和她在一起，倒好些。"1978年初，他在致友人刘君惠的信中说："子苾之逝，瞬已半年有余。弟孤居斗室，无所排遣，而每日理董其遗文，尤深睹物思人之悲。"1979年10月，他在给女儿、女婿的信中说："我也非常想念妈妈……想到一代才人，如此下场，不独夫妻感情而已，更为伤痛。"

千帆先生的尊师爱生是有口皆碑的，突出表现为他晚年着力整理出版老师们的遗稿和精心培养学生方面。《闲堂书简》中有不少他写给老师们的亲属、友生和出版社的信,记录了他整理黄侃、汪辟疆先生遗稿的曲折过程。直到临终前,他还在挂念《黄侃日记》的出版事。他晚年在南京大学培养了一批优秀的研究生,将此视为自己最大的成就。《闲堂书简》中有许多他写给弟子莫砺锋、张三夕、张宏生、张伯伟、曹虹、蒋寅、程章灿等的信,信中不但教导他们如何治学为人,还关心他们的家庭生活和子女教育,真是恩师如父啊!在这些学生成长的过程中,凝聚着千帆先生多少的心血啊!

《闲堂书简》中可圈可点处甚多。要了解程千帆其人其学,不可不读《闲堂书简》。

(载《南方周末》2024年1月11日)

周劭的早年与晚年

1986年，我进上海古籍出版社工作。在工余休息的时候，经常见到一个身材健朗、衣着整洁、看上去颇有气度的老人在编辑室门外走道里叼着雪茄与年轻人聊天。我好奇地问同事："这是谁呀？"他们告诉我，他叫周劭，是我社的特约编辑，在以编辑出版文学典籍整理著作为主的第一编辑室工作，当时年已七旬。同事又作神秘状地告诉我，他曾用名周黎庵，是20世纪三四十年代上海滩上的著名编辑、作家，他的太太穆丽娟是戴望舒的前妻。这果然引起了我的好奇心。我当时在以编辑出版文学研究著作为主的第二编辑室工作。此后，我有空也去听他聊天，也读到了他的一些著作，渐渐地对他的生平事迹有了一些了解。

2003年8月，周劭去世，当时有友人发表了一些悼念文章，提到了他的一些往事。近年来，随着对20世纪三四十年代上海文坛的研究日益深入，周劭也成了研究的对象，也有一些叙述其生平、评论其作品的文章，以我有限的见闻，蔡登山所撰《名编辑名作家的周黎庵》(载氏著《一生两世》,北京出版社,2018年)一文钩稽已刊史料,用力甚勤,对周劭生平事迹介绍得最为详细,但所述多不注资料来源,对于周劭晚年的生活叙述甚简。因掇拾旧闻新知,对周劭生平事迹作一介绍。

一

在叙述晚年周劭的生活状态前,有必要简述周劭的生平经历和早年事迹。周劭,1916年6月生,浙江镇海人。他的父系家世,周劭成年后几乎没有提及,只言及祖父是乡间绅士,先他出世而亡,他在外婆家长大。外婆家是书香门第,给了他很好的读书环境。周劭11岁到上海清心中学附小读书,寄居在其舅张鲁庵家,直到1935年6月中学毕业。张鲁庵是参行老板,又是著名篆刻家,与陈巨来为同门。

1935年秋,周劭考入设在上海的东吴大学法学院。东吴大学是美国基督教监理会于1900年创办的,设有文、理、法三个学院,文、理学院设在苏州,原校址现为苏州大学;法学院设在上海虹口昆山路。法学院当时开设预科课程,规定须在苏州东吴大学本部念一年或两年预科方可到上海念完四年或三年的五年制法律系课程教育。周劭自言:"我于一九三五年考入东吴大学读法学院的预科,考卷交的是'白卷',希望不被录取而可偿东渡扶桑念文科的夙愿,但法学院院长吴经熊是我的表伯又是我的忘年交,还想做我的老师，便运用职权，破格录取我这个曳白学生，从此开始两学期的负笈吴门生涯，实际上前后不到八个月。"（《吴门笈影》，《葑溪寻梦》，古吴轩出版社，1999年）

周劭在苏州东吴大学本部读法学院预科，因此与苏州结缘。他早年出版的《葑门集》（庸林书屋，1941年；辽宁教育出版社1996年收入《清明集》），晚年出版的随笔集《葑溪寻梦》，俱以苏州地名命名。在东吴大学，他加入了宁波同乡会，并与担任会长的同年同乡同级同舍的经济系同学蒋纬国交往密切。蒋纬国当时住在距今苏州大学不远的南园，今南园宾馆尚存蒋纬国故居。1940年夏，周劭以法学学士毕业。同年冬，他经过设在重庆的司法部律师甄别委员会甄别，取得律师资格和证书，即入上海外滩附近圆明园路上的秉公律师事务所执行律师业务。1941年12月7日太平洋战争爆发后，该事务所解散。

在这之前的1937年11月12日，日军占领上海华界和苏州河以北的半个上海公共租界。上海法租界和苏州河以南的半个上海公共租界四面都是日军侵占的沦陷区，仅租界内是日军势力未到而为英法等国控制的地方，就像大海当中的孤岛，故称"孤岛"。"孤岛"存在时间就从这天至1941年12月8日日军侵入上海租界为止。周劭从小就喜欢写作，11岁时就给当地报纸投稿并发表文章，读大学时涉足文坛并开始其编辑生涯，"孤岛"时期崭露头角。

1936年秋，他来上海读大学，与宇宙风社编辑陶亢德（1908—

1983）等人合办《谈风》半月刊，自任主编。次年抗战爆发，该刊出版不满一年便停刊。陶亢德拉他入宇宙风社担任编辑，因业务结识了老舍、郁达夫、周作人、丰子恺、俞平伯、刘大杰、赵景深、施蛰存等一批著名文人学者。他又署名"吉力"，向创刊于1938年的《文汇报》副刊《世纪风》投稿并由此认识其编者唐弢（1913—1992），遂与唐弢等《鲁迅风》作者合撰杂文集《边鼓集》（文汇有限公司，1938年）、《横眉集》（世界书局，1939年），成为一时闻名的"鲁迅风"杂文作家。

《鲁迅风》周刊是王任叔、孔另境、金性尧等人于1939年1月创办的以继承鲁迅杂文风格为宗旨的杂志。《边鼓集》收文载道（金性尧）、周木斋、周黎庵、屈轶、柯灵、风子（唐弢）6人杂文18篇，按人分卷，共6卷。《横眉集》所收作者除《边鼓集》6人外，加入孔另境。《边鼓集》意谓为抗日救亡而打的阵阵激烈的边鼓，从"沉重的心中发出来低微而急迫的声音"。《横眉集》书名"横眉"，取自鲁迅"横眉冷对千夫指"之句。孔另境在《横眉集》序中代表作者揭出写作的主旨："不但要暴露和袭击国内各阶层的恶劣倾向"，"而且还得负着剥露和击刺国外侵略者的丑态和毒计的责任"。

周劭当时勤于写作，除了合集外，其个人著作结集的有《清明集》（宇宙风社，1938年）、《吴钩集》（宇宙风社，1940年）、《华发集》（藓溪书屋，1940年）等。其《清明集》收6篇文章，叙明清史事，以史为鉴，借古讽今，充满现实意义。如《清初贰臣的生涯》直斥："屈节事仇的人物，我们称他们为'汉奸'或'傀儡'，自有史以来，中华民族遭异族蹂躏时，总有这些无耻丑类的出现，真是'自古已然，于今为烈'的。"他的这些文章均先刊于《宇宙风》杂志。《宇宙风》1935年秋创刊，至1941年太平洋战争爆发终刊，是当时有影响的刊物，销量曾达45000份，仅次于《生活》和《东方杂志》。由林语堂、陶亢德和周劭编辑。后来林语堂赴美国，陶亢德去香港，就由周劭独编。

1936年至1941年，周劭在上海还先后担任《谈风》半月刊主编、《宇宙风乙刊》编辑、《天下事》半月刊主编；1939年又任上海循环报社副刊《海风》主编；1940年又任西洋文学月刊社《西洋文学》编辑；1940年至1941年，又任上海鲁迅风社《鲁迅风》周刊编辑。从这些履历，可以看到周劭当年在文坛的活跃度。陈青生说："周黎庵和文载道在孤岛时期是名噪一时的《鲁迅风》杂文作家，积极宣传抗战爱国，严厉谴责汉奸行径，公认为'抗战派'作家。"（《抗战时期的上海文学》，上海人民出版社，1995年）他不仅在当时与金性尧同声相应，而且在后来对金性尧产生了几乎影响其下半辈子命运的作用。

二

"孤岛"沦陷后，日寇严酷镇压一切抗日活动，生活在沦陷区的国人命运发生了急剧变化，文人也产生了分化。留在上海的文人，或如许广平、柯灵等坚贞不屈，不与日伪合作；或者闭门写作，有的还可依赖教书为生，如钱锺书完成《谈艺录》和《围城》两部名著，有的只能过着贫寒的生活，如谭正璧等（这可能是多数）；或如袁殊、关露等潜入日伪内部，不惜牺牲名节从事神圣的事业；还有如胡兰成、柳雨生等觍颜事敌，主动成为文化汉奸。周劭和文载道等则明知为汪伪做事有辱名节，但还是做了帮闲文人。1942年至1944年，周劭任上海古今出版社《古今》编辑、主编。《古今》是曾任汪伪中央组织部副部长和交通部政务次长朱朴（1902—1970）于1942年3月创办的，先是月刊，到第九期改为半月刊。朱朴与周佛海关系密切，称"周先生是我最好的朋友"（《朴园短简——致文若第一信》，《朴园日记》，海豚出版社，2012年）。朱朴在《〈古今〉两年》一文中说："就中帮助最多而最力者要推周佛海先生，两年以来，他不仅不断地为《古今》撰文，使得《古今》能够获得读者更热烈的欢迎，并且每逢《古今》遇到困难的时候，他总不吝赐以精神及物质的帮助。"

《古今》以发表文史掌故、散文小品文章为主，但作者中不少是汪伪汉奸。《古今》先后发表汪精卫《故人故事》、周佛海《广州之行》《扶桑笈影溯当年》《盛衰阅尽话沧桑》《苦学记》、陈公博《上海的市长》等文章。周黎庵作为主编，在《古今》周年纪念特大号的《编辑后记》中说："尤其难能可贵者，乃国府主席汪先生，于宵旰忧勤，日理万机之余，亦抽暇为纪念号撰文，此不独本刊独特之光荣，亦中国文坛有史以来之盛事"，"本期又一特殊之贡献,乃周佛海先生之《扶桑笈影溯当年》,本刊之得有今日地位,周先生文字号召之力为多,此文与《故人故事》并刊,足称双绝,为本刊生色不少"。周黎庵在《〈古今〉两年》一文中写道:"《古今》二年来的成功,可以说是作者之成功,造成《古今》地位的文章,第一位作者,不用说,是周佛海先生了,凡是有他文字的一期,我们总特地多印一些,但还是一销而空。"这些话与朱朴之语如出一辙。因此,人们自然就把《古今》看成了周佛海的刊物也即汉奸刊物。

周劭是《古今》的骨干。朱朴《〈古今〉两年》云:"当《古今》最初创刊的时候……事实上的编辑者和撰稿者只有三个人,一是不佞本人,其余两位即陶亢德、周黎庵两君而已。"周劭从《古今》第三期起出任《古今》主编。朱朴说:"我与黎庵没有一天不到社中工作,不论风雨寒暑,从未间断。"可以说周劭对《古今》出力最多。为了办好《古今》,他还拉来金性尧帮忙。金性尧成了《古今》的不署名编辑,每天去半天。金性尧生前发表的最后一篇文章是写于2003年的《悼黎庵》,写到他与周劭因为《世纪风》写杂文而相识。后来,朱朴和周劭合办《古今》,"朱朴是没有金钱和权势的,但因投靠了周佛海,经济上也有了保证,成为周门一个高级清客"。金性尧检讨自己:"我也是相差无几,后来是自甘附逆。作为《世纪风》的作者原是很清白的,作了《古今》的不署名编辑,政治上便有泾渭之分。抗战胜利后被人诟骂,也是咎由自取。每个人的行动都应由自己负责,我是自己撞上去

周劭的早年与晚年　35

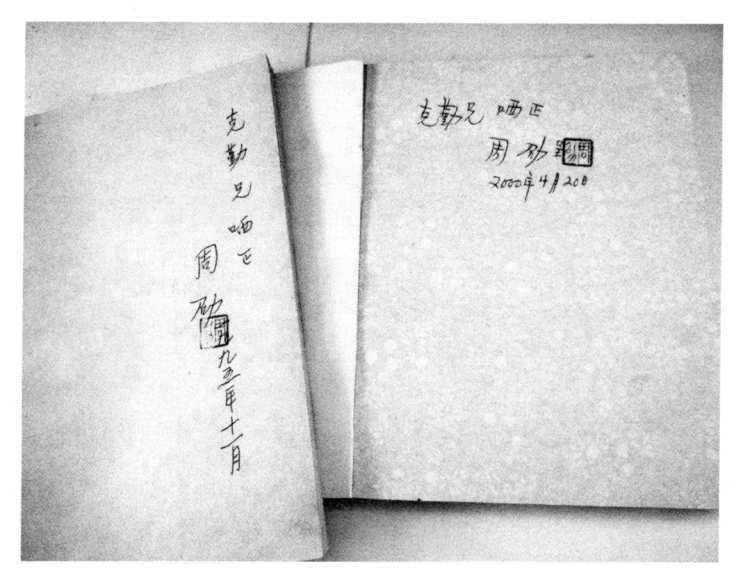

周劭签名本

的。因为这时候我正在吸鸦片,需要钱用。这真是百悔莫赎的恶果,我一生的许多错误,皆由此而来。"

除了约稿编稿,周劭在《古今》也发表有《记章太炎及其轶事》《忆郁达夫》《清乾隆帝的出生》等文史文章。因为周劭办《古今》的影响,1942年4月,周佛海等认为周劭"前在沪主持刊物颇著文名,现已参加和运工作甚力"而"派以简任待遇专员名义,不支俸以励贤能",任命他为汪伪中央政治委员会秘书厅简任专员;1944年又任命他为汪伪"中央储备银行调查处专员",但周劭均未到职。

1944年10月,《古今》在出版第五十七期后停刊。终刊时,朱朴"晚邀周黎庵、文载道便餐,一以《古今》小休,尚有琐屑余事待商;一以二年来甘苦相共,不能不聊表寸衷也"(《朴园日记——重阳雨丝风片录》,《朴园日记》)。由此可见周劭与朱朴关系之密切。朱朴后来赴香港定居,从事书画鉴藏。《文汇报》记者陆灏,有一天问周劭为什么会参加《古今》的编辑,周劭回答:"说到底,就是四个字:贪生怕死。"

在办刊物的同时,1940年至1944年,周劭还在上海兼营律师业务,他的主要生活来源还是依靠律师业务的收入。

抗战胜利后,清算汉奸。与周劭一起担任《古今》编辑并主持古今出版社、开办具有日资背景的太平书局的陶亢德与周作人、龙榆生等被定为"文化汉奸",锒铛入狱,太平书局被定为敌产。虽然在1945年11月上海曙光出版社出版的署名司马文侦的《文化汉奸罪恶史》一书中，周黎庵与陶亢德、胡兰成、柳雨生等一起被列为"文化汉奸"，但周劭由于脱身早，又没担任过汪伪实职，所以未遭清算。1945年至1949年，周劭在上海加入天衡法律事务所，地址在四川中路，专营律师业务，经办民事、刑事诉讼。他为茅盾先生代理过房屋纠纷官司，并将此事写入了其晚年所著《黄昏小品》。这一时期，他离开文坛，停止写作，也不再参加文艺界活动。

三

周劭在上海解放前的事迹，多见于他自己写的回忆性文章和相关记载，蔡登山等人所撰文章也有述及。他此后的事迹，蔡登山等人所撰文章所述不详，兹根据相关记载梳理如下。

上海解放后不久，律师制度取消，周劭遂在虹口中学教了一学期的历史课后辞职。1950年7月，他进入私营正广和汽水公司任法律顾问，草拟公司章程等，不久任副经理。因对业务不熟悉，学非所用，周劭萌生退意。1956年12月，他参加上海市人才招聘会，被调配到上海文化出版社任编辑。其老友孔另境时任上海文化出版社编辑部副主任。金性尧则在此前由上海文化出版社调到1956年11月新成立的古典文学出版社（上海古籍出版社的前身）任编辑。1957年6月，周劭由宓逸群、金性尧介绍，加入中国民主促进会。同年，周劭在上海文化出版社出版了他根据关汉卿原著《望江亭》改编的配图的通俗读物。这年5月，朱朴作为著名书画鉴藏家来上海活动一周，到的当日晚上即与周劭见面，"相见兴奋，一时几乎话都说不出来"。接下来周劭有四天陪他活动，有一日"下午黎庵同性尧来访，性尧较十年前得意多了"（《上海一周》，《朴园日记》）。相比金性尧，周劭舒适的日子很短暂。1958年9月，上海文化出版社鉴于周劭汪伪时期的历史问题，经报上海市有关部门批准，"以汉奸论处，行政开除，送去劳动教养"，被遣送安徽劳动教养。1965年1月，经安徽省公安厅劳改局批准，周劭"解除劳教，留队就业"。1975年12月，周劭经安徽省有关部门核准"予以转业，并享有公民权"。1976年3月，周劭被分配在上海市鞋帽公司所属成都皮革五金合作商店工作。

1977年11月，上海市委决定恢复上海市出版局和各出版社的建制。1978年1月1日，上海文艺出版社恢复原名，因上海文化出版社早已并入上海文艺出版社，故周劭也"归队"进了上海文艺出版社的编制，直到1985年5月退休。周劭向组织提出了关于自己政治历史问题的复查要求。1980年11月，上海文艺出版社复查后认为对周劭汪伪时期的历史问题"可不以汉奸对待，应予纠正"。为此，建议上级有关部门撤销当年对周劭开除公职和送劳教的决定。

1978年1月1日，上海古籍出版社在中华书局上海编辑所等的基础上成立，老社长李俊民积极招纳老编辑。金性尧时在上海古籍出版社任编辑。可能是他的推荐，恢复编辑身份的周劭没有回上海文艺出版社工作，而是从1979年起被上海古籍出版社聘为编辑。周劭到古籍出版社，从事他喜爱的古典文学著作的编辑；同时，古籍出版社和谐的人际关系和专注学术的氛围，使他有如鱼得水的感受，得以尽展其才学。李俊民是一位忠厚长者，敢于起用有才学之人。当时与周劭年辈相近的编辑还有不少。他认识了刚恢复编辑身份回到古籍出版社工作的王勉（鲲西）。他俩与金性尧同年，生肖都属龙，都对明清史事和文学素有研究。周劭所在的第一编辑室主任李学颖，对编辑工作极其认真负责，也对明清史事和文学有浓厚兴趣，周劭担任责任编辑的许多图书就是由她复审把关的。继任的编辑室主任赵昌平，是施蛰存先生的首届研究生，他尊称周劭为"师叔"。周劭对家人有点严厉，与年轻编辑交往时则以平辈视之，年轻编辑或尊称他为"周公"，或开玩笑地叫他"周老头"。编辑丁如明记得，周劭退休后，有一次由他公子扶着来社里，坐在楼下厅里，要丁如明下去谈谈。他们正谈话间，忽然他公子插了句话，他勃然大怒，斥责道："我们大人说话你插什么嘴，没规矩！"其实他公子与丁如明年龄差不多，相差至多也就三四岁。弄得丁如明倒有点尴尬，很过意不去。周劭在古籍出版社工作的十年间，主要从事古籍整理稿件的审读，他担任责任编辑的图书有四十多种，其中有列入《中国古典文学丛书》的《樊南文集》《雁门集》《揭傒斯全集》《高青丘集》《陈子龙诗集》《牧斋初学集》《牧斋有学集》《牧斋杂著》《吴梅村全集》《顾亭林诗集汇注》《安雅堂全集》《方苞集》《樊榭山房集》《刘大櫆集》《惜抱轩诗文集》《两当轩集》《人境庐诗草笺注》《岭云海日楼诗钞》等，以及《瀛奎律髓汇评》《宋词纪事》《明诗纪事》《词苑丛谈》《洪宪纪事诗三种》《清诗别裁集》等。由于饱读诗书，腹笥深厚，他审稿面很宽，速度也快。1988年12月，由上海古籍出版社推荐报送，经上海市出版专业高级职务评审委员会讨论表决通过其编审任职资格。

周劭在做编辑的同时，自己也参与一些古籍整理，在上海古籍出版社出版的就有他标点的查慎行著《敬业堂诗集》（全三册，1986年）、姚燮著《复庄诗问》（全二册，1988年）和《史记菁华录》（与王兴康合作，署名周旻佳，1988年）等。晚年他又重作冯妇，写了不少漫谈文史掌故和回忆往事的随笔，结集的有《黄昏小品》（上海古籍出版社，1995年）、《葑溪寻梦》（古吴轩出版社，1999年）、《向晚漫笔》（上海古籍出版社，2000年）等，内容主要是谈明清史中的人物和轶事、近现代名人趣闻、上海和苏州地区的地方掌故等，往往是谈今说古，中西兼容，娓娓道来，意趣盎然。他专题的著作有《清诗的春夏》和《中国明清的官》等。周劭喜欢清诗，尤其推重清代诗人吴伟业和黄仲则，取斋名为"揖吴拜黄斋"。他曾告诉丁如明，他去劳教时居然还带了两人的集子，两人的诗陪伴他熬过了漫长的岁月。《清诗的春夏》署名周黎庵。他把清诗分为四季，以随笔的写法叙述清代前中期诗人的故事。这是中华书局（香港）有限公司"诗词坊"中的一种，1990年4月出版，1991年由江苏古籍出版社引进内地，

周劭部分著作书影

这套书是金性尧主编的。这套书中还有金性尧著的《闲坐说诗经》等。《中国明清的官》是辽宁教育出版社1998年出版的《茗边老话》丛书中的一种，收入丛书的还有金性尧的《六宫幽灵》、鲲西的《深宫里的温莎娘儿们》等。周劭下笔极快，掌故信手拈来，他的这些文章大都是工间操休息时间写就的。

1987年12月，上海书店出版社聘请周劭和上海古籍出版社杨友仁、上海辞书出版社王知伊三位退休老编审为《中国近代文学大系》特约编辑。《中国近代文学大系》由周劭的老友范泉负责编辑，范泉是一位富有经验的老出版家，为丛书搭建了一个包括施蛰存等各领域专家的阵容强大的编委会。编辑室还有龚建星、郑晓方两名青年编辑。龚建星后调《新民晚报》任副刊《夜光杯》编辑，以笔名西坡名世。郑晓方为早期共产党人郑超麟（1901—1998年）之堂孙女，为照顾郑超麟起居从福建老家调沪，后调中国福利会出版社为编审。当时，在福州路上海书店楼上食堂划出一块地方，放上写字桌和书橱，他们就在那里做编辑。经过这些老少编辑几年的艰苦努力，1991年，12集30卷2000万字的《中国近代文学大系》出版。1997年，该书获第三届国家图书奖荣誉奖。

为了开拓选题，周劭向赵昌平建议，将《宇宙风·自传之一章》《人间世·名人志》专栏合集为《未能忘却的忆念》一书。此书由上海古籍出版社于1999年出版。该书裒集了蔡元培、周作人、老舍、郁达夫、徐志摩等文化人的生活片断，不仅有史料价值，而且可读性强。受这本书的影响，我策划了《民国名刊精选》丛书十册，选了《语丝》《新月》《太白》《宇宙风》《论语》《人间世》《现代》《万象》等名刊名篇，其中选了戴望舒的文章，周劭还特地陪着戴望舒的女儿戴咏素来我社领取样书和稿费。

周劭晚年来往的朋友除了同事外，老辈的有施蛰存等，小友有陆灏、龚建星等。周劭年轻时就喜欢打牌，晚年也喜雀战。华东师范大学陈子善教授回忆道，其父陈新民"与周黎庵交往较为密切，因他们一度在上海正广和汽水厂共过事。记忆中20世纪70年代末至80年代末，周黎庵常来寒舍与家父喝酒聊天，后来家父家母也常去周府与周黎庵、穆丽娟夫妇玩方城之嬉"（陈子善《不日记二集》，山东画报出版社，2015年）。

周劭晚年经常走访施蛰存先生。陈巨来身后的著作《安持人物琐忆》，是他生前将此稿托付给施蛰存，施蛰存交周劭谋求出版。陆灏等为辽宁教育出版社编《万象》杂志，周劭遂交《万象》连载，后单行出版，名噪一时。周劭还为《万象》撰写了《陈巨来与浙派篆刻家》《烟草琐话》《三十年代有过一个"杂志年"》等文。

周劭退休后，为图清静，向上海文艺出版社借了一间屋独居。房子在嘉善路，我去过，记得是楼中间的亭子间，一厅一卧室。他在斗室中挂了一匾"揖吴拜黄斋"，还在板壁上挂他和太太穆丽娟年轻时的合影照片。他身体不错，冬天坚持洗冷水浴。他喜欢喝酒，晚年患有痛风，穆丽娟不许他喝酒，他不听，还请年轻编辑一起喝酒。因痛风走路不便，他出门拄着拐杖，牙又掉了几个，有年轻同事与他开玩笑，说他"无齿（耻）之徒，不良于行"，他

周劭晚年像

不以为忤,闻之大笑。小青年越挤兑他,他越高兴。周劭晚上喜欢看电视剧。有一阵"清宫戏"流行,他看完了就写一篇杂感,寄给《新民晚报》的"夜光杯"发表。鲲西《怀周劭》一文记:"周君尝自云但有一瓶酒一枝笔,文可顷刻而成。虽然这样,不查文献行文难免有误,所以闻亦有人质疑,周君并不以为意,只是愤愤然就此封笔了。"但周劭去世后不久,"夜光杯"还发表有他的存稿。

四

写周劭,穆丽娟是一个绕不开的话题。关于穆丽娟与戴望舒的故事,坊间已有多种图书文章述及,穆丽娟本人也曾以戴望舒

穆丽娟晚年像

前妻、周劭夫人的身份接受过访谈，2011年6月15日《新民周刊》就有《穆时英之妹穆丽娟：与戴望舒离婚，和周黎庵相伴》一文，叙述得比较详细，本文就不再赘述，只叙述穆丽娟与周劭相关的事迹。

穆丽娟，浙江慈溪人，1917年出生于一个实业家家庭。1935年毕业于上海南洋女中。穆丽娟的大哥是穆时英（1912—1940）。穆时英与刘呐鸥、施蛰存同为20世纪30年代著名的新感觉派小说作家。1935年4月，戴望舒（1905—1950）从法国返回上海，与刘呐鸥、穆时英两家同住在一所公寓里。此时，与戴望舒相恋八年的未婚妻施绛年（施蛰存之妹）已经另有所爱，大家都很同情他。于是，穆时英把自己的妹妹穆丽娟介绍给戴望舒。

两人于1936年6月在上海新亚饭店举行了婚礼。19岁的穆丽娟嫁给了比自己大12岁的戴望舒，婚后育有一女戴咏素，小名朵朵。1939年，戴望舒带着妻女来到香港。由于年龄阅历差距和性格差异，两人的感情出现危机。1940年6月，时任汪伪国民新闻社社长的穆时英在上海被国民党特工人员暗杀，戴望舒不许穆丽娟回沪奔丧。同年冬，穆丽娟之母在上海病逝。穆丽娟不顾戴望舒的阻拦回沪奔丧。1943年1月，两人离婚。

穆丽娟回到上海后，早已相识的周黎庵作为穆时英的朋友经常来看她，陪她聊天。周黎庵比穆丽娟大一岁，尚是单身，在当时的上海春风得意。他爱上了穆丽娟。1943年3月15日，两人在上海金门饭店举行婚礼。在婚礼中充当司仪的柳雨生在同年四月号的《杂志》上写有《文化人结婚记》记录两人婚礼的情景，蔡登山文章中已有节引，兹不赘述。有年轻同事开玩笑地指责周劭不该夺人所爱，他笑着说："这是珠还合浦。我与穆丽娟在乡下住处原只隔一条河，是前后村。"他的老家镇海与慈溪紧邻，可以算是同乡。20世纪90年代，已定居澳大利亚成为著名学者的柳存仁（柳雨生）每次来沪时总要告知我们，有机会时就让我们安排他与周劭见面叙谈。

穆丽娟与周劭婚后育有三女一子。1949年后，穆丽娟走出家门参加工作，在古典文学出版社做校对。周劭到上海古籍出版社工作后，穆丽娟也不时来社，有时与周劭一起参加中国民主促进会上海古籍出版社支部的旅游考察活动，金性尧曾担任过支部主任委员。

周劭最后的日子是在老屋度过的。他与穆丽娟的老屋在上海江阴路一个老式的石库门里弄房子,我去过,记得是二楼,窗对着南京西路。周劭去世后,我和同事代表上海古籍出版社去吊唁,穆丽娟告诉我们,周劭得病后,不愿住医院,就躺在家里,让穆丽娟陪着到最后。

2020年8月,穆丽娟去世,享年103岁。

(载《南方周末》2021年6月24日)

观景楼上的智者
——钱伯城先生印象

观景楼是著名出版人、学者钱伯城先生的书斋名，他的随笔集《观景楼杂著》（辽宁教育出版社，1998年）即得名于此。其《观景楼杂著》自序曰："京戏《失空斩》里诸葛亮有句唱词：'我正在城楼观山景。'他观的只是山景，但世事皆景，世人皆景，花花世界何处非景，是观之不尽的。因观景而生感，因感而发为文章，这便是有感之文了。这次编集子要题个书名，想到'观景'二字，即以名所居小楼。楼小景多，内容既杂，故又缀以'杂著'之名。"

钱先生大半辈子以编辑为业并以编辑名世，他也以此自豪，如他在《观景楼杂著》自序中所说："我的本行是出版社编辑，一做就是几十年。偶尔为文，也不多。编辑这个行当，'为他人做嫁衣裳'，社会舆论每为之不平，我却至今不悔，甘之如饴。照我的看法，编辑还只能说是'为他人补衣裳'，做点从文字到

钱伯城著《观景楼杂著》书影

论点的修修补补工作。但经过自己手的修补，出来一件崭新漂亮的衣裳——书籍，是他人的，却像自己的一样，这喜悦之情也只有编辑体会得到。还有一说，编辑不能成家，只能叫'杂家'，这也含有一点轻视之意，'打杂'的专家。我则认为'杂家'不易做，他是审定判断专家或非专家著作的一家，他是'衡文公'，衡天下人文章的，什么知识都要懂一点，非'杂'不可，而且立足点更要高。"这段话充分表达了他对编辑工作的热爱和对编辑工作性质的认识；而其中编辑"是审定判断专家或非专家著作的一家，他是'衡文公'"等语，则对做好编辑工作提出了要求，并流露出自豪之情。钱先生是以此标准要求编辑的，他做编辑也是达到这一标准的。2021年11月3日，钱先生在上海走完了他百年的人生之路，他几乎完整地见证了1949年以来中国出版事业的发展历程。因此，撰文回顾他的生平事迹，不仅是对前辈的纪念，而且也是为出版史提供资料。

一

钱先生是江苏常州人，1922年2月生于一个职员家庭。他早年的经历非常丰富。1927年随父迁往汉口，1932年毕业于汉口道生小学。1934年8月考入常州中学读初中。1937年7月至1938年9月，他分别在上海、汉口的生活书店当练习生，可以说是与出版初结缘分。他自幼酷爱阅读，在生活书店刻苦自学，还

钱伯城先生像

一度加入中国共产党。1939年1月，赴重庆在卫生局任练习生。此后五年间，先后在重庆的两家兵工厂和火柴专卖公司任职员。1945年初，入重庆正气日报社任编辑。同年冬，赴上海文汇报社任资料员，期间兼任江苏货物税局职员。1946年4月回常州任江苏货物税局职员。不久，入常州柏桢中学任教员。1947年10月至1949年10月分别在上海、台湾任招商局轮船公司业务助理员。1950年3月经招聘，到长春市第二中学任教员。1950年9月起在沈阳东北人民政府贸易部任内刊编辑。1952年9月又转入沈阳财经学校任教员。十多年流转不定的生活、十几个不同岗位的工作，给了钱伯城丰富的人生阅历和观察社会的能力。

1954年1月，钱先生调入上海新文艺出版社任编辑。从此他再也没有换过职业，开始了几乎从事大半生的出版事业。新文艺出版社是中华人民共和国最早的一家公私合营的专业出版机构，1952年6月1日由海燕书店、新群出版社、群益出版社、大孚出版公司四家私营出版机构合并改组而成，定位是"以出版中国和外国现代文学作品为主的全国性文学专业出版社"。首任社长为时任中共中央华东局宣传部文艺处处长的刘雪苇（1912—1998），总编辑是晚年盛名不衰的文艺理论家王元化（1920—2008）。新文艺出版社有两个编辑室，第一编辑室负责现当代文学，主任为作家梅林（1908—1986）；第二编辑室负责翻译，主任为以笔名辛未艾名世的翻译家包文棣（1920—2002）。还特设一个原稿整理组，专门对编辑室发出的书稿在送出版部门前做文字包括语法、文句和标点等的检查，组长为晚年以鲲西为笔名的学者王勉(1916—2014)。1953年10月，刚辞去江苏省文化局局长一职，到上海工作的李俊民（1905—1993）接任新文艺出版社社长。李俊民是老革命，同时也是一位作家、学者，社里的同志尊称他为俊老。他的到来，改变了上海的出版格局。1954年，中华书局和商务印书馆迁往北京，上海没有了专业出版古籍的出版社。出于对中国古典文学的热爱，李俊民在新文艺出版社里成立了中国古典文学编辑组。古典文学编辑起初只有钱伯城一人，挂在第一编辑室。在李俊民的直接领导下，与人民文学出版社协同分工，拟订了上海古典文学出版规划草案，这个草案在随后几年成为上海古籍整理出版工作的基础之一。他这一时期编辑出版的书有郭绍虞《中国文学批评史》、夏承焘《唐宋词人年谱》《唐宋词论丛》等。他还参与策划编辑了一套中国文学名著选读丛刊，选辑历代诗歌、散文、戏曲、小说等，请郭绍虞、刘大杰担任主编。新文艺出版社特地借上海作家协会会议室召开第一次主编会议，由李俊民、王元化主持。会议确定了编选者人选，多为当时的一流学者。随后陆续出版的有朱东润选注的《左传选》，陆侃如、高亨、黄孝纾选注的《楚辞选》，顾廷龙、王煦华选注的《汉书选》等（参见钱伯城《往事琐忆》，《问思集》，上海古籍出版社，2001年），其中《左传选》《楚辞选》是钱伯城担任编辑的。

1956年11月1日，经上海市人民委员会出版事业管理处同意，在新文艺出版社中国古典文学编辑组的基础上成立了以出版中国古典文学书籍为专业的古典文学出版社，李俊民任社长兼总编辑。钱伯城和王勉转入古典文学出版社工作，任出版社秘书。为了办好古典文学出版社，李俊民调来了老出版家汪原放、刘哲民和胡道静等，以及受到"胡风案"株连的梅林、俞鸿模、何满子等人，还动员了自己的老友时任苏北师范专科学校（扬州大学前身之一）历史科主任刘拜山、南京大学中文系副教授于在春加盟。编辑部虽然只有十几位编辑，但都是才学之士，一时人才济济，李俊民"常戏称他主张'人材内阁'，私下不无得意地说：我们这个班子办一个大学中文系是胜任的"（何满子《悼胡道静并琐忆往事》，《新民晚报》2003年12月22日）。"俊老的'用人不疑，疑人不用'的领导风度,使编辑部同仁精神振奋,干得有声有色"(《跋涉者——何满子口述自传》,北京大学出版社,1999年)。钱伯城和王勉、何满子等同道相应,来往颇多,而与其他新进人员似有距离,不免有所议论。不久,反右派斗争开始。古典文学出版社也不例外。在社里具体主持反右派斗争工作的副总编辑陈向平(1909—1974)担任了社整风领导小组组长,也责无旁贷地抓运动。何满子回忆道:"社里同样也火热火爆地搞起了反右。陈向平把我找去,说钱伯城是右派,要我揭发。我同钱伯城,还有另一位小青年陈文坚同在一个办公室,自然接触较多,但我能揭发什么呢?没有什么好揭发嘛!"(《跋涉者——何满子口述自传》)结果,1957年8月,经上海市出版局整风领导小组决定,钱伯城、何满子和陈文坚三人被打成"反革命"小集团,都被划为右派,钱伯城还成了"主帅"。古典文学出版社有六人被划为右派,除上述三人外,还有王勉、经理部副经理刘哲民和编辑王敬之,正好占全社员工的十分之一,符合当时划右派比例的上限,他们分别受到撤职、降级、开除公职、劳动教养等处分。与何满子、王勉等被开除公职、劳动教养相比,钱伯城还算庆幸地被留在社里继续从事编辑工作,但免不了被下乡"监督劳动"。

1958年6月1日,经上海市出版局批准,在国务院古籍整理出版规划小组统一规划下,古典文学出版社与中华书局上海办事处合并成立中华书局上海编辑所,习称"中华上编",受上海市出版局和中华书局总公司双重领导。钱伯城又转为中华上编编辑。

1961年，他被摘去右派帽子。他这一时期参与编辑出版的书有《苏舜钦集》《汤显祖集》《茶余客话》《聊斋志异会校会注会评本》《乾隆抄本百廿回红楼梦稿》《乾隆甲戌脂砚斋重评石头记》等。1962年，中华上编创办了学术刊物《中华文史论丛》，首辑作者有平心、杨宽、蒙文通、蒋天枢、朱季海、陈子展、夏承焘、周予同、唐长孺、俞平伯等，均为文史学界的一时之选。这个刊物由编审刘拜山负责。钱伯城也参与了创刊工作，并曾致函陈寅恪先生约稿："我们希望的是能得到先生的文章，以光篇幅。大作《再生缘考》虽未公开发表，但学术界早已遐迩传说，均以未见印本为憾。据闻香港商人曾盗印牟利，实堪痛恨。为满足内地读者渴望，此文实有早予公开发布必要。是否可交《论丛》发表，如何？甚望即加考虑，示复为感。"陈先生复信说："拙著《论再生缘》一文尚待修改，始可公开付印。目前实无暇及此。来函所云一切，未能从命，歉甚。"钱先生曾向笔者回忆起当年约稿的情形。当时，陈向平从复旦大学历史系陈守实先生处借得陈寅恪先生《论再生缘》油印本一册，在编辑部中传观。陈向平对陈寅恪先生十分推崇，编辑部同人对于陈寅恪先生论文的创见都钦佩不已，遂趁《中华文史论丛》创办之机，向陈寅恪先生约此稿。虽然，《论再生缘》当时未能在《中华文史论丛》上发表，但1978年上海古籍出版社成立后，在李俊民的支持下，仍由钱伯城任责任编辑的《中华文史论丛》第七辑（复刊号）、第八辑首次在内地刊登了《论再生缘》一文，遂了十多年的心愿。

编辑工作之余，钱伯城撰写出版了不少学术论著，有《辛弃疾传》（署名钱东甫，作家出版社，1955年）、《司马迁的故事》（署名阳湖，上海古典文学出版社，1955年）、《唐宋古文运动》（署名钱冬父，中华书局，1962年）等。他推崇明代公安派文学家袁宗道、袁宏道、袁中道的作品，1961年起以五年之力为向无笺注的袁宏道诗文作笺注，完成了百万字的《袁宏道集笺校》。此书1981年由上海古籍出版社出版，以详备博洽著称，为袁宏道及明代公安派文学研究打下了坚实的基础。此后几年，他还整理出版了袁宗道《白苏斋类集》、袁中道《珂雪斋集》（上海古籍出版社，1989年），编选出版了《古代文言短篇小说选注》初集、二集（署名成柏泉，上海古籍出版社，1983、1984年）；评点出版了《新评警世通言》（上海古籍出版社，1992年），对各篇小说加以评点，融入对世相人生的看法，显示出贯通古今的识见。当然这是后话了。

二

1966年6月，"文化大革命"开始，中华上编的出版工作立即受到冲击，先是改名为"解放出版社"，后并入重新成立的综合性大社上海人民出版社。作为摘帽右派，钱伯城再一次受到冲击，免不了挨批斗，1970年被下放到上海四新锁厂当工人。

1977年11月，中共上海市委决定撤销上海人民出版社（大

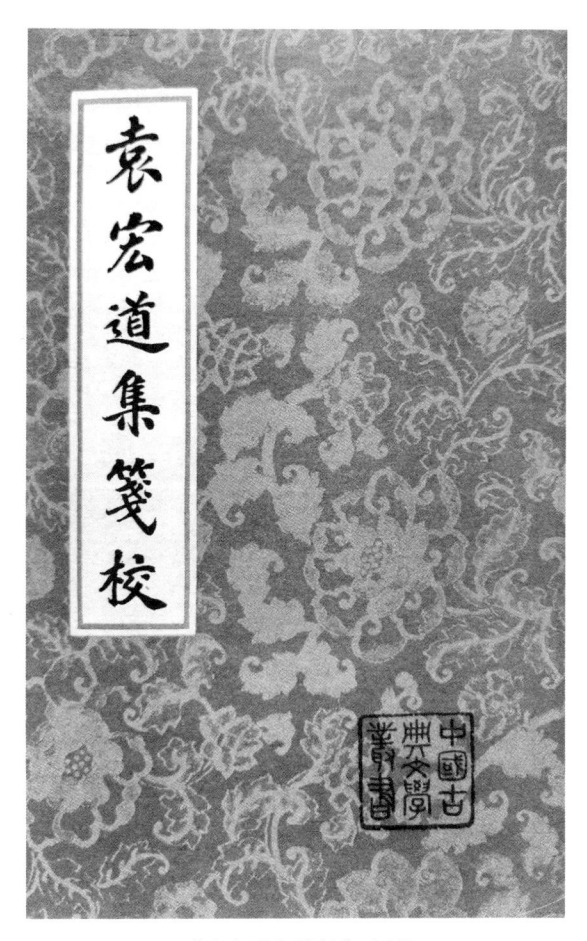

《袁宏道集笺校》书影

社），恢复上海市出版局和各出版社的建制。据此，在原中华上编和大社古籍编辑室的基础上恢复古籍专业出版社的建制，定名为"上海古籍出版社"。1978年1月1日，上海古籍出版社宣告成立，中共上海市委宣传部任命李俊民任社长、总编辑。钱伯城也恢复了编辑工作，着手《中华文史论丛》的复刊。继发表陈寅恪遗稿《论再生缘》后，《中华文史论丛》1979年第二辑（总第十辑）又发表胡适遗稿《〈水经注〉校本的研究》，这是拨乱反正后大陆首次发表胡适遗稿，在学术界产生了热烈反响。1981年11月，钱伯城被任命为《中华文史论丛》编辑室主任。当时编辑室有三四位编辑，除了编辑出版每季度一辑的《中华文史论丛》外，还积极开拓选题，编辑出版《中华文史论丛》增刊《太平天国史料专辑》、《艺风堂友朋书札》、《宋史研究论文集》、《语言文字研究专辑》。为了祝贺以研究中国科技史著名的英国科学史学家李约瑟博士八十寿辰，由胡道静担任执行编辑，《中华文史论丛》编辑出版了16开100万字精装一巨册的纪念性论文集《中国科技史探索》（国际版、中文版二种；国际版用原文付印，包括英、日、中三种文字），收有11个国家30多位知名学者撰写的论文，成为当年的出版盛事。20世纪70年代末80年代初，可以说是《中华文史论丛》影响最大的时期。

1984年10月，上海市出版局任命李俊民为上海古籍出版社名誉社长，钱伯城为总编辑，魏同贤为副社长、副总编辑。曾经受到"胡风案"株连的王元化时已平反复出，担任上海市委宣传部部长，他了解并器重钱伯城，三十年前钱伯城调入新文艺出版社任编辑就是与他联系并得到同意的。由于李俊民当时年近80岁，已在家办公，所以社里的日常工作就由钱伯城负责。协助他工作的魏同贤时年54岁，在出版方面积极开拓、勇于担当，与钱伯城一起策划出版《古本小说集成》《敦煌吐鲁番文献集成》等大型集成性文献项目，为上海古籍出版社的发展打下了坚实的基础。

1986年7月，我研究生毕业后进入上海古籍出版社工作。记得进社后不久，钱先生作为社主要领导召集我们新入职的编辑谈话。除了对我们提出要求和寄予希望外，他还谈了对编辑工作的认识。他认为，编辑并不仅仅只是为他人做嫁衣裳，还是天下衡文的人。投到出版社的书稿，无论作者有多大的名望，都要经过编辑的审阅。从这一点来说，编辑的地位也是很重要的。当然，编辑要做到公正准确地衡文，自己也要有学问，不仅能看得懂作者的稿子，而且还要有补正作者疏误的能力。钱先生说这番话时的神情给我留下了深刻的印象。随着编辑工作的开展，我对钱先生的这番话有了深切的认识，并体会到这就是上海古籍出版社的编辑特色之一，也是上海古籍出版社几十年来能够成为中国古籍整理和研究著作出版的重镇之一的重要原因。

1988年3月，钱伯城当选第七届全国人大代表，开始参政议政，尤其关注法制和城市文明建设。1988年10月，上海市出版局决定实行社长负责制，由魏同贤任社长，聘钱伯城为总编辑。钱先生在选题方面积极开拓，并亲力亲为，主编出版了《古文观止新编》,对原书篇目进行了重大调整,新选名篇达一半以上,入选作家几增一倍,更全面地反映了中国古代散文的发展历史。他还与魏同贤等主编《全明文》并出版了首二册,参与了编纂出版《中华大典》丛书的筹备工作。在他任职时,我仅因编辑发稿等事务与他有过不多的接触,但也能感受到他抓大放小、举重若轻的工作作风。

作为一个深受传统文化浸润的学者,钱伯城并非泥古不化,也关注学术新潮,视野开阔。他曾在《中华文史论丛》发表《继承与创新之冲突与融合》一文,这是他1989年12月在香港大学主办"中国学术之承传与创新研讨会"上的发言。他在文章中写道:"'继承'在其对旧事物的扬弃过程中(亦即孔子所谓'损益'),事实上已经是以新的目的、新的立场、新的观点、新的方法为前提的,即包含了一部分'创新';同样,'创新'把对旧基础的清理作为自己的逻辑起点(也就是历史起点),因而就在一个更广泛和更高的意义上实现了'继承'。在这个层面上,继承与创新不过是在超越旧事物过程中的两条互相联系的思路,两者应该是统一的。但实际上,它们却代表了两种不同的、互为冲突的文化发展理论。当我们在现代化进程中,面对的是以儒学传统为主干结构的中国传统文化时,这种对立和冲突的意义就显得尤为深刻,对这个问题的思考,或许也就意味着我们的历史选择。"他认为:"'继承'和'创新'可以在一个更高的基础上实现统一和融合……对待传统文化的最积极态度,应该是对民族形式的继承保留,和对价值规范、哲学系统的创新开拓……'继承'有助于保持对民族文化的认同,而'创新'将实现对全人类文化的认同。"

三

1992年11月,钱伯城卸任,次年9月退休。退休后不久,他还继续担任上海市古籍整理出版规划小组副组长,协助老领导王元化组长从事规划一些上海古籍整理项目,其中有元化先生请他出任主编的《中华要籍集释丛书》。这套丛书由元化先生提议出版,编辑出版工作由上海古籍出版社承担,社里安排由我负责这套丛书的编辑出版工作,我也因此开始与钱先生有了较多的来往。同时,他还应邀为一些出版社编辑、审订书稿,其中规模最大的当推海南国际新闻出版中心1996年出版完成的《传世藏书》。这套书精选我国历代重要典籍1000余种,并标点整理,横排简体字出版,2亿余字、123册;由季羡林总编,张岱年、徐复、王利器、钱伯城、戴文葆主编,钱伯城、戴文葆两位出版家在具体编务方面出力尤多。钱先生充分发挥其影响力和组织能力,邀请了上海一批知名学者从事这套丛书的古籍整理工作。

耄耋之年的钱伯城先生,始终关注时事,关注上海古籍出版社的出版动态,不废阅读,勤于思考和写作,尤其对中共党史和新中国史的研究充满兴趣,对历史人物乃至出版社老同事的评价都很关注,并把所思所忆等行之于文中,撰写并出版了《泛舟集》《观景楼杂著》《问思集》《回忆中的师友群像》等著作。我想这与他历经沧桑有很大的关系吧,他努力从这些历史事件和人物遭际的回顾中寻找原因,得出教训,以为借鉴。出版社老同事去世有悼词的话,他得知后会让社退管会给他寄一份看。十几年前,我开始撰写一系列回忆评价前辈学者、出版人的文章,发表后他见到了经常会来电与我探讨评价的尺度和一些往事的细节。他对特殊年代的人事有着清晰的记忆,曾经与我说起谁谁谁揭发过他,贴过他的大字报,而他从来没有揭发过他人。他曾回忆自己与胡道静的交往时说:"我们在最困难的不敢觌面交一语的日子里,默契一条做人底线:决不落井下石,卖友求荣;决不狗咬狗(指批斗会和大字报),邀功请赏。"(《为〈胡道静文存〉出版写的推荐书》,《回忆中的师友群像》,上海辞书出版社,2015年)因此,他特别重视气节这一中华民族引以自豪的最高人格品质,特地写了《说气节》(见《问思集》)一文,指出:"进入新时代,一些传统的思想观念、道德准则,需要接受新社会新思想新眼光的检验,这是必然的道理,也就是做人的气节,则是古今一致的。古人讲气节,今人也应讲点气节。古人曾子说:'吾日三省吾身:为人谋而不忠乎?与朋友交而不信乎?传不习乎?'新时代难道能说做人可以不忠不信吗?"我曾经在《东方早报》上发表《从柳雨生到柳存仁》一文,揭出杰出学者柳存仁20世纪40年代以柳雨生为名从事汉奸文学活动的史实,指出:"不能因为柳先生

观景楼上的智者　63

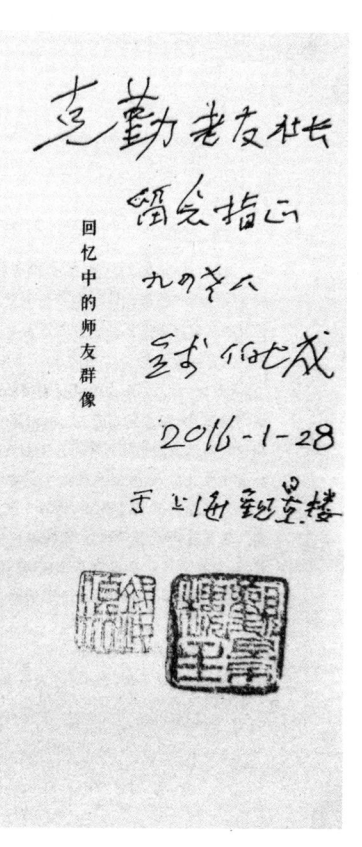

钱伯城签名本书影

后期杰出的学术成就而遗忘他早年不光彩的经历。"钱先生见报后马上打电话给我,说他和王勉都称赞这篇文章,想不到你小小年纪还这么讲气节。我知道这是老先生对我的鼓励。

2013年起,我主持上海古籍出版社工作后,几乎每年两次去钱先生家看望,他会问出版社的情况,也会谈对时事的看法,间或回忆起故人往事,说一些掌故。2017年,我随市委宣传部领导去他家中祝贺他95岁华诞,他还向领导介绍当年王云五发明四角号码检字法的重要意义,建议工具书索引采用四角号码检字法。此后几年,他因患阿尔茨海默症,已渐渐地不认识人了。目睹一个智慧的灵魂渐渐远去,怎不令人感伤感慨。

(载《南方周末》2022年7月21日)

欢聚难再,唯有书在:忆杨勇教授

近读香港作家许礼平《旧日风云(二集)》(生活·读书·新知三联书店,2017年),其中有一篇《独立特行—杨勇》(以下简称"许文"),记叙了已故香港中文大学杨勇教授独立特行的事迹。我与杨勇教授有过交往,他在我工作的上海古籍出版社出版过著作。许文引起了我对杨勇教授的回忆。

一

杨勇教授的生平事迹,比较详细的介绍有《温州都市报》2008年5月8日刊《杨勇与〈世说新语〉》一文,是记者金辉采访杨勇的报道,大致如下。杨勇,字东波,1929年生,浙江永嘉县上塘镇人。祖上世代读书,其父以种田为生。杨勇中学仅读半年就辍学回家当了初级小学的教师。一年后,到永嘉县警察局当文员谋生。后来又考入江西瑞金陆军军官学校,毕业后在国民党军队任营长。在天津战役中被解放军俘虏，释放后回到永嘉家中。1951年3月离家去了香港。他到香港后先是过着流浪生活，直到1955年秋考入香港私立新亚书院才开始正常生活。1959年从新亚书院中文系毕业后，因毕业论文《影宋本晦庵朱侍讲先生韩文考异补正》在院长钱穆（1895—1990）《朱子与校勘学》一文的基础上有所拓展，得到钱穆的肯定而留校当助教。后又随饶宗颐（1917—2018）在香港大学读硕士，成了饶先生门下大弟子。1968年硕士毕业后曾任香港中文大学（新亚书院后并入香港中文大学）中文系讲师、高级讲师及台湾高雄师范大学研究院教授等职，直到1990年退休。杨勇一生从事六朝文史的研究和教学，成果显著，出版著作有《世说新语校笺》《陶渊明集校笺》《洛阳伽蓝记校笺》《杨勇学术论文集》等。饶宗颐先生为前三种书都作了序，为后一种书名题签，足见对杨勇学术成果的肯定。

金辉的报道基本上是根据杨勇的自述而来的。查1938年9月中央陆军军官学校第三分校在江西瑞金重新设立，1945年11月该校裁散。杨勇入江西瑞金陆军军官学校应该在1945年前，一般推测他不可能16岁前就考入并毕业，不可能20岁就任营长带兵打仗，所以许文有"杨勇的年龄，一直是像雾又像花，看不清"之语。2008年7月8日，杨勇在香港去世，其友人温州市龙湾区文联主席、作家章方松撰文说杨勇享年88岁（《缅怀恩师杨勇先生》，台北温州同乡会《温州会刊》第25卷第2期，2009年）。这样看来，杨勇的年龄是少报了七八岁。

与杨勇先生合影

二

杨勇在新亚书院除了受到钱穆的教导外,当时在新亚任教的伍叔傥先生对他学术研究的影响也很大。他向伍先生请教研究方向,伍先生就说《世说新语》是本很好的书,可以搞一辈子。于是他就走上了研究《世说新语》的道路。

伍叔傥(1897—1966),浙江瑞安人。早年毕业于北京大学。先后在上海圣约翰大学、中山大学、重庆大学、中央大学、台湾大学、日本东京大学和香港中文大学崇基学院等校执教。他是一个奇人,性情超凡脱俗,自称"懒病为海内一人,作事总有始无终,而'名'之一字,看得甚轻,便不喜动笔",相知者无不以为是魏晋中人。平生述而不作,生前未有著作结集。现传世诗集《暮远楼自选诗》为他去世后由香港中文大学同事、学生集资选编印行。关于他的事迹,《瓯风》第五集(中国文史出版社,2013年)有吴万景《我的谊父伍叔傥先生》一文叙述甚详。已故的华东师范大学中文系教授钱谷融(1919—2017)1938年考入当时内迁到重庆的中央大学,读的是新成立的师范学院国文系,伍先生是系主任。其《我的老师伍叔傥先生》(《闲斋忆旧》,上海人民出版社,2008年)一文写道:"我经常深切怀念着我的老师伍叔傥先生,他是我一生中给我影响最大的一个人……我作为伍叔傥先生的弟子,由于年龄差距太大,我当时在各方面都太幼稚,无论对于他的学问,对于他的精神境界,都有些莫测高深,不能了解其万一。不过他潇洒的风度,豁达的襟怀,淡于名利、不屑与人争胜的飘然不群的气貌,却使我无限心醉。我别的没有学到,独独对他的懒散,对于他的随随便便、不以世务经心的无所作为的态度,却深印脑海,刻骨铭心,终于成了我根深蒂固的难以破除的积习,成了我不可改变的性格的一部分了!"以文学理论、现代文学研究名家的钱谷融,晚年几乎散尽平生所藏书,唯留《世说新语》不时阅读,可见伍先生给他的影响之大。相信伍先生给杨勇的影响也不会小。

杨勇研究《世说新语》的成果主要就是他的成名作《世说新语校笺》。这是他在饶宗颐先生指导下读硕士期间做的。《世说新语》为南朝宋刘义庆所撰,书中所记人物言行,对后世文人影响很大。南朝梁刘孝标为此书所作注最为有名。杨勇自1961年起至1968年花了八年时间,搜集了240余种有关《世说新语》的资料,对《世说新语》进行系统整理,成《世说新语校笺》一书,1969年9月由香港大众书局出版。这是今人最早出版的整理《世说新语》的著作,一时风行港台学术圈。饶宗颐为此书作序赞道:"门人杨君东波,服膺二刘,寝馈六代,旁鸠众本,探赜甄微,网罗古今,数易寒暑,义蕴究宣,勒成三卷。固已辨穷河豕,察及泉鱼。《史通》之赞刘注,誉非过情;施之于君,抑何多让。"1990年9月退休后,杨勇又不断访求当世有关《世说新语》新著百余种,又穷八年之力,重新为之写定,修订旧作数百处,新增3万余字。2000年由台北正文书局出修订版。中华书局引进正文书局版权，重新刊印，杨勇又精益求精地订正了近百处讹误。全书达80万字，于2006年出版。中华书局同年出版的还有杨勇的《洛阳伽蓝记校笺》和《杨勇学术论文集》。后者收录了17篇论文，包括《论韩愈文之文气》《论韩愈文之体要为钱宾四师九十寿》《陶渊明年谱汇订》《谢灵运年谱》《世说新语书名、卷帙、板本考》《论清谈之起源、原义、语言特色及其影响》《略论玄学之成因》等，可以看到杨勇治学涉猎广泛的一面。

三

我与杨勇教授相识是在2006年12月13日。那天下午，我应香港大学饶宗颐学术馆学术部主任郑炜明之邀，到达香港参加"饶宗颐教授九十华诞国际学术研讨会"。在西环德辅道华美达酒店报到时，见到了老友人民文学出版社编审宋红女士。她介绍与她同来报到的一位中年男子是章方松先生，另一位长者是杨勇先生，他们是1991年在温州举行的国际谢灵运山水诗研讨会相识的。这次她与章方松就是应杨勇之邀来与会的，他们前两天就到了香港，住在元朗杨勇的别墅。这次研讨会由香港大学等九所高校联合主办，规模甚大，活动颇多，14日上午是研讨会开幕式，下午和15日全天是分组发言，16日去大屿山参观饶宗颐手书《心经简林》后离港。参加的有来自世界各地的200余位学者。大会收到190余篇论文，后来汇集为饶宗颐主编的《华学》（第九、十辑），16开6册，由上海古籍出版社于2008年出版。在香港的三天，几乎天天见到杨勇教授。我与复旦大学陈允吉教授、宋红、章方松等同在古典文学组，杨勇教授还专门前来我们组参加讨论。杨勇教授为人热情，性格开朗直率，可能是我在上海古籍出版社的缘故吧，他与我相识不久就提出了想在我社出书的事情。

《世说新语校笺》完成后，杨勇倾力董理旧稿《陶渊明集校笺》。他首先辨明陶集版本，钩稽订正陶渊明之里贯、年寿、出处，然后于每一篇题抉其本旨，辨其年月，复通释全篇，对众家之说择善而从，前后凡四易稿，于1971年在香港出版。饶宗颐为此书作序云："杨君东波潜心陶集有年，于其年世交游既一一为之疏理，复通释全集，平亭众说，究其旨归，要而不芜，简而不凿，津津乎有以会渊明之趣，义风未隔，渊明素襟，或可于此旦暮求之，陶澍以来，斯为极挚。"柳存仁序云："东波此编融会众作，体要精当，而镕裁得宜，盖其殚心于斯，已屡易寒暑矣。以言笺注之长，实在其要言不烦，简而弥善……东波《世说》之笺既行世，世多美之。兹编所揭，胜义又复有逾于前编者。"不知何故，中华书局出版了杨勇三书而未引进该书。于是杨勇向我提出能否由上海古籍出版社引进该书出版。鉴于该书的学术价值，我欣然同意。由于此书版权已属台湾正文书局有限公司，经杨勇联系，正文书局无偿授权上海古籍出版社出版印行《陶渊明集校笺》，出版后送正文书局样书50套。该书经杨勇校订并增加了附录《陶渊明年谱汇订》《陶渊明年寿应为六十三岁考》《陶渊明还旧居诗考释》等后，由上海古籍出版社于2007年7月出版。杨勇要求此书封面设计与中华书局版《世说新语校笺》一致，他还写了《再版自序》，说："本书作于三十六年之前，正是我的盛年；体力充沛，思想集中，故能校勘精细，注解详明，搜罗既广，版式亦佳。与拙著《世说新语校笺》可说是姊妹书，不相上下。"书出版后，杨勇给我来信，说："此书印得大体很好，错字也少。只是封面白底花纹没有显现出来，觉得与拙著《世说》等有不同。下次印行，能否改正，最是挂念。又此书有538页之多，拿在手中阅读，颇觉吃力。下次再印，若改为两册，必受读者欢迎。"

四

2008年6月，杨勇教授给我一信，说："弟有三书急欲出版，并想请贵社刊出。"这三书一是《世说新语校笺论文集》，2002年由台湾正文书局出版，后不再重印，愿意授权给我社再版。二是《读书指导》，"为弟集先师钱穆及牟润孙二先生之意而作，并参考《四库提要》及近人梁任公、胡适之、顾颉刚、鲁迅、朱自清、屈万里等人之书，参以弟见，统一而组合之"。三是回忆录，"暂名《我的前半生与后半生》，内容有趣，尤其是在新亚书院中教学生涯亦见奇象，现大体已完成"。

我尚未回复，就接到了杨勇仙逝的消息。据章方松文说，杨勇是在医院接受手术前麻醉时去世的。据郑炜明告，杨勇是在做心脏支架手术时突然去世的。他住院前一天还跟郑炜明通电话，讲要把藏书捐赠给饶宗颐学术馆。鉴于《世说新语校笺论文集》已有台湾版，所收论文又多见于杨勇的相关著述，我就没与正文书局联系再版。而回忆录仅有初稿，章方松见过。前几年，章方松去香港，看到元朗杨勇的别墅已经租给他人了，章方松与杨勇的女儿也多年没有联系了，不知杨勇的回忆录尚在家中否。

《读书指导》的打印稿不久由郑炜明来上海时带来。这部书的缘起是这样的，据该书序例云：

> "读书指导"，原是香港中文大学新亚书院文科二年级学生的一门课程。内容分经、史、子、集四部，每部该读那些书，那些书又要了解到甚么程度，都由院长钱宾四师所审定。培养学生于大学毕业之后，继续进修，有一独立研读古籍之能力。今书中所列四部概论，即由钱师撰成。概论之前，又有纲要，钱师曰："文化不能与学术分离，欲了解中国文化传统，即不能不了解中国之学术传统；欲研治中国学术，该从中国文化着眼，庶可把捉要点。而研究中国学术，亦即了解中国文化之基础。此篇分经、史、子、集四部，扼要叙述，承学之士，如能由此获得一门径，与夫其精神归宿之所在，则作者所深幸也。"（见香港《人生杂志》第三十二卷第五期、第六期，1967年9月、

10月）钱师又说："老师与学生不同的地方，只有两点：一是老师能读书，学生不能；二是老师能表达，学生又不能。"意思是说：老师能选择甚么书来读，学生不能；老师能读得该书的主要意思是甚么，次要意思是甚么，甚至附带要读的地方是甚么，学生都不能；老师能读得该书甚么地方是用甚么方法来表达的，学生更不知此中道理。这样，读了书等于未读，并未得到书中的好处。其次是表达：老师能将自己的意思用各种方式恰如其分的表达出来，或用图，或用表，或用诗歌，或用议论，学生更不能；甚至连表达普通意思的能力都没有，何况其他？这就是说不懂作文章。他所定的课程主要目的就在此。

从上引可见钱穆开"读书指导"这门课的立意。杨勇在该稿正文前附上了钱穆先生给他的手书墨迹。钱穆说："读书指导一课实不易教而甚有益于学者，幸多着力为要。"他对老师上这门课寄予很大期望。

《读书指导》的初稿即是杨勇担任新亚书院此课讲席的讲义。据该书序例云，1972年，香港中文大学中文系开设此课，由杨勇讲课，以一年二学期每周三小时计，用二小时讲解各书要义，用一小时为学生作导修。讲义油印后分发学生使用。教了两年，颇见成效。不意1974年起中文系停开此课，杨勇亦将此讲义束之高阁。几十年后，他于箧底相见，乃重读一过，颇觉有体有要，

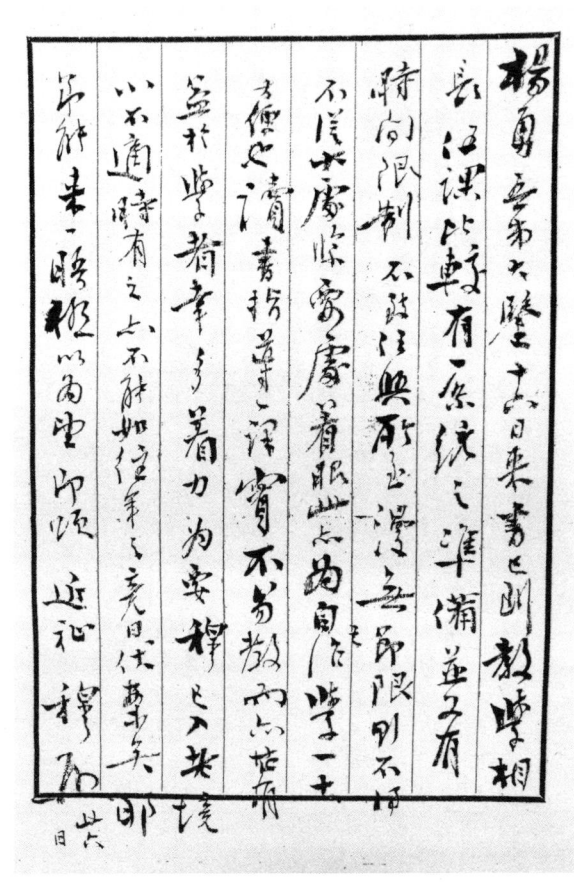

钱穆致杨勇手书

读书指导讲义初稿 杨勇撰

第一章 通论——读书目的、态度与方法。

韩愈师说有这麽一句话:「古之学者必有师,所以传道、受业、解惑也。」这个「师」字,从广义来说,受业二方面暂且不谈,解惑一事,我们对传道、受业、解惑的目的是为了传道,到今天还没有人发觉他的毛病了。这读书的目的已经千余年了。这话已经传道、受业、解惑一事,韩愈说:「读书的目的是解惑!」

人之初生,一切茫昧无知,面对天地万物,不如自己究从何来?将何去?读书的目的是解惑,是把人类既往的生活经验,去其失败的一面,取其成功的一面,而作系统的吸收,在短期内作有系识人类以前的一切活动,是把人类活动的根据。清人章学识。这话实是中肯似对人类活动的事实曾加缜密的考虑。说:「六经皆史也」「六经皆先王之政典也」(另教上

杨勇《读书指导讲义初稿》手稿

可供今日大学教授"读书指导"者或文科学生或高中文史教师作参考用途，于是商定友人章方松先生为之打字，再请朱国藩博士订正而成。

我翻阅了这部十余万字的书稿，正如杨勇所说，是书集钱穆及牟润孙二先生之意，选录前贤相关论述，间杂以己见，所述多常识，可以作为中国传统书的入门读物。这实际上是一部汇编之作，正式出版应该得到相关作者的授权。如该书序例云，1956年，"新亚书院文史系主任牟润孙师开过'古籍导读'一课，课程内容则侧重明清两代学人。第二章怎样研读古籍诸节，说得最是具体详明，今书中所列工具书之利用一节，有几条采用《古代汉语》意见外，其余悉照牟师所示"。但杨勇已逝，取得授权不易。好在所述内容并非稀见之言，而值得借鉴的是这部书稿的框架结构。该书除序例、后记外凡六章。这六章是：第一章通论——读书目的态度与方法、第二章怎样研读古籍、第三章经学、第四章史部、第五章诸子、第六章集部。其中第二章共分五节：第一节"知目录"介绍历代自《七略》至《书目答问》等重要书目；第二节"懂校勘"；第三节"识板本"；第四节"工具书之利用"介绍历代自《说文解字》至《新华字典》等重要工具书及四角号码查字法；第五节"古书疑义、史讳、句读释例"。

杨勇教授存世的著作大致就这些了。作为一个大器晚成的学人，杨勇称得上是勤奋的，其学术成果也称得上是丰硕的。他去世已一纪了，当年参加盛会的饶宗颐等多位先生也作古了。欢聚难再，唯有书在。书比人长寿。杨勇教授的著作也会长久留在学术史上，为后人所参考引用。

（载《南方周末》2020年11月19日）

吴敬琏先生在上海书展

历年上海书展中,我印象最深的是2010年请著名经济学家吴敬琏先生来参加上海书展的活动。

2009年岁末,我从工作了二十多年的上海古籍出版社调至上海远东出版社主持工作。远东社是一家综合性的出版社,财经类图书是其品牌,尤以吴敬琏先生的著作在全国有很大的影响。自1999年吴先生在远东社出版了力作《当代中国经济改革:战略与实施》后,他的不少有影响的著作都交给远东社出版,如《中国增长模式抉择》等。我到任后不久,恰逢吴老八十寿诞,又值其《当代中国经济改革教程》在我社出版,我社特制作了部分精装限量珍藏本为贺。我送了一部珍藏本给好友宁辉,他当时正负责上海书展的筹备工作。收到书后,他向我提出请吴老来参加上海书展活动的设想。2010年5月,吴老来上海中欧国际工商学院讲学,我去其在上海的寓所拜访,向他介绍了上海书展的概况,并转达了书展组委会的邀请。吴老欣然接受了邀请。

2010年8月11日，上海书展开幕。早上，我们把日前抵沪的吴老接到会场上海展览中心。吴老与2009年度国家最高科学技术奖获得者谷超豪、作家莫言、上海世博园区总规划师吴志强作为嘉宾出席了上午的开幕式，并发表了简短的关于读书的感想。吴老寄语读者："现在网络发展很快，活跃了人们思想，也改变了阅读习惯——我们读书更要耐心。"吴老对新技术十分关注，他不但上网，也用电子阅读器。他的讲话引起全场读者热烈的反应。开幕式结束后，我陪吴老参观书展。一路上，吴老不时被争相采访的记者和索要签名的读者拦住，虽然有我的阻挡，吴老还是尽量满足了他们的要求。紧接着，吴老做客上海书展新浪直播间，接受了半个小时的采访。

下午，吴老出席由我社和理财周刊社承办的"中国经济发展转型高峰论坛"。论坛的地点设在上海展览中心友谊会堂。当日上海气温超37℃，但高温没能阻止读者的热情。理财周刊社发出了1000张入场券，没想到来的读者还超过了这个数字。容纳900人的二楼会堂座无虚席，只得又启用一楼分会场的视频直播来满足读者的需要。吴老作了题为"中国经济发展方式的转型"的演讲。他用经济学理论和现实生活中触手可感的事例，来讲解中国经济发展模式的转变。吴老一个多小时的演讲扣住当下，深入浅出。稍事休息后，他又与参加论坛的其他几位经济学家进行了半小时的讨论。论坛结束后，吴老又接受了媒体的集体采访，回答了大家关心的经济热点问题。

吴敬琏著《中国增长模式抉择（增订版）》书影

吴敬琏签名本书影

晚上，世纪出版集团总裁陈昕先生宴请吴老夫妇。席间，吴老又纵谈经济和出版等方面的问题。一天下来，年已八十的吴老略感疲惫，但仍思路清晰，他不仅对经济形势洞若观火，而且对数字出版也有浓厚兴趣。

陪同吴老参加上海书展整整一天的活动，不仅使我感受到吴老渊博的学识和他对现实的深切关怀，还发现吴老对读者和媒体是非常尊重的，这一点尤其使我感动。从吴老身上，我感受到了人格的魅力。

（载《中国出版传媒商报》2013年7月16日）

望之俨然,即之也温:罗宗强先生印象

对于编辑来说,工作中最快乐的事莫过于发现一部好书稿、一个好作者,以及书出版后得到好的反响、作者成了知交。对于我工作的上海古籍出版社和我来说,已故的罗宗强先生(1931—2020)和他的著作《隋唐五代文学思想史》就是这样的好作者和好书。

一

记不得是什么时候什么场合第一次见到罗宗强先生的,但知道他的名字读他的著作很早。1983年9月,我开始随王水照先生研读唐宋文学,有了研究生助学金,像贫儿暴富似的,开始买我曾经想读想藏的书,其中就有罗宗强的处女作《李杜论略》,这本内蒙古人民出版社1980年7月出版的书我买的是1982年12月第2次印刷的版本。这部不到20万字的著作是拨乱反正后第一部全面客观地比较李白与杜甫的思想、艺术等的专著，表现出作者对李白、杜甫作品的深刻领悟，其中《李白与杜甫文学思想之比较》已是作者首开文学思想史研究之先河的牛刀小试。

1986年7月，我研究生毕业后到上海古籍出版社工作，不久就读到了次月由上海古籍出版社出版的罗宗强所著《隋唐五代文学思想史》，当时并没有意识到这本厚达496页35.6万字的书开拓了中国文学史研究的一个新领域。在学界对这本书已有定评的今天，有必要回顾这本书的出版经过。

据罗宗强在这本书的后记中所述，他在1982年完成这本书的初稿，而起念则在1979年。写这本书的由来是，他"有感于我国古代文论中一些基本概念的内涵和外延都不易确切理解，便想来做一点释义的工作，考其原始，释其内涵，辨其演变。于是选了二十来个常用的概念，如兴寄、兴象、意象、意境、气、风骨、势、体、调、神韵等等，多方收集资料，仔细辨认思索。但深入下去之后，便发现这实在是一件不自量力的工作。其中遇到的一个问题，就是这些基本概念的产生，都和一定时期的创作风貌、文学思想潮流有关。不弄清文学创作的历史发展，不弄清文学思想潮流的演变，就不可能确切解释这些基本概念为什么产生以及它们产生的最初含义是什么。因此，只好中止了这一工作，而同时却动了先来搞文学思想史的念头。这又是一件很吃力的工作，只好从比较熟悉的隋唐五代开始"。

1982年3月28日，罗宗强致信给有过通信来往的上海古籍出版社副总编辑汪贤度（1930—2017），信中说："赐示多所鼓励，至为感谢。拙著《隋唐五代文学思想史》正在撰写过程中，殊无把握，蒙关心，并嘱完稿后送贵社，更觉不安，故迟迟未奉复。撰《中国古代文学思想史》，为愚思虑再三之后之选题，有生之年，当努力完成此一选题，更无力他顾。而工程甚大，故拟分阶段进行。第一册即为《隋唐五代文学思想史》，现已至由盛而中转折时期，观点大抵与他人异，盖或亦因着眼点在文学思想之发展，而不在某一人上，出发点不同，评价亦异之故。此册明年上半年当可脱稿。脱稿之后，当奉上求教，非敢望一稿成功，意在求得教正，以便修改而已。届时如或尚有可取之处，而蒙接受出版，则当大出所望也。明年下半年当转入魏晋六朝文学思想史之撰写。此段甚为重要，而愚于此段较比熟识，可能会较顺利些。将来费力之处，当在先秦两汉部分。但此是后话，届时再说吧。"汪贤度1958年从北京大学中文系毕业后进入中华书局上海编辑所（上海古籍出版社前身），一直从事编辑工作，当时分管以古典文学典籍整理出版为主的第一编辑室。他将此信收文后，当时分管以古典文学论著出版为主的第二编辑室的副总编辑魏同贤（1930—2015）即批示："此选题好，作者亦有相当水平，请二编室研究可否列入规划？"魏同贤1953年从山东大学中文系毕业后也长期从事编辑工作，曾负责上海古籍出版社《陈寅恪文集》的编辑出版。二编室即发信给罗宗强，请他完稿后寄来。

1984年3月28日，罗宗强致信上海古籍出版社，告寄《隋

罗宗强先生像

唐五代文学思想史》书稿事。同日，他有一信致好友杭州大学中文系郭在贻（1939—1989），谈到寄书稿事："拙著已于本月24日寄出，寄上海古籍二编室。并给汪贤度同志一信（有一般通信关系，未见过面），此外该社无一熟人。兄有可能，望代为推荐扶持。此书以文学创作倾向与理论批评相印证，论隋唐五代文学思想之发展，不以人为纲，而以文学思想发展中自然形成之时间段落立章。就弟所知，此种写法之断代中国文学思想专史，国内外至今均未见。水平虽不高，但写时是认真的，力求做到凡言必有据。另有两家出版社想出，但考虑到上海古籍的学术地位，弟还是冒昧送上海古籍。兄若能推荐，当于该社审稿时有影响。"（《罗宗强函（二）》，《郭在贻文集》第四卷《旻盦文存下编》，中华书局，2002年）郭在贻此时已有论文集《训诂丛稿》为上海古籍出版社接受（次年出版），故罗宗强信中有"望代为推荐扶持"之语。

《隋唐五代文学思想史》书稿到后，编辑室安排王勉审稿。王勉是一位资深编辑，20世纪30年代就读于清华大学社会学系，对中西文论都有精深的了解。他审稿后，提出了翔实的意见，除了肯定书稿的独创性价值外，也对书稿的不足和体例提出了修改意见，主要有如下三点："1. 全部目录改写，删除空泛提法，突出论述的内容。2. 增加引言一篇，阐明本书主旨，最好能扼要地把本书论点的轮廓勾勒出来。3. 对于诗歌部分，过多的作品介绍作适当的删节。"罗宗强全部接受了修改意见，在《隋唐五代文学思想史》后记中写道:"出版前,又承上海古籍出版社同志提了很好的意见,'引言'就是接受他们的建议而写的,同时,改动了一些章节的标题,作了一些删节,使全书眉目更加清楚,这是我所衷心感谢的。"三十多年以后,他还铭记在心:"我的一本《隋唐五代文学思想史》,1986年在上海古籍出版社出版,因考虑到这是准备编写的《中国古代文学思想史》中的一册,为了以后与编辑部联系方便,希望就近转到中华(书局)来出。我征求了傅(璇琮)先生的意见,也征求上海古籍出版社方面的意见。蒙上海古籍的领导和编辑给了很大的照顾,同意了。他们为此书付出了许多心血,要把此书转走,我真是有些不好意思。"(罗宗强《学人的学术家园》,《中华读书报》2012年3月28日)

值得一提的是,几年前,我去四川大学拜访项楚先生,说起出版往事,他说当年是他向罗宗强建议投稿上海古籍出版社的,因为该社编辑有眼光。项楚当时已在上海古籍出版社的《中华文史论丛》发表有关敦煌学的论文,在学界崭露头角。他与罗宗强是南开大学中文系系友,他1962年毕业,比罗宗强低一届。他大学毕业后考取四川大学中文系研究生,从庞石帚先生治六朝唐宋文学。罗宗强大学毕业后则考取本系研究生,从王达津先生治中国文学批评史。就在罗宗强寄上海古籍出版社《隋唐五代文学思想史》书稿的同时,上海古籍出版社也约项楚撰著《王梵志诗校注》。《王梵志诗校注》经过作者和编者长达八年的打磨,于1991年底出版。这部著作在校勘和注释中将语言、文学、宗教融会贯通，开创了大量利用佛教文献进行中古汉语词汇诠释的先河，成为这一研究领域杰出的创新之作。《王梵志诗校注》的责任编辑也是一位长者，是年长项楚二十岁的资深编辑陈振鹏（1920—2005）。有意味的是，二十多年后，项楚《王梵志诗校注》和罗宗强《隋唐五代文学思想史》先后获得第一届和第二届思勉原创奖。

二

《隋唐五代文学思想史》完成后，罗宗强紧接着又花了八年时间撰写了近35万字的《魏晋南北朝文学思想史》（中华书局，1996年）。这书真是写得他"心力交瘁"。因为他觉得"魏晋南北朝这一个时间段落，实在是我国文学思想史上异样的，又是十分重要的时期，许多的问题，如何认识，如何评价，似都需要重新回答。尤其是《文心雕龙》，既艰深复杂而又隐约朦胧，把握不易"。他"有三四年时间，就在《文心雕龙》上徘徊，一遍一遍地读，一遍一遍地想，把它放到当时的文学创作实际中考察，把它与当时的其他批评家比较，当然也读已有的研究成果。终于慢慢地有了一点看法，觉得这《文心雕龙》所表述的文学思想，并非如学界所曾经认为的那样，与其时之文学主潮异趣，它们之间，其实是一致的。在这个认识的基础上，才逐步梳理它的理论的脉络，写成了现在这个样子"。（《魏晋南北朝文学思想史·后

罗宗强著《隋唐五代文学思想史》书影

记》）后来，他把研读《文心雕龙》的十几篇札记集为《读文心雕龙手记》（生活·读书·新知三联书店，2007年）一书。

在写《魏晋南北朝文学思想史》时，罗宗强感到，有一个问题是他无法回避的，"这就是魏晋士人心态的巨大变化。魏晋文学的新思想潮流，说到底，都与士人心态的此种巨大变化有关"（罗宗强《玄学与魏晋士人心态·后记》）。于是，在写文学思想史的同时，他又断断续续花了四年时间写了近30万字的《玄学与魏晋士人心态》（浙江人民出版社，1991年初版；南开大学出版社，2003年再版）一书。他认为，中国历史上，"只有魏晋和晚明，似乎是两个有些异样的时期。士（或者说是那些引领潮流的士人）的行为有些出圈，似乎是要背离习以为常的传统了。而此种异样，于文学观念的变动究有何种之关系，则黯而不明。于是产生了来探讨魏晋士人心态的想法，目的只是为撰写《魏晋南北朝文学思想史》做一点准备"（《玄学与魏晋士人心态·再版后记》）。这本作者自谦为"副产品""准备之作"的书写得真是精彩，对士人心态的分析鞭辟入里，正如傅璇琮在本书序中所说："读着读着，感到极大的满足，既有一种艺术享受的美感，又得到思辨清晰所引起的理性的愉悦。"年近八十的程千帆先生1991年7月4日致罗宗强信，谈读这本书的感受："顷奉论魏晋士人新著，弟比岁以来，已若枯木朽株，诚所谓不知有汉，遑论魏晋者。今得大著启沃之，亦庶几死井中起微澜乎！尊著精妙，多有昔儒今彦屐齿未及之境。如此著书，不特有益于今人，且有恩于古人也。"(《闲堂书简》,上海古籍出版社,2004年)这本书为历代士人心态研究开了先河。

此后,罗宗强又花了十二年时间撰写出版了60余万字的《明代文学思想史》(中华书局,2013年),以及40余万字的《明代后期士人心态研究》(南开大学出版社,2006年)。在《明代文学思想史·后记》中,他感叹道:"终于把这个题目做完了。十二年,日日夜夜。其间为这题目的研究做准备,写了《明代后期士人心态研究》。但大量的精力,还是耗在了材料的阅读上。即以别集为例,不读不放心,读了与研究题目有关的十不得一。十个别集有九个属于白读。我研究的是文学思潮的发展,总想了解其时之文学思潮究为何种之面貌,与该面貌无关的创作与理论批评,一律舍弃。大量的理论批评,多属陈词滥调,前人已反复言说,明人再说一遍,并无新意,亦无理论价值。当然,经过大量地阅读,对于明代文学思潮发展的环境氛围,还是有一个感性的认知,还是有益的。"由此可见作者治学的踏实和艰辛。这时他已年过八旬了,他还感叹道:"已到风烛残年,像这样的研究,以后是不会做了。回顾一生,感慨万端。一个人的一生,所能做到的毕竟极其有限,何况其中又有十几年时光在莫明所以中虚度……可自慰的是,我此生努力了,勤勤谨谨,不敢丝毫懈怠。"确实,罗宗强是勤奋的,仅从20世纪70年代末以来的三十多年间,他就奉献出如此多的足以传世的佳作,这在当代学人中是不多见的。

三

我与罗宗强先生开始交往是在2004年。2004年2月3日，罗先生写信给我："奉上千帆先生信函三件，请审处，看能否编入程先生书信集中。去年陶先生曾来示征集千帆先生信函，其时弟因搬家，杂乱不堪，不少师友信件均已遗失，无法应征奉寄。近日忽从积稿中发现程先生信三件，喜出望外，重读这些信件，先生之音容笑貌又如在目前，思念之情，不可已已。程先生来信不止此三件，但其余均无法找到了。记得一九八九年有一长信，感人至深，至今只存记忆了。"2月16日，他又给我一信："近日又从杂书中发现程先生信函三件，现奉上。当已无法编入，只是请先生便中一读，知有此事。其中第一封是程先生赠我一册《程千帆沈祖棻学记》，弟以为此书乃先生治学之精华所在，程先生就此复信者，中言及他之所重亦在于此，从中可以看出程先生之学术思想之倾向。"先一年，为纪念程千帆先生诞生九十周年，程先生夫人陶芸编了程千帆书信集《闲堂书简》，由程千帆先生弟子程章灿教授与我联系。罗先生寄来程千帆信时，这本书已出校样，于是我将程千帆信寄给程章灿编入书中，赶上了这本2004年7月出版的书。从这些信中，可以看到程千帆与罗宗强的同道相应。

程千帆1986年12月30日致罗宗强信："承赐新书，拜读感佩。仓卒不能尽其妙，然致广大尽精微兼而有之，则校然矣。居尝窃念文学批评史之研究方法，今日似已入穷途，即有从理论与理论之间架设空中桥梁，居然自成框架与体系，而其来源自创作之变化、在文化背景之差别，则弃置不一探索，诚可惜可叹也。先生之书，诚所谓独辟蹊径，扫空凡俗者。"这是程千帆对罗宗强《隋唐五代文学思想史》的高度评价。

程千帆1998年1月16日致罗宗强信："《学记》承奖饰为愧，然亦深叹公之知我。盖平居最慕能开风气主持风会之前辈，然心有余而力不逮。惟先生能道破其所祈向，此所以特为心折也。"对罗宗强能领会自己的学术祈向，程千帆由衷地表达了欣喜之情。

与罗先生通信之后，他接连寄赠其著作给我，当月寄赠的就有旧作《魏晋南北朝文学思想史》和再版《玄学与魏晋士人心态》；此后又陆续寄赠新作《因缘集：罗宗强自选集》（南开大学出版社，2004年）、《明代后期士人心态研究》、《读文心雕龙手记》、《晚学集》（南开大学出版社，2009年）、《明代文学思想史》。

2006年9月20日，罗先生给我一信，信中说："弟因急需《全明文》与《全明诗》，令人惊异的是二书南开图书馆竟然都未购进，弟从杭州天目山书店邮购得《全明文》第一册，其余各册与《全明诗》均遍访不得。今日汇款三百元至贵社发行部，求购《全明文》第二册（弟不知已出至几册）和《全明诗》第一、二册（未知出至几册），并购近出之《明代驿站考》。《全明诗》与《全明文》极难觅，先生能否请库房想法找出一二册。"他还告诉我："（天津）古籍书店离学校远，购书者不多，因之贵社书常购不到。"当时，克勤先生：奉上千帆先生信函三件，请审度，看能否编入程先生书信集中。去年陶先生寄来亦红集于帆先生信函，其馀又因搬家，杂乱不堪，不少旧去信件均已遗失，无法应命奉寄。近日忽从积稿中发现程先生信三件，喜出望外，重读这些信件，先生立言垂范记犹在目前，思念之情，不可自已。程先生来信不止此三件，但其馀均无法找到了。记得一九八九年有一长信，感人至深。玉石俱焚，尚存记忆。

我去函封信下注上年份，先生只记月日。

颂

春安

弟 罗宗强敬上
二〇一四年二月
三日

罗宗强先生书信

罗先生正在系统阅读明代文学资料，撰写《明代文学思想史》。《全明诗》已出版三册，是1990、1993、1994年先后出版的；《全明文》已出版二册，是1992、1994年先后出版的，都是十多年前的老书了，社里已无库存。于是，我将自藏的《全明诗》三册和《全明文》第二册寄赠罗先生。能为作者提供一点力所能及的帮助，我也很高兴。

2006年9月，我将拙著《王安石与北宋文学研究》寄罗先生求正。先生收到后，回信鼓励道："先生研究从实处着手，扎实细致，非虚空立论者可比。"又言："以前学界有海派与京派之说。以弟观之，年来海上学人治学，严谨扎实，海派实从前京派作风；而京派几成数十年前之海派矣，一笑。"

2010年11月，我去天津公出，特意抽空去南开大学罗先生家拜访。当时在南开大学中文系从事博士后研究的前同事杨万里博士随我请益。其时交谈的内容已不记得了，罗先生书房里挂的画却引人注目，罗先生说这是他的画作。

罗先生工书善画。他早年在家乡广东揭阳师从岭南派画家陈文希、黄独峰习画，有扎实的笔墨功底，有很强的艺术领悟能力。这对他后来研究文学作品应该有很大的帮助。晚年他重拾丹青，又将大半辈子研究文学作品的心得融入绘画的艺术境界。读他的画，在色彩斑斓绚丽的岭南画派风格中，更洋溢着盎然诗意。2009年，罗先生寄赠他和夫人王曾丽合著的《罗宗强王曾丽画作》（香港天马出版有限公司，2009年）。王曾丽毕业于天津美术

罗宗强先生画作

学院，长期从事中学教学工作。此后不久，他又应我之请，寄我一幅他画的荷花图，还题诗道："一自斜风细雨后，淡香入水亦婆娑。"

罗先生去世前一个月，在家人的陪伴下过了90岁生日，家人为他编了《因缘居拾笔——庆祝罗宗强先生90华诞绘画作品集》，收录了他大多创作于晚年的画作。他去世后，其好友复旦大学中文系陈允吉教授受其女儿委托，送了我这本画册。看到罗先生的画作，回想往事，更引起了对他的怀念。

我知道，罗宗强先生对我的关爱，不是纯然出于私谊，而主要是出于对上海古籍出版社及其编辑工作的肯定和感激。

（载《南方周末》2020年9月17日）

琐忆傅璇琮先生

中华书局最近出版了《傅璇琮文集》，收录了著名学者、出版家、中华书局原总编辑傅璇琮（1933—2016）的个人著作《唐代诗人丛考》、《唐代科举与文学》、《唐翰林学士传论》、《李德裕年谱》四种十册、合著《李德裕文集校笺》、《河岳英灵集研究》两种四册、单篇文章结集《驼草集》一种十册，凡四百余万字。作为一个以编辑为职业的学者，仅在工作之余和退休之后的时间内写出如此之多高质量的学术著作已属不易，何况傅先生还积极从事组织参加各种有影响的学术活动，参与策划组织多种规模宏大的学术项目，他参与主编、与他人合撰的以及整理的古籍著作至少还有上千万字之多。这在他这一辈的古代文史研究领域的学者中是罕有其匹的。傅先生的学术影响广泛而又深远，沾溉了几代学人。2023年4月15日，清华大学人文学院和中华书局联合主办纪念傅璇琮先生九十诞辰暨《傅璇琮文集》出版座谈会，我有幸被邀参加。与会学者对傅先生的怀念，也勾起了我对

傅璇琮先生像

傅先生的回忆。

一、初识傅先生

很早就知道傅璇琮先生的大名了。他的名著《唐代诗人丛考》出版于1980年1月。当时虽然距离粉碎"四人帮"已有三年多了,但学术界从"文化大革命"后重新起步,一下子还难以出现成批有分量的学术专著。就在这时,《唐代诗人丛考》问世。这本书通过对二十余位唐代诗人生平事迹的考证,系统研究唐代文人的生活与创作,以其严谨缜密的考证显示了作者扎实的文献功底,同时继陈寅恪先生等前辈后重启文史结合的研究方向。这样一部厚重的考辨性的著作引起学界极大震动，得到广泛好评，对一时研究风气的转变也有很大影响。当时我还是复旦大学中文系一年级的学生。还没有读到这本书，先就听到教我们唐宋文学史课的陈允吉老师提到这本书了，于是记住了"琮"这个有点难读的字。那个时候，经常在《文学评论》《文学遗产》等学术期刊上读到傅先生的大作。1984年，傅先生出版了《李德裕年谱》，通过对李德裕与相关作家事迹的考察，把作家的经历与当时政局的变动联系起来作了幅度较大的探索。1986年，傅先生的又一部名著《唐代科举与文学》出版。这本书考察唐代科举制度的设置、运作和变化，展示科举环境下唐代文人的生存状况、人生感悟和文学追求，为唐代文学研究开拓了新领域，也是文史结合的研究范例。

1986年，我研究生毕业后进入上海古籍出版社工作。上海古籍出版社和中华书局是国内两家最有影响的以出版古籍整理和研究著作为主的专业古籍出版社，彼此业务往来甚多。我入社后，经常在社里的选题出版等会议上听社领导提及中华书局和傅璇琮先生的学术出版动态。1988年，由我担任责任编辑的陈允吉老师的专题论文集《唐音佛教辨思录》出版，傅先生和我的同事赵昌平不久就合作撰写了长篇书评《谈古代文学研究中的文化意识——由〈唐音佛教辨思录〉所想起的》，对允吉先生的治学态度和治学方法作了高度评价。我读了也很欣喜。记不清最早是在什么场合见到傅璇琮先生的，可能是在参加某次学术会议时吧。

1991年5月25日，我赴南京师范大学参加"中国首届唐宋诗词国际学术研讨会"，傅先生参加了会议，当时他是中国唐代文学学会副会长、中华书局副总编辑。因为初识，也就寒暄而已。一个月后，傅先生出任中华书局总编辑。1994年11月2日，中国唐代文学学会第七届年会暨国际学术讨论会在浙江新昌举行。我受我社时任总编辑赵昌平的委托，代表他参加会议。赵昌平当时是中国唐代文学学会的常务理事，后来也担任了副会长。中国唐代文学学会成立于1982年。傅先生于1992年起继著名学者萧涤非、程千帆之后出任唐代文学学会第三任会长，担任会长长达十六年之久。一个出版社的总编辑担任一个全国性学术团体的负责人，充分说明了傅先生在唐代文学研究领域中的成就、地位和影响力。中国唐代文学学会被学界公认为学术气氛浓厚、学风端正严谨的学术团体，是与傅先生长期的领导、组织和投入的大量精力分不开的。这次新昌会议举行了四天，傅先生是会议当然的主角。他为人谦逊随和，平易近人，会上会下都乐于回答后学提出的问题。我也因此与他熟悉，敬佩他的博学多闻，并近距离地领略了他的风采。新昌会议后，我去北京出差时，有空就去中华书局拜访傅先生，渐渐地也了解了傅先生曲折的经历。

二、坚韧顽强的驼草精神

傅先生是浙江宁波人，1951年秋考入清华大学中文系，翌年因全国院系调整，转入北京大学中文系。1955年毕业后留校担任中文系浦江清先生的助教。1957年遭受错误批判，戴上右派帽子。1958年3月调至商务印书馆任编辑，不久因出版专业分工调整进入中华书局工作，任文学组编辑。此后二十年间，在中华书局这个特殊的环境中，不管环境如何变化，即使"受到一种莫名其妙的压抑、欺凌，以及因所谓世态炎凉而致的落井下石的遭遇"（《唐代诗人丛考·2003年版题记》），他总是抓紧时间读书作文。他编的两部研究资料汇编《黄庭坚和江西诗派卷》、《杨万里范成大卷》（署名湛之）就是他在20世纪50年代末60年代初于夜间、假期从图书馆借出成堆的古书中辑出而成的，后者1964年出版时还不能署本名。《唐代诗人丛考》中几乎一半是写于"文化大革命"后期，那时"政治运动仍很频繁，且当时还没有个人著作出版的希望"，但他"不管这一切，日夜躲在书室中，读书写文"。（出处同上）因此，"文化大革命"一结束，许多人还在摸索寻找治学方向时，傅先生已经有了厚重的学术成果问世。从此，他走上了事业发展的快车道，历任中华书局古代史编辑室副主任、副总编辑、总编辑直至退休。作为出版家，他在中华书局主持或分管编辑工作的数十年间，策划、主持整理出版了一系列具有重大影响的古籍图书，包括他主编的《唐才子传校笺》等。同时，他个人的学术研究也从不中断，学术成果也不断涌现，他70多岁时还出版了近百万字的专著《唐翰林学士传论》，单篇文章直到去世前还在撰写发表。其女儿傅文青回忆道："我从'认

《傅璇琮文集》书影

识'父亲开始,他给我的几乎都是他的后背——伏案,还是伏案。"(《弁言——记我的父亲傅璇琮先生》,《驼草集》)傅先生对工作、学术的全力投入与他对日常生活的简单处理正好形成强烈的反差。同事们回忆傅先生日常在家经常是用蛋糕馒头对付一餐。我曾经到过他家,除了桌上、凳子、椅子上堆满的一本本、一包包书外,几乎没有什么摆设,房间似乎没有装修过,地板还是毛坯房的水泥地。傅先生的刻苦是惊人的,否则难以想象他巨大的学术成果是怎样出来的。编者把他的文章结集定名为《驼草集》,是深得其精神的。

傅先生在《唐代科举与文学》序中有这样一段描写："在通往敦煌的路上，四周是一片沙碛，灼热的阳光直射于沙石上，使人眼睛也睁不开来。但就在一大片沙砾中间，竟生长着一株株直径仅有几厘米的小草，虽然矮小，却顽强地生长着，经历了大风、酷热、严寒以及沙漠上可怕的干旱。这也许就是生命的奇迹，同时也象征着一个古老民族的历史道路吧。"这种小草就是骆驼草。傅先生早年的生命历程，就如同一株株"矮小却顽强地生长着"的骆驼草一般。他对骆驼草坚韧顽强精神的赞美，也正是自己的写照。

傅先生给我印象最深的还不是他的刻苦和高产，而是他自觉地担当起引领学术、组织团队、奖掖后进的责任，成为事实上的学术界领袖，他在这方面投入了巨大的精力和相当多的时间，而这一特点在他晚年日益突出。1992年4月，第三届国家古籍整理出版规划小组成立，傅璇琮任秘书长，协助匡亚明组长主持日常工作，参与制订全国古籍整理出版规划。自此，他的学术视野由唐代文学拓展到整个中国传统文化领域，尤其是古籍整理出版领域；他的工作范围也不局限于中华书局，而是置身于整个学术界、出版界之中。具体表现为一是参与策划组织多种有重大学术意义、规模宏大的出版项目，而且多是对学术发展起重大作用的基础性工程，如《全宋诗》《续修四库全书》《中国古籍总目》等；二是组织学术团队、培养学术新人，以极大的热情奖掖后进。《驼草集》收入了傅先生六十年来发表的360余篇文章，其中近一半是为他人著作写的序和书评，其中有他的同辈学人陈贻焮、邓绍基、曹道衡、罗宗强、郁贤皓等，更多的是中青年学人。现在活跃在文史领域且成就突出的一批学者如陈尚君、吴承学、戴伟华、张宏生、徐俊、胡可先、程章灿等，傅先生都给他们当年的著作写过序，指出其研究特点和努力方向，予以他们很大的鼓励。

有人惋惜傅先生晚年如果不在组织实施重大学术项目方面投入太多精力的话，他个人的学术成果会更加丰硕；也有人不解傅先生作为中华书局的总编辑，晚年策划、主编、撰写的著作多在他社出版。而我不这样认为。傅先生晚年在组织实施重大学术项目方面的努力，极大地促进了中国当代学术的发展，这一系列重大的学术成果决不是一个人能完成的，也不是一个人的学术成果能替代的，从这个意义上来说，傅先生个人的学术成果是受到了影响，但他为学术做出的贡献更大更多了。诚然，傅先生后期特别是担任中华书局总编辑后撰写、主编的著作多在他社出版，如他主编的《唐五代文学编年史》是由辽海出版社出版的，他主编的《宁波通史》和担任第一主编的《中国藏书通史》是由宁波出版社出版的，他担任第一主编的《全宋诗》是由北京大学出版社出版的，他参与主编的《续修四库全书》和担任第一主编的《续修四库全书总目提要》是由上海古籍出版社出版的，他担任第一主编的《中国诗学大辞典》是由浙江教育出版社出版的，他担任第一主编的《中国古代文学通论》是由辽宁人民出版社出版的。这些项目中有的是他策划的，有的是出版方鉴于他的学术成就借助他的影响力邀请他挂帅担纲的，例如主编《宁波通史》自然是他义不容辞地为乡邦文化建设做贡献，《续修四库全书》和《续修四库全书总目提要》是出版方诚邀他挂帅且也是他一直想做的项目。这些书之所以多不在中华书局出版，我认为还有一个原因，就是傅先生作为出版社的领导有避嫌的考虑。出版社作为一个经营单位，如果不能确保出版选题兼有社会效益和经济效益，同时出版社领导作为作者参与其中，是很容易引起物议的。需要指出的是，傅先生作为主编，并不是挂名了事，而往往是全过程参与，从选题策划到组织实施，乃至撰稿改稿。对于这一点，我是有亲身感受的。

三、名副其实的大主编

我与傅先生的交往趋于频繁,原因正是傅先生主编的三部大书与我工作的单位上海古籍出版社有关。

1994年,时任中国出版工作者协会主席、原国家新闻出版署署长宋木文(1929—2015)等牵头酝酿续修《四库全书》,既补辑清朝乾隆以前有价值而为《四库全书》所未收的著作,更系统选辑清中期以后至1911年辛亥革命前各类代表性著作。这一倡议得到了傅璇琮等先生的大力支持。1994年7月4日,在北京召开《续修四库全书》编纂出版工作会议,决定由中国出版工作者协会、深圳市南山区政府与上海古籍出版社合作,组建"《续修四库全书》工作委员会"和"《续修四库全书》编纂委员会",宋木文为工委会主任,聘请德高望重的版本目录学家、上海图书馆原馆长顾廷龙(1904—1998)担任编委会主编,编委会的日常工作由傅璇琮先生负责,正式开始《续修四库全书》的编纂出版工作。由于顾先生年事已高,不能参加具体事务,1995年11月,编委会决定由傅璇琮与顾老共同担任主编。为了确保全书的学术质量,根据经史子集四部选目的不同学术要求为每一部类聘请相关领域著名学者为特邀编委,做到版本价值与学术价值的统一。傅先生以其学术建树和人格魅力,邀请到许多著名学者参加编纂工作,以确保全书编纂质量。在傅先生的领导下,编委会与我社紧密协作。在长达八年的编纂出版工作中,在京的编委会成员通常在周末和节假日上班，还在每部类启动与结束时召开编委会工作会议，傅先生与大家一起加班讨论研究解决各种问题。在学术界、图书馆界的紧密合作下，我社于2001年完成了规模、收录品种远超《四库全书》的《续修四库全书》的编纂出版工作。这是继18世纪清朝编修《四库全书》后又一次在全国范围内对中国古典文献进行大规模的疏理与汇集，从规模、收录品种来说堪称天下第一大书。出版后，学术界反响很大，认为这部书与《四库全书》配套，中国古代的重要典籍大致齐备。2002年，此书获国家图书奖荣誉奖。而这与傅先生作为主编具备的学识、付出的辛劳是分不开的。关于傅先生对编纂这部书的贡献，主持这部书出版工作的我社时任社长李国章有详尽且深情的回忆（《风范长存天地间——追忆与傅璇琮先生交往点滴》，《古籍整理出版情况简报》2017年第6期），本文就不赘述了。

在主编《续修四库全书》之前，傅先生已经有摸清中国学术家底的想法。他任国家古籍整理出版规划小组秘书长后，曾经想组织编纂"中国古籍总目提要"，而编纂提要先要建立基本书目，于是召集国家图书馆等十一家大型图书馆古籍部主任合作编纂《中国古籍总目》。1992年5月在北京举行的第三次全国古籍整理出版规划会议，将编纂《中国古籍总目》列为国家古籍整理出版重点项目，并由古籍整理小组主持。这一项目于次年7月启动。《总目》编纂分经、史、子、集、丛书五部，又于子部增立"新学类"，各落实一主编馆承担书目汇编，各参与馆则将本馆藏书

宋黄山谷有言：学书要须胸中有道义，又云，士大夫处世可以百为，唯不可俗。

傅璇琮谨记

傅璇琮先生手迹

记录分部类递交各主编馆。但各馆步骤不一，编纂工作至1999年因机构调整等原因而中断。2003年12月29日，古籍整理小组在北京中苑宾馆召开"《中国古籍总目》编纂工作会议"，重新启动《中国古籍总目》的编纂工作。由原国家新闻出版总署副署长、时任古籍整理小组副组长杨牧之任中国古籍总目编纂出版工作委员会主任，由傅璇琮和杨牧之任中国古籍总目编纂委员会主编，并责成中华书局和上海古籍出版社联合出版，中华书局承担经部、集部、丛书部的编辑出版，我社承担史部、子部和全书索引的编辑出版。两家出版社通力合作，经过十年的努力，终于在2013年完成了这部洋洋30册、字数达2500万（含索引）的巨著的出版。这部巨著对内地（大陆）及港澳台地区主要图书馆、博物馆等逾千家古籍收藏机构所藏历代汉文古籍之基本品种、主要版本进行了迄今最大规模的调查与著录，并部分采录海外公藏之中国汉文古籍稀见品种，第一次摸清中国现存古籍约20万种，是我国古籍整理出版事业基础性的工程，为古籍整理与研究者提供了前所未有的书目工具。在总目编纂定稿前的六年间，古籍整理小组几乎每年都要在北京或上海召开一、二次工委会和编委会会议，2004年更是一年开了三次会议，每次都会有编纂体例、进度等方面的一大堆问题需要协调解决。傅先生主持了编委会的工作，总是不急不躁地倾听各方包括各个图书馆编纂方和出版社的不同诉求意见，然后加以归纳，让大家一起寻求解决的办法。我作为编委会委员，受命负责我社承担项目的编辑出版，几乎全程参加了每次会议,在会上领教了傅先生解决问题的协调能力和雍容气度,感受到了他的努力、劳累甚至渐渐有点力不从心的无奈。我注意到,傅先生每次会议刚结束就急着催促大家吃饭,他吃饭的速度也很快,我想他是把吃饭也当任务完成吧。2013年,此书荣获中国出版政府奖图书奖。

《续修四库全书》开始编纂时,已计划仿《四库全书》之例,对所收之书逐篇撰写提要,《续修四库全书》工委会聘请傅先生和上海古籍出版社时任总编辑赵昌平担任《续修四库全书总目提要》主编,又安排了各部负责人员,一些部类如经部易类、集部诗文评类等已请学者着手撰写。2008年3月,傅先生从中华书局退休后,担任清华大学中文系教授、清华大学中国古典文献研究中心主任。在他建议下,上海古籍出版社与清华大学中国古典文献研究中心磋商,正式启动提要编纂工作,延请曲阜师范大学文学院院长单承彬教授担任经部主编,华中师范大学历史文化学院院长刘韶军教授担任史部主编,清华大学中文系主任刘石教授担任子部主编,清华大学中国古典文献研究中心常务副主任谢思炜教授担任集部主编,开始全面约稿。2011年,《续修四库全书总目提要》申请到国家出版基金项目,要求2013年12月完成。2012年4月,《续修四库全书》工委会在上海召开提要编纂工作会议,对加快编纂进度、保证提要质量提出明确要求。

《续修四库全书总目提要》所收每种书的提要内容,均包含著者仕履、内容要旨、学术评价、版本情况等几个方面。许多书近日在文汇读书周报读到您写的对"樊编"
中華書局 我之作，甚有同感。

克勤先生：

今寄上《读倒的库全书》一文，都提交稿编撰材料，
请供参阅，也请便中将这些申上史文哲看过。

提案主编单承彬教授，为曲阜师大文学院
院长。①今夏我曾数次与他联系，请他提供编撰进程
材料，迄日才收到这方面材料。按他所述，进程大致还
较顺利，今年底基本可以完稿。唯"易"是很次的点。

尚差约272种，廖名春至此仅完成40种，且远未交
稿。我昨日与廖名春京中电话联系，据云廖名春11月尚
去台湾讲课，十二月底才返回，这就很成问题。此事我另有
书面反映。经部提交的审稿，我们得再商议。十月
十二日中国宋代文学学会正平举行年会文化交流促进会，此次会也
是造势，我也参加。我们若好好看看议（包括总体出版的
计划）。请代致候人。 傅璇琮 2013.10.1.

傅璇琮先生书信

籍鲜有专门研究。这就要求提要撰写者一方面要细读原书，一方面要将之置于学术史的视野下，考察其学术价值与地位，工作量和学术难度都是很大的。在当今的学术考评制度下，大规模集体协作的提要撰写是一个"无利可图"甚至是吃力不讨好的工作，因此，提要的组稿甚为不易。傅先生为此付出很大努力，一次次一遍遍写信打电话邀约许多国内外相关专业学有专长的学者参与其事。撰稿的学者总共有百余位之多。几位分部主编和不少学者还是很认真地投入这项工作，如期交出符合编撰要求的提要稿。

2013年1月，我担任上海古籍出版社社长。上任不久，就接到傅先生的电话，要我抓紧提要的编辑出版工作。经傅先生和赵昌平两位主编提议，并经《续修四库全书》工委会同意，增补刘石和我联合担任主编。当时，史部提要已经交稿；子部、集部提要的稿件已经约出，正陆续交给分部主编；而经部提要居然还有近一半还未约稿，要完成2013年底前出版是不可能的。傅先生为此也很着急。我社上午8点半上班，我一般8点前到。那时往往刚到办公室，电话铃声就想起，传来傅先生熟悉的声音："高克勤同志。"然后是催问进度，商量办法。与傅先生商量后，首先征得国家出版基金规划管理办公室的同意，为确保质量，申请延期，至2015年12月完成。随后征得经部主编的同意，经部未约稿部分由我约稿。我请了王小盾、杜泽逊等长于经学文献学的学者承担经部剩下部分的约稿撰稿和审定工作，他们都是我社的老作者，又得知是傅先生主编的书稿，都毫不犹豫地答应了，并保证一年内交稿。那一年，傅先生几乎每隔一二周就给我打一次电话，还给我写了 5 封信，都是关于提要的。那时傅先生身体已经不好了，第二年还摔了一跤，住进了医院。我不好意思再劳驾他了。除了抓紧已交稿部分的编辑出版进度外，还与赵昌平分别承担已交稿部分的终审工作。第二年，经部书稿全部完成，我又敦请对经部文献深有研究的老同事、后调任上海书店出版社总编辑的金良年先生担任经部的特约编审。与《续修四库全书》差不多，又是一个长达 8 年的出版工程，终于如期完成了这 4 大册 350 万字的《续修四库全书总目提要》。2016 年 1 月 6 日下午，我去北京参加次日开幕的北京图书订货会，按惯例先去中华书局参加全国古籍出版社社长会议，晚上去傅先生家，傅先生已住院，只能请其夫人徐敏霞老师告诉他书已出版的消息，样书随后奉上。谁料半个月后，傅先生就于 23 日与世长辞，未能看到他主编的这最后一部大书。

作为学者型编辑的杰出代表，傅先生取得的业绩是后人难以企及的。他的著作和业绩，永远是值得后人仰望的一座丰碑。

（载《南方周末》2023 年 5 月 18 日）

琐忆章培恒先生

章培恒先生去世已有十多年了,我们都很怀念他。

章先生去世后,师友们发表了许多怀念他的文章,从各个方面回忆其生前往事,评论其学术成就,称颂其道德文章;我也写有一篇小文,回忆他给我们本科班上课时的情形,以及他撰写《中国文学史新著》等的情况。岁月悠悠,初见章先生已是四十多年前的事了。于我们复旦大学中文系1979级同学而言,章先生无疑是对我们影响最大、与我们关系最密切的一位师长;于我而言,与章先生有两层关系,一是学生与老师的关系,一是编辑与作者的关系。往事历历,许多细节回忆起来还能具见先生的人格魅力,还有续写的必要。值此《世纪》杂志约写我的老师,首先想到的还是章先生,于是不避重复,叙写章先生与我们班级同学、与我工作的上海古籍出版社、与我的交往,以此作为对先生的纪念。

与章培恒先生在北京怀柔合影

一、章先生与复旦7911

在复旦大学,每个系有一个数字序号,中文系是11,于是我们复旦大学中文系1979级的序号就是7911。我们7911一个年级58人就集中为文学专业一个班,而不是像上下几个年级那样分为文学和语言专业两个班。四年中,教过我们的系内系外各专业的老师有60多位,但章先生是第一个给我们本科生开必修课的教授,那是1981年上半年我们大二第二学期,他给我们讲授中国文学史(先秦至魏晋南北朝时期),当时他年仅47岁,是复旦大学中文系最年轻的教授。我们入校的时候,后来被称为"中文系十老"的十位名教授中除了已经去世的陈望道、刘大杰、王欣夫先生外,其他七位都健在，但都到了耄耋之年，只带研究生，不给本科生开课了。1966年之前评上的教授中相对年轻的刘季高先生也年近70了，他后来给我们班开过《左传》研究的选修课。在中文系年过古稀的老教授中，像刘先生那样直到1986年75岁退休为止还给本科生开课的绝无仅有。由于1966年之后职称评定中断了十几年，1978年恢复职称评定时，中文系著名语言学家胡裕树先生评上教授已经60岁了。章先生是1980年评上教授的。

还没有见到章先生，就已经听说了他的传奇故事。他1934年1月生于浙江绍兴。1940年到上海，从小学读到高中。1949年5月上海解放前夕，还在读高一的章培恒加入了中国共产党，成为一名少年布尔什维克。1950年9月就读于上海民治新闻专科学校，次年转入上海学院读大二。1952年全国院系调整，他于同年10月转入复旦大学中文系继续学习。好学深思、上课时勇于提问献疑的章培恒在当时就得到了朱东润老师的赏识。1954年1月，他毕业于复旦大学中文系，留校工作，担任中文系党支部书记。由于深受"五四"新文学传统尤其是鲁迅著作及其精神的影响，就自然地与系里同样服膺鲁迅的中青年教授贾植芳接近。贾先生是著名文艺理论家胡风的战友，而胡风也很推崇鲁迅。章先生后来从事古典文学研究后，还一直关注现当代文学及其研究，撰文捍卫鲁迅和弘扬鲁迅精神，倡导中国文学的古今演变研究，其发源就在这时。1955年5月，发生了后来被认定是一件错案的"胡风反革命集团"案件，贾植芳作为"胡风反革命集团骨干分子"

被逮捕判刑。章培恒受牵连被定为"胡风影响分子"并被开除党籍，检查反省，去复旦大学图书馆研究室工作。好在复旦大学及中文系领导对章培恒还是了解并器重的，一年后就调他回复旦大学中文系任助教，并为他确定先秦两汉文学的进修方向，指定蒋天枢教授为他的导师。在蒋先生严格的指导下，他从读《说文解字》段玉裁注开始，精读典籍，打下了扎实的基础，并开始撰写发表了多篇有影响的学术论文。1979年，他出版了后来获得第一届全国优秀戏曲理论著作奖、上海市第一届哲学社会科学优秀成果著作一等奖的专著《洪昇年谱》，同年赴日本神户大学文学部任教一年。作为中日邦交恢复以后第一位来自中国大陆在日本教学的学者，他以学识渊博、教学认真博得了日本师生的称赞。他从日本讲学载誉归来时，媒体报道过他的事迹。我们对他的讲课都很期待。

章先生的课果然不同凡响。首先是他的仪表让我们有肃然起敬的感觉。他来上课时穿着一身笔挺的西装，还系着醒目的领带，头发也梳得很齐整。这在20世纪80年代初的校园里是很少见的，许多老师上课时衣着都比较随意。我后来才感悟到，章先生这样的衣着是出于对教学的尊重吧。他进教室后不点名，说他的课可以不来听，上课时也可以不听，但不要讲话。他上课时不带讲稿，也不看教材，就按着文学史的发展进程一路讲来，当然讲到具体的作家作品时，他也会写板书。讲到的那些作品他都烂熟于心，几乎都能背诵。我们当时用的教材是中国社会科学院文学所集体编写的《中国文学史》，章先生讲课时并不照着教材讲，而是在讲述有关作家作品的时候，提出一个又一个学界存疑的问题，如《诗经》中民歌和《楚辞》的作者、汉代"苏李诗"和《古诗十九首》的作者及其时代等问题，要求我们要独立思考，不要尽信教材。他讲课特别注重史的发展脉络，包括作家作品的渊源和影响。我后来读他主编的文学史特别是他撰写的章节时，感到特别熟悉和亲切，因为许多观点和内容都是他在上课时讲起过的。他讲课的时候一脸严肃的样子，语速缓慢，不生动但逻辑性很强，一环套着一环，因为讲的内容许多是教材上没有的，听课时稍开小差就会错过，所以听他的课需要特别认真。课程结束时，他以写文章代替笔试，要求学生自己找题写一篇关于作家作品的论文。可能是我大一时的学习成绩不错的原因吧，班主任安排我担任中国文学史课的课代表。作为课代表，章先生向我一一了解论文优秀的同学的学习情况。我发现，他评为优秀成绩的论文都是从文学史的角度入手的，而只作写作特色分析的论文多得不了高分。有一位喜欢写诗的王健同学论述《诗经》中的民歌与法国现代派诗歌的共通点，很得章先生的好评。章先生指导他修改后，推荐给《复旦学报》发表。一个大二学生的习作，被推荐到《复旦学报》发表，可见章先生对学生的提携。

可能是因为我们7911是他从日本讲学归来后第一个上课的班级吧，章先生对我们班倾注了特别多的关怀和心力。我后来感悟到，他这样做，一是有意识地在我们班的教学中实践他的教学理念，二是选择和培养学术研究人才，当然也有师生相得的因素，我们班的同学特别尊敬他。当时，对复旦大学中文系的学生有"眼高手低"的评价，章先生认为这一评价不错，"手低"是可以提高的，而"眼低"就成问题了。为了提高我们的能力，章先生投入了很大的精力。从1981年上半年我们大二第二学期的中国文学史必修课后，他给我们7911连续开了三个学期的选修课，有《西游记》研究、晚明文学研究、古籍校读等。《西游记》研究课上，他从《西游记》素材的来源讲起，与我们一起探讨《西游记》成书的经过和作者之谜，让我们知道怎样开展研究。晚明文学研究课上，他给我们揭出"三言""二拍"等作品中宣扬的"好货""好色"的思想，正是人性、人的欲望的表现，不能轻易加以否定。他的讲课内容给我们带来了思想观念的解放，在当时是很有冲击力的。这也说明，他后来在他主编的文学史中强调的"文学的进步与人性的发展同步"的观点，早在十几年前的课堂上就已形成。古籍校读课上，他每次都复印一些未整理的明人碑志，让我们当堂断句标点，然后给我们讲解其中包含的如官制等文史知识，使我们阅读古籍的能力得到了很大提高。课后，他还组织了读书班，让对晚明文学研究有兴趣的同学每隔一周的一个晚上，到他的办公室随他研读"三言"。在他指导下，同学们完成了《关于〈三言〉作品写作年代的若干问题》的论文，后来发表在复旦大学出版社出版的《中国古典文学丛考》第一辑。

我们进校的时候，中文系主任还是朱东润先生，过了一年胡裕树先生接任。1983年初，正逢我们毕业前的最后一个学期，章培恒先生接任系主任。当时我们毕业还是按照国家计划统一分配，虽然没有找不到工作的担忧，但工作是否合适还是一个问题。那年在京的国家有关部委有不少名额，除了外地同学外，上海同学也有不少要进京工作。对于上海同学来说，离沪工作是一个艰难的决定。虽然具体的分配工作由班主任和指导员实施，但作为系主任的章先生还是事必躬亲，解答进京同学的疑问，过问进京同学的工作安排，努力使进京同学都找到合适的工作。我们毕业前夕，章先生应邀为我们的毕业纪念册题词："追求真理，锲而不舍。纵罹困厄，毋变初衷。"这是章先生对我们学生的殷切期望，也是他坚持不渝的信念，是他的夫子自道。

一般来说，学生毕业了，老师已经尽到了责任，此后来往日疏是很正常的，但章先生与毕业后的我班同学一直保持了密切的往来，始终关心着我们这一班学生的发展，继续给我们以人生和事业上的指导。我们班有几位同学考上了他带的古籍整理专业的硕士研究生，有的后来还随他攻读博士学位，有的日后成为他的同事，追随他从事明代文学与中国文学古今演变的研究，也成为这一领域的领军人物。这几位留校的同学自然成了章先生与我们班联系的桥梁。每当有同学从海外或外地回复旦看望老师同学时，章先生只要有空，都会参加同学们的聚餐，或者是他请同学吃饭。特别值得一提的是章先生参加了我们班毕业后的两次大聚会。一次是1999年7月我们进校二十周年的班庆活动，我们在五角场的蓝天宾馆举行谢师宴,遍邀教过我们的老师。章先生和年近90的刘季高先生等近30位老师出席,章先生发表了热情洋溢的感言。我们的班庆活动持续了三天,结束后章先生专门设宴招待滞留上海的外地同学。还有一次是2003年8月我们毕业二十周年的班庆活动,是在北京怀柔举行的,我们邀请了章先生和当年的班主任、指导员参加,他们都欣然同意,进京参加了三天的班庆活动。2007年9月,他的《中国文学史新著》出版后,恰逢我们班有同学聚会,他还给我们到会的同学每人送了一套,让我们得以继续学习。作为学生,我们深深地感受到老师对教育事业和对学生无私的付出。

二、章先生与上海古籍出版社

章先生与我后来工作的上海古籍出版社有着半个多世纪的来往,是我社长期合作的可信赖的作者,是我们许多编辑的良师益友。早在1959年,他就在蒋天枢先生的指导下,合作整理了晚清民国学者吴闿生撰写的一部解释《诗经》的著作《诗义会通》,由上海古籍出版社的前身中华书局上海编辑所出版。1963年,他与刘大杰先生联名在中华书局上海编辑所主办的《中华文史论丛》第三辑上发表了《金圣叹的文学批评》一文。

1957年,章先生开始撰写《洪昇年谱》。经过大量的史料爬梳、考证工作,终于在1962年完成全稿。他将书稿投到中华书局上海编辑所。当时具体负责出版社工作的总编辑李俊民是一位早年参加大革命的老作家、老出版人，以爱才著称。因此，出版社在审读了这部稿子以后，很快就决定接受出版。由于接踵而来的"文化大革命"，这部书稿的出版被耽搁了。但命运似乎注定了章先生与上海古籍出版社的机缘。1972年起，按照国家要求，《辞海》再次修订，章先生被借调到上海人民出版社辞海编辑室古典文学组参与《辞海》古典文学条目的修订、编写工作，并被安排担任组长。组员有"文化大革命"初期就受到冲击被撤职的李俊民、原《新民晚报》（当时已停刊）负责副刊组的编辑陈振鹏、上海一家中学的语文教研组组长李国章等。李国章是复旦大学中文系1962届毕业生，章先生作为助教给他们班上过课。在工作中，章先生的人品和学问给同事们留下了深刻的印象。1978年1月，上海古籍出版社成立，年过七旬的李俊民复出任社长兼总编辑；陈振鹏调入上海古籍出版社任编辑室主任，后升任副总编辑；次年，李国章也调入上海古籍出版社任编辑，十五年后成为上海古籍出版社的第三任社长。上海古籍出版社成立后，在书稿方面首先清理积稿，1979年就出版了《洪昇年谱》。这部书稿在尘封了十七年后一经问世，便在学界引起重大反响，被誉为搜罗宏富、取舍谨严、考订翔实、论证有据之作。

章先生曾经撰文回忆这段往事："建国五十年来，上海市出版工作的成就是众所共睹的。而就我个人来说，接触最多，感受最深的，是上海古籍出版社……上海古籍出版社的优良作风很多。

章培恒著《洪昇年谱》书影

例如，气魄宏大，敢于出版为学术研究所急需的规模巨大的丛书，坚持学术质量，迎着困难上（不顾'左'的势力的日益膨胀，而毅然编辑、出版《中华文史论丛》就是一个典型的例子）等等。我个人所最为难忘的，则是她对青年的、无名的作者的重视。记得我将拙著《洪昇年谱》投寄给中华书局上海编辑所——上海古籍出版社的前身时，还是一个二十几岁的青年，不但在学术界默默无闻，并且在政治上背着相当沉重的包袱。但是，在审读了稿子以后，出版社很快就决定接受出版，同时还约我再写一部关于《诗经》的稿子，与我签订了正式的约稿合同。尽管后来由于所谓'文化大革命'，《洪昇年谱》的出版拖了下来，关于《诗经》的稿子我也终于没有动笔，但出版社对青年作者的信任与支持一直使我十分感动。'四人帮'被粉碎之初，因为出版工作停顿了十多年，许多专家的稿子都急需出版，我当时虽已进入中年，在学术界却仍是一个无名之辈，但在上海古籍出版社社长、学术界老前辈李俊民同志的关心下，《洪昇年谱》却在上海古籍出版社恢复的初期就列入了出版规划，并且迅即问世。我想，这决不是对我个人的优待（我跟李俊民同志与有关的编辑同志实在说不上有私交），而是一种很好的作风与难能可贵的胆识：不问作者的年龄与名声，一切以稿子的质量为依据。据我所知，上海古籍出版社直到今天仍然保持着这样的特点，而这在目前是尤其重要的。"（《我的喜悦与祝愿》，《我与上海出版》，学林出版社，1999年）

《洪昇年谱》出版后,章先生开始了与上海古籍出版社的密切来往,不仅把自己重要的学术成果交给上海古籍出版社出版,而且积极为上海古籍出版社一系列重大选题献计献策。1985年,章先生卸任中文系主任,担任他组建的复旦大学古籍整理研究所所长。他发起编纂《全明诗》并任主编。继李俊民之后担任上海古籍出版社社长的魏同贤,是一位勇于开拓、奋发有为的出版家,对同辈的章先生很推崇,不仅接受了《全明诗》的出版任务;并在章先生的帮助下,发起编纂《全明文》并与时任总编辑钱伯城等出任主编;同时又组织编委会,编纂了收入宋元明清小说428种全693册的大型文献影印丛书《古本小说集成》,邀请章先生等著名学者担任编委。编委们不仅确定选目,而且组织学者撰写提要。编委之一的北京大学教授安平秋先生告诉我,章先生是编委中对这套丛书的学术质量把关贡献最大的一个。

章先生不仅应邀参与上海古籍出版社重大选题的策划,还关注上海古籍出版社的事业发展与人才队伍建设。我到上海古籍出版社工作后,章先生就向我介绍过出版社几位老编辑的学术成就,并评价了几位新锐编辑,认为时任文学编辑室主任赵昌平文章材料观点兼胜,有发展前途。赵昌平是华东师范大学研究生毕业,与章先生不熟悉。章先生对我说:"不知他会喝酒吗?要是会喝酒,就有趣了。"我把章先生的话转达给了赵昌平,他后来去复旦大学时拜见了章先生,并应章先生之邀为古籍所研究生上课。赵昌平后来担任了上海古籍出版社的总编辑,成为学者型编辑的代表,他很感激章先生的知遇和提携。章先生去世,赵昌平以学生身份作联敬挽:"率性情以尊问学江左清风后汉骨,齐今古而达天人漆园蝴蝶鲁城麟。"

三、章先生关心我成长

我大学毕业前夕,章先生曾来征询我的意愿,问我是否愿意考他的研究生。我们毕业那年是1983年,章先生与蒋天枢先生等拟合招八名古籍整理专业的硕士研究生,据说今后主要从事明代文学的研究。刘季高和王水照先生拟各招一名唐宋文学专业的硕士研究生。我还是喜欢唐宋文学,于是报考了王水照先生的研究生并如愿以偿。对于章先生的垂青,一直是很感激的。结果那年复旦大学中文系只招了13名硕士研究生,其中只有一名是女生(那年没招博士研究生,在读的博士研究生也只有两名);古籍整理专业只招到了四名硕士研究生,都是男生,其中两名是7911的同学,他们四人与我合住一个寝室。因此,我经常从他们那里得知章先生是如何指导他们的,每年年底前随他们去章先生家拜年,还不时随他们参加古籍所的学术讲座等活动。

1986年7月,我研究生毕业后即到上海古籍出版社工作。刚毕业的那几年,有外地同学来复旦,同学聚会我只要有时间都会去参加,也经常见到章先生,章先生每次都会问问同学们的近况。记得1993年1月,先后随章先生读硕士、博士并留在复旦大学

章培恒先生题词

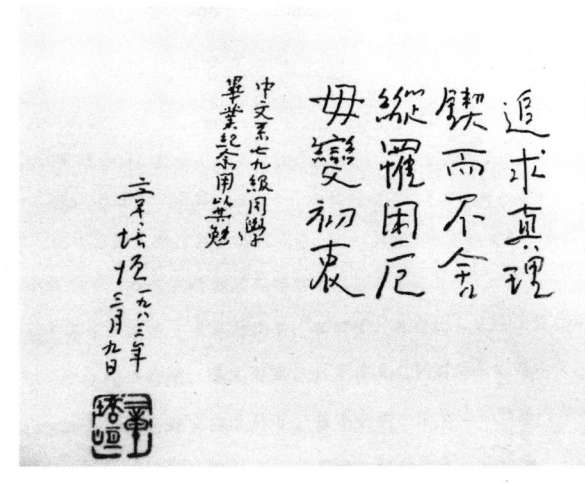

古籍整理研究所工作的同学郑利华结婚，请章先生和我们同学在复旦东园宾馆吃饭。席间，同学告诉章先生，我被任命为编辑室副主任。我说不值一提。章先生说："不要小看副主任呀！"接着说了一通主任的含义，很有幽默色彩。又告诫我："一定要尊重老同志，即使老同志不能帮你的忙。"章先生不仅给学生传授学问，还传授自己的人生经验啊！

此后几年，我历任编辑室主任、副总编辑，章先生与上海古籍出版社的有关出版事项就直接找我联系，让我与社主要领导汇报沟通，我知道这是他对我的信任，因此凡是他嘱托的选题无不尽力落实。他于1999年至2004年兼任教育部人文社会科学重点研究基地复旦大学中国古代文学研究中心主任。按照教育部的要求，中心每年要组织举办高质量的学术会议，并要有学术成果出版。那几年，上海古籍出版社接连出版了多种中心的会议论文集，记得有他和王靖宇主编的《中国文学评点研究论集》（2002年），是2002年召开的"中国文学评点研究国际学术研讨会"的论文结集；他主编的《中国中世文学研究论集》（2006年）是2004年"中国中世文学国际学术研讨会"的论文结集；以及他与梅新林等主编的作为复旦大学中国古代文学研究中心丛刊的《中国文学古今演变研究论集》（2002年）及其二编（2005年）、三编（2010年）等。这些论文集的文章成于众手，体例不一，又有出版时间要求，从审稿到付印的每个环节我都不敢懈怠，得到了章先生的认可。

2007年2月，章先生来信，向我推荐一位青年学者刘永文编的《晚清小说目录》，指出其所收书目较日本樽本照雄的《新编增补清末民初小说目录》（齐鲁书社，2002年）多出一倍，纠正前人错误尤不胜枚举。我社当然接受了这个选题，并列为章先生等主编的《光华文史文献研究丛书》第一种，于次年迅速出版。接着几年，这套丛书又接连出版了日本关西大学井上泰山教授编的原版影印及其校订整理的《三国志通俗演义史传》（2009年）、日本学者中川谕著《〈三国志演义〉版本研究》（2010年）等。

2003年8月，章先生在北京参加我们班毕业二十周年的班庆活动时对我说，他最近写了一篇论文《〈玉台新咏〉为张丽华所"撰录"考》（后载《文学评论》2004年第2期），对历来认为《玉

章培恒先生书信

台新咏》为南朝徐陵所编的常识提出怀疑。他还告诉我,我班同学、毕业后留在古籍所工作的谈蓓芳为了看《玉台新咏》的有关版本,在北京图书馆(今中国国家图书馆)花了不菲的底本费。我当即请他们为我社整理《玉台新咏》。回上海后,章先生来信说:"前在北京时谈及《玉台新咏》版本,你当时认为有重新出版嘉靖本的必要。回来想想,觉得此事确可做得,目前我们这里也有力量。"于是,他与学生谈蓓芳、吴冠文花了几年时间,以明郑玄抚刊本《玉台新咏》为底本,校以明清多种《玉台新咏》版本。2011年8月,署名吴冠文、谈蓓芳、章培恒汇校的《玉台新咏汇校》由我社出版,可惜章先生已于同年6月去世,没有见到此书的问世,悲乎!

初见章先生已是四十多年前的事了,回忆往事,更添"高山仰止,景行行止。虽不能至,然心向往之"之感。

谨以此文,作为一个老学生对章先生的怀念。

(载《世纪》2023年第3期)

纵浪大化中：王水照的学术人生

年近九旬的复旦大学中文系首席教授王水照先生，近些年几乎年年有新著出版，其中有将旧文重新整理一过的，可以说带有总结回顾的意味，日前出版的《王水照访谈录》（上海古籍出版社，2022年；以下简称《访谈录》，凡引自该书的不再出注）也是如此。这本书汇集了过去十来年间王先生与同事、学生和记者的十二篇专题访谈，有谈他的求学经历与治学经验，有回顾参与编写《中国文学史》的经过，以及回忆与何其芳、钱锺书先生的交往等等。这本书以第一手的资料回顾了王水照的学术人生历程，表达了他的学术人生观点，从中可以看到时代、环境对他的影响，以及他如何应对时代大潮的冲击，"纵浪大化中"（陶渊明《形影神·神释》），通过自己的不懈追求，成长为一位有杰出成就、有广泛影响的学者。无论是为人还是治学，这本书都给人以丰富的启迪。

一

人可以说是时代的产物,每个人都受到时代的影响或制约,在时代大潮的冲刷中,或随波逐流,或勇立潮头,命运也随之发生不同的变化,王水照也不例外。他的学术人生历程几乎是与中华人民共和国的发展进程同步的,他在成长的历程中经历了中国发生的巨大变化,他可以说是中华人民共和国培养的第一代古典文学研究专家。他在谈词学研究时说:"我们这一代有一个共同的特点,就是在以马克思主义为主流思潮的背景下,接受新中国成立以后的教育,首先是苏联体制的教育,又经过了一系列大的'运动',所以,我们的学术经过了新中国成立以后的意识形态的熏陶。我们相信马克思主义,在一段时间内也有自觉运用马克思主义的意识。所以,我们能够从视野上接受一些西方的学科观念,学科观念比我们的上一辈要强。我们的优点就是视野比较开阔,能接受现代的学术气息以及其他人文科学的方法观念,从社会科学和大文化背景的角度研究词学。但是,从基础上来说,我们显得相对薄弱,最根本的一条就是词的创作总体比较薄弱。"这段话可以说是夫子自道。

1955年夏天,王水照考上北京大学中文系,从浙东名邑余姚负笈北上,开始了他近七十年的学习研究中国古典文学的历程。20世纪50年代初期的中国,从黑暗中走出来不久的人们拥抱光明,充满理想和朝气。作为新一代大学生,王水照生逢其时。他回忆道:"进入北大中文系之后,我们领受了'向科学进军'口号的感召与鼓舞,一头扎进书海,努力学习。这个时候感受到了许多名师大家的风范,游国恩、林庚、吴组缃、季镇淮、王瑶、吴小如等先生给我们讲授文学史;王力、魏建功、周祖谟先生给我们讲授语言学等等。寝室的学习氛围也很浓,每天睡觉的时候都不忘问问上铺:'今天看了什么好书?'如果他看的书我没看过,又很有兴趣看,第二天我就要找来认真读读,和同学们交流。那段时间可以说是完全沉浸在学习的愉悦之中了。"北京大学一流的师资和教学条件,使王水照庆幸自己获得一个千载难逢的学习良机,度过了两年名副其实的苦读生活。

然而,1957年那个不平常的夏天打断了这个进程,王水照幸运地没有被卷进漩涡而沉沦,反而嗣后的"教育大革命"和"学术大批判"却意外地把他引向宋代文学研究之路。在这场运动中,学生批判自己的老师,正常的教学秩序完全被打乱。被批判的老师反唇相讥,对学生说了一句批评的话:"你们能'破'不能'立'!"这句话刺激了学生的"革命积极性",在当时"大跃进"、大搞科研的时代背景下,就萌生了自己动手编写一部文学史的念头,"把红旗插上中国文学史的阵地"。1958年,凭着初生牛犊不怕虎的勇气和锐气,北京大学中文系文学专门化1955级学生发起集体编写《中国文学史》(俗称"红皮文学史",翌年再版本俗称"黄皮文学史")。这部"红皮文学史",先入为主地列出了三大标准作为该书的指导思想,即现实主义与反现实主义的斗争、

与王水照先生合影

民间文学是文学史的主流、政治标准第一。以这三点为指导,然后构建出这部"红皮文学史"。

王水照认为:"用今日严肃的学术眼光审视,这部'红皮文学史'可以留给后人的东西不多,但是换个角度来看,它对个人的成长与集体的凝聚却有很大作用,至少对我个人来说意义十分重大。"写书谈何容易,需要阅读大量文献并进行思考和写作的锤炼。在短短的时间里,这些年轻的大学生经历了高强度的阅读和写作过程,极大地提高了自己的研究和写作能力。王水照曾回忆道:在组织各断代编写小组时,"就由班上分配在宋元小组,而且被指派为负责人","就我个人而言,首要的是得到继续攻读的机会,不像其他年级同学纷纷下乡'与生产劳动相结合'去了;而且阅读的范围不再漫无边际,相对集中于宋元的文学史料和文化典籍;同时锻炼与提高了科研能力和写作水平,而更为重要的是,从那时起直到今天,虽然世事多变,一波三折,断而复续,续而又断,却一直与宋代文学研究结下不解之缘"。(《我和宋代文学研究》,《鳞爪文辑》,陕西人民出版社,2008年)《访谈录》中也说:"我当时被安排在宋元组,所以直接促使我阅读了大量的宋代文学文献,也就奠定了我后来学术研究的一个重要领域。"他也曾告诉我,他自己收获最大的是在北京大学中文系参加编写《中国文学史》和在文学研究所参加《唐诗选》的选注工作的时候。"学习大批判"的进行,使大多数师生脱离了正常的教学活动,而参加集体编写《中国文学史》的北大中文系

55级学生包括王水照反而是收获满满,可以说是乘势而上。

1960年大学毕业后,王水照被分配至中国科学院哲学社会科学部(今中国社会科学院)文学研究所古代文学研究组工作,继续从事学术研究。一到所,立即投入组里正在进行的另一部《中国文学史》的编写工作。宋代部分正缺人手,他因在大学时期的上述一段经历,顺理成章地承担起唐宋段的编撰任务,从此把自己的治学领域和主攻方向正式地确定下来。

1962年《中国文学史》完稿后,就立即参加了《唐诗选》的编注工作。《唐诗选》初稿于1966年完成,1975年进行修订。"文化大革命"十年,王水照没有卷入"造反"的洪流,成了运动中的一个"准逍遥派",对运动保持一定距离。他回忆道:"我们这批人是不打'派仗'的,不写大字报指责对方","中央提出来要批判的人,我们就参与,但'派仗'是不打的。这个立场有一定的自觉选择性,也是为了保护自己","我当时唯一的办法就是尽量保持距离,我就是'以小人之腹'猜度,那些出风头的人都是抱有一些个人目的的……当然,形势所迫,也不是总能保持距离的,有时是必须要表态的。所以我们几个人在运动中总是走在最后,当时很多人上门来游说。运动来了,很难不被裹挟。遇到这样的事,如何守住道德底线,是很重要的"。可能还有一个原因,王水照家在上海,夫人不愿迁居北京,于是他只要有机会就回上海看望家人,也就自然而然地逃避了一些"运动"。在运动的喧嚣浪潮中,家庭成了他名副其实的避风港。这样,他十年间没有荒废太多时间,后期还参加《唐诗选》的修订工作,还能继续读专业书,从事研究。可以说他这时是逆势而退。

1978年3月,为了与家人团聚,王水照调入复旦大学中文系任教。当时"文化大革命"已经结束,国家进入了新时期,改革开放给各个领域都带来新的气象,科学艺术全面繁荣的春天已经来临。王水照也随之真正进入一个正常的学术研究时期,他解放思想,把长期思考的问题形之于文。他先后担任北大版和文学所版《中国文学史》"苏轼"章的执笔,对苏轼作品烂熟于心。针对"文化大革命"中"评法批儒"运动时对苏轼"投机派""两面派"的指控,他发表了《评苏轼的政治态度和政治诗》(《文学评论》1978年第3期),这是拨乱反正后国内学术界最早为苏轼辩诬"正名"的文章。此后,他又发表了《苏轼的人生思考和文化性格》(《文学遗产》1989年第5期)等文,对苏轼一生的思想变化及其儒道佛思想的消长起伏作了颇为精细的剖析,着力发掘苏轼对个体生命和独立人格价值的追求,在此基础上更对中国文人对人生价值的判断作了宏观扫描。

王水照的学术研究这时开始渐趋化境。他说:"这时的研究工作,既作为教学的学术依托与支撑点,保证教学内容的充实和不断更新;同时在教学过程中不断地引起新的思考,在教学、科研互动互补关系中,求得科研选题、内容持续鲜活的时代特点。这种研究方式,与过去那种'以任务带研究'模式告别了,能按照我自己的学术理念、知识结构特点、禀赋素质的优劣,合理地选择课题：由过去的唐宋诗文并举转向偏重宋代文学，由诗词兼及散文，从个别作家到群体研究，从作品的艺术特质、风格流派到文人心态、文化性格探讨，等等。艺术观念有所更新，研究视野有所开拓，运用方法有所丰富，对学术传承和发展的自觉意识有所加强。"可以说，他到复旦大学后是顺势而为、与时俱进。正是到了复旦大学后，他进入了对宋代文学自觉而又比较全面的研究。

二

在近七十年的学术历程中，王水照经历的环境相对比较单一，但却是得天独厚的。五年大学期间就读的是北京大学，毕业之后在文学研究所工作十八年，此后四十多年在复旦大学任教至今。他学习工作的地方都是中国一流的学府和研究机构，这样得天独厚的环境不是常人能得到的。2013年，他在获颁上海市哲学社会科学学术贡献奖时说："此时此刻，我最要感恩的是我学术道路上经历过的三个单位，第一就是在全国最优秀的大学的中文系求学，接受了学术启蒙；第二是在全国最高的文学研究机构工作，开始了我的科研之路；第三就是到上海一所海纳百川、开拓创新的大学任教，度过我一生到目前为止最重要的三十多年岁月。"

得天独厚的环境的首要标志就是人际环境，王水照所遇到和所相处交往的人，包括读书时的老师与同学、工作时的领导和同事等，多是一心向学的人。王水照为人淡泊自守，谦和诚挚，给人以恂恂一儒者的形象。他见到过那个年代司空见惯的、颠倒的人事，但正所谓"物以类聚，人以群分"，那些事没有发生在他身上，或者说他躲过了那些人事。

王水照在北京大学中文系就读期间，老师中有许多是各个领域的顶尖学者，还有何其芳、蔡仪等众多校外名家的讲演。与一流学者的交流无疑对提高自己的识见有重要的作用。除了老师之外，还有许多志同道合、才华横溢的同学。他就读的北京大学中文系55级被后人推为北京大学中文系历届学生中人才荟萃的一届，70多位同学中名家济济，其中有文学评论家张炯、谢冕、孙绍振、孙玉石、陈丹晨、吴泰昌等，语言学家陆俭明等，古典文学研究专家费振刚、张少康、孙钦善、陈铁民、李汉秋等，还有改行从事民国史研究的历史学家杨天石等。有这样的老师言传身教，有这样的同学切磋琢磨，在这样相互促进的环境中，只要努力，得到迅速成长是理所当然的事了。在北大，王水照开启了自己的学术历程，找到了与自己禀赋相适应的学术之路。

文学研究所同样是名家荟萃之地。王水照曾回忆道："当时的所长何其芳先生强调研究工作中理论、历史、现状的结合，提倡实事求是的学风，古代文学研究虽属历史科学，但也要求学习理论，注意现状，包括古代文学研究的现状，何先生的这些思想是作为文学所的'所风'建设提出来的，给我以很深的影响。所里又为每个初来的年轻研究人员指派一位导师，我的导师就是钱

王水照口述、侯体健整理《王水照访谈录》书影

锺书先生。钱先生以他并世罕见其匹的博学与睿智，使我第一次领略到学术海洋的深广、丰富和复杂，向我展示了对中国传统文化全身心的研治、体悟和超越，可以达到怎样一种寻绎不尽的精妙境界。在他和余冠英等先生的富有启发性的指导下，我完成了《中国文学史》《唐诗选》两个集体项目中所承担的编撰任务……在文学所最初工作的三四年间，最大的收获是受到对学术规范、学术道德乃至学术伦理的颇为严格的训练与具体的教育，同时初步具有在宋代文学研究领域中进行独立工作的能力。"（《我和宋代文学研究》，《鳞爪文辑》）他追思蔡仪先生："他的关于现实主义的系列论文、关于艺术典型的阐述乃至晚年关于《1844年经济学—哲学手稿》的几篇长文，我都把它当作训练科学思维的良好读物。他对论点的提炼和概括，对论证周密和完美的追求，层层推进的论证结构所产生的理论说服力，在学步者的心中，曾引起过不小震愕的。"（《科学美学的不倦追求——追思蔡仪先生》，《鳞爪文辑》）在文学所，王水照开始了自己的科研之路，完成了从学生到学者的转变。

  复旦大学中文系教师队伍也是人才济济。以古典文学研究而言，有老一辈的朱东润先生，有比王水照年长几岁或同年的王运熙、顾易生、章培恒，以及年轻的骆玉明、陈尚君等。王水照推崇朱东润先生"开创了对一位古代作家进行全方位、多角度个案研究的格局：全面系统的传记叙论，专题性的学术研讨，文本的细读和整理，三种著作体裁，三种言说笔墨，从不同方面和角度去逼近研究对象的整体面目，富有立体感和深广度"。(《三副笔墨铸诗魂——朱东润先生的宋代文学研究》，《鳞爪文辑》)以陆游研究为例，朱东润撰有《陆游传》《陆游研究》《陆游选集》。王水照从事苏轼研究，也撰有《苏轼》(以及与学生合撰的《苏轼传》《苏轼评传》)、《苏轼研究》、《苏轼选集》。特别值得一提的是，王水照调入复旦大学中文系后，一直从事教学工作，至今还在指导博士研究生。近四十年来，他指导的研究生、国内进修教师、国外高级进修生等已逾百人，其中许多人已经成为海内外中国古典文学研究尤其是宋代文学研究领域的中坚。2014年，王水照被评为复旦大学第六届"研究生心目中的好导师"。他曾说："一个学者的成就，学术论文与著作是一部分，最大的成果其实是悉心培养出一批好学生。"与学生在一起，王水照觉得自己也年轻了，一直保持着学术生命的创造力。

到复旦大学后，王水照在学术研究方面开始了多领域的开拓，提出了许多重要命题，取得了一系列独创性成果，特别是在宋代文学研究尤其是苏轼研究领域硕果累累，产生了广泛的学术影响。他以杰出的学术成就和影响力成为中国宋代文学研究领域的领军人物，2000年创办中国宋代文学学会并被推举为会长以来，主办了九届中国宋代文学学会年会，以前瞻性的眼光指出宋代文学研究存在的问题和开拓的方向，创办并主编大型学术刊物《新宋学》，主编《日本宋学研究六人集》(第一辑、第二辑)、《复旦宋代文学研究书系》(第一辑、第二辑)等，极大地推动了宋代文学研究的深入与拓展。他还历经十余年编纂出版凡十册六百余万字的《历代文话》，网罗自宋至清末民初的专书及单独成卷的文话资料百余种，首次将重要散见文话汇于一编，从而为中国古代文章学的深入研究打下了坚实的基础，得到了学界的广泛关注和高度评价。从2009年开始，主办了五届中国古代文章学研讨会，主编《复旦古代文章学研究书系》，使文章学成为古代文学研究领域新的学术生长点。近年又继续发掘重要的文话资料，编纂更大规模的《历代文话新编》。在复旦大学，王水照教学相长，治学境界日益恢廓，终成一代学术名家。

三

处在同样的时代和环境，每个人的人生历程也不会完全一样，甚至会大相径庭。这是因为每个人的禀赋和目标、努力程度不同。天赋异禀、家学渊源之类只能让人羡慕而已，后天树立的奋斗目标和个人的努力是决定成功的关键。从王水照的学术人生历程来看，他选定自己的学术人生目标后就坚持不懈地为之努力，专一执着，心无旁骛，勤勉笃实，不尚空言。《中庸》曰："诚之者，择善而固执之者也。博学之，审问之，慎思之，明辨之，笃行之。"王水照庶几近之。

首先是专一执着。王水照的人生经历其实很简单，学术研究的历程几乎也没有中断。如他所说："我的经历很简单，从北京大学中文系求学,到中国社会科学院文学研究所工作,最后到复旦大学任教。在北大是学习、编写文学史,到了文学所参加另一种文学史的编写,最后到复旦教文学史。如果用一句话来概括我的学术经历,那就是学习文学史、编写文学史和讲授研究文学史的过程。"他在大学求学时就选择了学术人生的道路,就以中国文学史——宋代文学史——苏轼作为研究的对象,从此成为一生的事业。他学术研究的领域可以以"点线面"来概括:"点"就是苏轼研究,也可以说是"一人之学";"线"就是由苏轼研究上下推展到整个宋代文学研究,也可以说是"一代之学";"面"就是由宋代散文研究扩展到整个中国古代的文章学研究,也可以说是"方面之学"。他的同事骆玉明在"一代之学""方面之学"外,指出他还有"一以贯之之学",他所有的学术研究"一以贯之的是:努力地体会、理解中国文化的整体性的传统,在文学研究的工作中对之加以继承和发扬,使之在当下民族文化的建设与发展中起到有益的作用;而这一切,又并不背离现代的和世界性的视野"。(《半肖居问学录》,上海人民出版社,2015年)这是就王水照的治学方法而言的。在长期的治学生涯中,王水照一直坚持实事求是、无征不信的学风,不人云亦云,不望风落笔。他曾说过:"为时裹挟,望风落笔是学人的大忌","独立思考、保持自我是学术创新的根本……学术工作者不论秉持何种立场和主张,不可避免地要受到时代的影响,但'与时俱进'与'为时裹挟'是有本质区别的。区别即在于能否坚持自我意识与独立思考"。(《王

水照苏轼研究四种·总序》，中华书局，2015年）

其次是勤勉笃实。从他近六十年前编选出版处女作《宋代散文选注》开始，到近四十年前编选出版《苏轼选集》，直到年开九秩，王水照始终好学不倦，治学踏实认真。也正因此，他的《宋代散文选注》《苏轼选集》，能够经受住历史大潮的淘洗，至今还不断重版，成为当代选本中的经典。从他的著作中，能找到许多他治学的故事。例如，明人张綖《诗余图谱·凡例》中"按词体大略有二：一体婉约，一体豪放"这段文字，最早以"豪放""婉约"两者对举论词。当代学者引用时多不注明版本出处，而王水照则不然。他查遍复旦和上海图书馆的藏书，追究这段文字的出处，结果发现《诗余图谱》最通行的明代汲古阁《词苑英华》本却没有《凡例》，没有这段文字。最后他在北京图书馆所藏《诗余图谱》明刊本及上海图书馆所藏明游元泾校刊的《增正诗余图谱》本中找到了这段文字，才踏实了，完成了《苏轼豪放词派的涵义和评价问题》这篇广受好评的论文。前几年，每当我与师弟们去王先生家拜年时，总见到先生或在阅读或在写作的情形，先生也总是关切地询问我们工作和治学的情况；连师母也一再嘱咐我们不要荒废了学问，"学问是自己的事啊！"近年他和师母住进了养老院，他的两个房间中还专门辟了一间作为工作室，还继续读书作文。他对钱锺书先生怀有深厚的感情，钱锺书学术研究是他晚年学术研究中牵挂最多的。前年是钱先生诞辰一百一十周年，他将历年所撰怀念和研究钱先生的文章结为《钱锺书的学术人生》一书，交中华书局出版，还专门新撰了《走进"钱学"——兼谈钱锺书与陈寅恪学术交集之意义》这篇体大思精的万言长文，对钱先生的学术旨趣作了精到的概括："文学是'人学'，必然与各个学科发生关联，因而，单纯地从文学到文学的研究路线是不足取的，必须同时进行交叉学科的研究，但最重要的，必须坚持文学的本位，文学始终是出发点和最终目标，坚持从文学—文化—文学的路线，不能让其他学科代替文学研究本身，这是贯穿钱锺书先生全部著述的一个'系统'，对当前我国古代文学研究界，更有着特别迫切的启示作用。"看到先生一笔一划写出的文稿，听着他一如往常的平静的叙述，我们被深深地感动了，先生还在垂范后学。

在时代的大潮中不随波逐流，也不勇做"弄潮儿"，而是与潮头保持一定的距离，坚定地守住自己立身处世的道德底线；努力找到适合自己立身处世的环境并融入其中；找准自己学术人生的奋斗目标，始终不懈怠，持之以恒，终臻佳境。这就是《王水照访谈录》给我的启迪。

（发表于《南方周末》2022年9月5日APP）

才气过人，豪气干云
——记林东海先生

在当代中国出版界，尤其是在文史类专业出版社，有不少集作家（诗人）、学者于一身的编辑，他们才华横溢，个性鲜明，不仅本职工作做得出色，策划编辑出版了许多好书；而且能够在繁杂的编辑工作之余从事创作和研究，著作等身。我工作所在的上海古籍出版社就有这样的前辈，如何满子先生（1919—2009）。以我有限的见闻，人民文学出版社老编审林东海先生（1937—2020）也称得上是这样一位前辈。

林东海先生，福建南安人。1962年复旦大学中文系本科毕业后，从刘大杰教授读研究生，习研中古文学史。1965年毕业后被分配到中国文联中国音乐家协会工作。1972年调入人民文学出版社从事编辑工作，曾任总编辑助理、古典文学编辑部（后来称"古典文学编辑室"）主任。与他熟识的人，无不赞叹他的才气和豪气。

先说林先生的才气。他学养深厚，文思敏捷，著述繁富且精

林东海先生像

品选出。从1981年出版处女作《诗法举隅》后,四十年间出版有《古诗哲理》、《诗人李白》(日文版)、《太白游踪探胜》、《江河行——览胜诗草》、《师友风谊》、《清风吟萃》等著作,以及《李白诗选》、《唐人律诗精华》、《南社诗选》(与宋红合作)等作品选注二十余种,发表其他诗文二百余篇,尚有《李白游踪考察记》(初稿六十余万字)待刊。

以作诗而论。他的旧体诗自选集《清风吟萃》所收三百八十余首,是从现存的一千余首诗中选录出来的。20世纪80年代初,他为编撰中日合作出版的《诗人李白》,花了一年多时间实地考察李白游踪,涉及长江和黄河流域的河北、四川、湖北、湖南、江西、安徽、江苏、浙江、山东、河南、陕西、山西和天津十三个省市，途中吟成二百六十余首诗，有时一天作诗三四首，"收拾风物，尽入诗囊"（朱东润评语）。他从中选录一百六十余首成《江河行——览胜诗草》一书。这些成于枕上、赋于舟车的诗作，正见出林东海的捷才。复旦大学陈允吉教授评曰："蹑踪太白，考赜遗存，涉类稽疑，牵缘结韵。坐啸楼头，念孤云问其何去；踏歌潭岸，眷红雨邀其复来。察量实地，辟探汲之途径；印证原篇，甄文明之载体。至于摹石梁，写庐阜，图剡溪，状秋浦，造其境而江山助，虚其膺而景象垂。又岂止曲昭形貌，齐挈精审而乃已；又足称方轨前修，仪型继进者也。"（《清风吟萃·序》）陈允吉还称其诗"乃学人诗也，故思理邈绵；亦才士诗也，故慧锋颖脱"。

以著作而论。《诗法举隅》是他据本科毕业论文《古典诗歌艺术技法试论》扩展而成，约十万言。所举诗法有以少总多、以小见大、超越时空、夸不失真、化虚为实、以幻写真、正反对比、反入正出、众宾拱主、宛转曲达、巧比妙喻、视听通感、化静为动、以动写静、乐景写哀、兴法起结等。他的老师朱东润序评曰："东海所举的诗法，既详且尽，其实不是一隅了。"是书深入浅出，得诗法之精髓，出版后风靡一时。作为一个青年学子的毕业论文，能达到这样的水准是很不错了，足见青年林东海之好学深思，出手不凡。

到人民文学出版社从事编辑出版工作后，林东海更是一展才华，大显身手。人民文学出版社是一个卧虎藏龙的地方，集结了一批集作家（诗人）、学者于一身的编辑，古典文学编辑部就有聂绀弩、陈迩冬、周汝昌等名家。林东海由于学养深厚，又能书善诗，为同事所称赞，为作者所尊重，策划组稿都很有成就，很快就脱颖而出。如选编《红楼梦研究参考资料选辑》与俞平伯、启功等有翰墨往来，约朱东润《杜甫叙论》书稿，责编中国社科院文学所余冠英主编《唐诗选》等。他的《师友风谊》一书就记录了他与前辈师长包括老师、同事和作者二十八人的交往经过，故是书副标题为"文林廿八宿"。河南社科院葛景春有诗赞曰："遍走三千谪仙路，活勾廿八大师魂。唐碑晋帖龙蛇字，麟角凤毛奇秀文。"（《读文林廿八宿师友风谊赠林东海先生》）

林东海诗书俱佳。启功先生昔年曾集句为联书赠林东海："思误书更是一适，分才艺足了十人。"其书法出于王羲之，早年有王字风神而更为瘦劲，晚年游走于王字和汉隶之间而更添浑厚。他曾手书其诗《登南岳祝融峰绝顶》赠我，诗曰："绝壁飞车上祝融，云端帝殿立天风。披襟放眼观三界，拂袖俯身按五峰。绿水潆洄罗九折，青山层叠浪千重。不闻方外神仙语，倾耳涛声度劲松。"其诗其书俱称妙品。

次说林先生的豪气。林东海推崇李白，不仅研究李白及其作品，撰写李白传记，选注李白诗歌；而且还寻觅李白游踪，曾两次进行李白游踪的全程考察，足迹遍及大半个中国。古有魏万江东追踪李白的胜事，但全面考察李白游踪却是前无古人的事。他第一次考察是在1981年，为时一年多，搜集并拍摄了大量可资参考的材料和图片，成果除了《诗人李白》（日文版）、《江河行——

林东海先生手迹

览胜诗草》外,还有《太白游踪探胜》一书。这本书选录二百余幅图片,夹叙夹议,他的老师王运熙序称:"这种图文并茂的著作,在我国古典文学研究领域内无疑是一件富有创造性的工作(成果)。"第二次考察长达十年,自2009年起,林东海以古稀之年,偕宋红16次由北京出发,专程考察李白、杜甫游踪。他们去江油访大匡山李白读书处,到敬亭山登太白独坐楼,去羌村、石壕村寻杜甫故迹,去平江杜甫墓、锦屏山杜少陵祠凭吊,行程比首次考察之地更多更远,增加了贵州、甘肃等地。他与宋红分别撰写了《李白游踪考察记》和《杜甫游踪考察记》。

与李白一样,林先生好诗还好酒,酒量超过常人。他告诉我,与知己对饮,两人能喝一斤白酒。当时他已年过八十,还精神矍铄。因为我不好酒,他与我聚餐时只能陪我喝葡萄酒,犹期我能与他共同喝完一瓶酒,耄耋之年还是豪气不减。他曾有诗自况:"处世无奇但率真,何妨袖手看红尘。名缰利锁知终累,诗胆酒

肠证夙因。茅膊高吟能寄兴，管城贤步欲娱神。老来常忆诸先辈，记取风姿示后人。"（《依韵奉酬葛兄景春读拙著师友风谊有赠》）

我很早就知道林先生的大名，他的《诗法举隅》出版后我就拜读了。陈允吉老师告诉我，林先生是他的大学同学。1986年我研究生毕业后进上海古籍出版社工作，社领导李国章老师也是林先生的大学同学。因为是从事古籍整理出版的同行，我入职后不久就在参加一些古典文学学术会议时认识了人民文学出版社古典文学编辑室的青年编辑管士光、宋红等，彼此投契。有了这层关系，我到北京的时候，一有机会就去坐落在朝内大街166号的人民文学出版社，一去拜访古典文学编辑室的同行，二来经常能在楼下门市部买到特价好书，也由此见到了林东海先生。因为是同行，是校友，林先生与我一见如故，径称我为老弟，与我谈复旦掌故，谈他与我的导师王水照先生的交往。林先生的才气和豪气第一时间就给我留下了深刻印象，我在敬佩他的同时就把他列入了我的约稿对象。

20世纪末，上海古籍出版社推出"蓬莱阁丛书"，收入晚清民国著名学者的经典著作。刘大杰先生的名著《中国文学发展史》早已为读者熟悉，而他的《魏晋思想论》知道的人不多。刘大杰认为："文学思想的发展，魏晋时代是带着革命的意义的。"（《魏晋思想论·前言》）所以，他从魏晋思想入手，系统研究中国古代文学。他写于20世纪30年代后期的《魏晋思想论》一书，以进化论思想为武器，细致透彻地剖析魏晋时代的意识形态及其文学观念的变革，为他日后治中国文学史并完成《中国文学发展史》吹响了前奏。我想把该书列入"蓬莱阁丛书"，我知道林东海是刘先生的关门弟子，于是征求了林先生的看法，得到了他的赞同，我就趁热打铁，请他为该书写导读。林先生花了很大的精力，精心撰写了上万字的导读，对原著的内容和观点作了深入评析，书里书外的问题都有涉及，以期对读者有所启发。这篇导读与他撰写的《文学的一生——记先师刘大杰先生》（收入《师友风谊》），具见他对老师的深厚感情和对老师学术的深刻理解。

2009年底，我调上海远东出版社主持工作。为了打造品牌，我策划了"远东经典"丛书，其中古代卷收入当代学者所撰历代名家名篇的精选本，得到了林先生的支持，将其旧作《李白诗选》（山东大学出版社，1999年）修订后易名《李白诗选注》交上海远东出版社出版（2011年）。

因为忙，也因为不想打扰林先生，更因为是京沪高铁开通带来的便利，去北京出差可以朝发夕返，近十年来我很少有在北京待两天以上的时候，也因此好久没有去拜访林先生了。2019年3月下旬，因为要接连参加两个会议，我在北京多待了几天。3月29日，在民族文化宫举行了我社出版的《格萨尔文库》出版发布及捐赠仪式。我在微信发消息后，宋红见到了，来电询问，得知我要在京耽搁数日后，就邀请我与她和林先生晚上一起聚餐。席间，林先生仍是一如既往地精神矍铄、谈笑风生，谈师友、谈著述、谈出版、谈旅游，意兴盎然。谁料11天后的4月9日晚，林先生就突发脑梗合并心梗送医院抢救，在医院治疗一年多，终告不治，于2020年4月20日逝世，享年83岁。宋红说，与我的聚餐，是林先生生前最后一次与外地友人的欢聚。那晚的欢聚成为难忘的记忆，林先生豪爽的神态就在我脑海中永远定格了。

2020年因为疫情防控，有大半年没有去北京了。以后去北京，再也见不到林先生了，不会再有把酒闲谈的时刻。想到此，不禁怆然。

（载《文汇读书周报》2020年8月14日）

咬定青山不放松
——记李国章

1994年，56岁的李国章成为上海古籍出版社的第三任社长。社内同志与熟悉他的朋友都为他担心：这样一位长期埋首于审稿、没有从事过行政管理工作的业务尖子，这样一位待人和蔼、性格沉稳的忠厚长者，能挑得起上海古籍出版社这副重担吗？经过八年的辛勤努力，2001年离任的李国章，用自己的工作实绩打消了人们当初的疑虑。

一

李国章上任时，上海古籍出版社已走过了近四十年的历程。这家出版社的前身是成立于1956年的古典文学出版社，1958年后又以中华书局上海编辑所的名义继续整理出版古代典籍及相关研究著作，1978年更名为上海古籍出版社。李俊民先生是该社的开创者，在他的主持下，该社出版了不少在古籍整理领域具有开创性意义的著作，形成了严谨踏实、精益求精的出版风格。继李俊民先生之后，魏同贤先生担任社长，上海古籍出版社开始投入大型集成性资料丛书的开发工作，先后影印出版了《文渊阁四库全书》《古本小说集成》，开始出版《敦煌吐鲁番文献集成》。这些图书不仅在海内外学术界赢得了巨大的声誉，而且也成为出版社的重要经济支柱。

第三任社长李国章，福建莆田人，1957年考入复旦大学中文系，大学期间打下了扎实的古典文学基础。大学毕业后，他去过部队，进过机关，"文化大革命"时期到过干校、中学等单位。他最早与出版结缘，还是在"文化大革命"期间参与《辞海》古典文学条目的修订、编写工作。1979年初，刚过40岁的李国章调到了上海古籍出版社，在古典文学编辑室任编辑，从此他把全部的精力都投入到他喜爱的工作中去。很快，他就脱颖而出，以扎实的业务能力和踏实的工作作风得到了领导和同志们的好评，先后担任编辑室副主任、副总编辑、总编辑。1994年，又挑起了社长兼党委书记的重担。

二

李国章上任时，古籍出版已从20世纪80年代的热闹转为冷

与李国章先生合影

清，古籍图书市场日见拥挤，选题重复十分严重。全国十几家古籍专业出版社都有自己的"四大古典小说"。80年代初那种一本古典小说名著发行几十万册的日子已是一去不返，而非专业社的介入古籍出版，又在一定程度上加剧了无序竞争。市场疲软状况尚未扭转，图书出版的竞争却更加激烈，古籍出版社与其他出版社相比，不仅发展缓慢，更面临着生存危机。在这种情况下，古籍出版社的出路何在？对此，李国章有着清醒的认识。他和社领导一班人提出了把上海古籍出版社建成一个与上海这样一个现代化国际大都市地位相适应的古籍专业出版社的目标。他认为，要树立一个一流的古籍专业出版社的形象，光靠出版一些"短平快"的图书不行，"必须依靠自己的专业优势，拿出自己的品牌图书，我有，而人家没有，这样才能在竞争中立稳脚跟"。

作为一个编辑出身的社长，李国章始终把图书选题的开拓与创新放在首位。经过多年的探索，上海古籍出版社的图书选题的结构日渐趋于合理和成熟，并在古籍名著的集成性整理与出版，视角新颖的高质量的学术著作，熔学术性、知识性、鉴赏性于一炉的大中型画册，传统文化知识的精品普及读物和各种层次的专业工具书等图书选题方面形成优势，既彰显古籍专业出版社的特性，又扣紧图书市场的脉搏，取得了明显成效。

李国章接任前，上海古籍出版社1993年全年销售码洋为2800万元；李国章接任后，与全社同志励精图治，当年码洋达到3800万元；1995年又上一个台阶，全年销售码洋达到5000万元；此后几年上海古籍出版社倾全力于影印出版《续修四库全书》，其他图书的全年销售码洋基本上稳定在5400万元左右；李国章离任前一年的2000年，上海古籍出版社全年图书的销售码洋（不含《续修四库全书》2000万元）达到6000万元。这期间，在李国章的主持下，上海古籍出版社影印出版了1949年以后最大的出版项目《续修四库全书》，并有《中国文学批评通史》、《中国古籍善本书目》、《上海博物馆藏敦煌吐鲁番文献》、《二十五史新编》（这是李国章与总编辑赵昌平联合主编的一套富有创意的介绍中国历史的精品普及读物）、《中国历代人名大辞典》等图书荣获了国家图书奖、中国图书奖等大奖，使上海古籍出版社的品牌不断发扬光大，在全国古籍专业出版社中处于领先地位。

三

体现文化积累意义的大型集成性丛书的出版，是上海古籍出版社在古籍整理方面的一个重要开拓，也是李国章在任时倾注最多心血与精力的方面。在他的主持下，上海古籍出版社历时八年，完成了1949年以来最大的出版工程《续修四库全书》。这一项目的实施，几乎与李国章的任期相始终，最能体现他作为一个出版人的识见和魄力。

早在20世纪80年代末，上海古籍出版社在影印出版《文渊阁四库全书》后，即有续修《四库全书》的计划，并得到上海市新闻出版局赞同，列入上海市古籍整理出版十年规划。当时由于人员安排和资金都有困难，未能启动。历史的机遇就这样落在了李国章面前。90年代中期，学术界和出版界都提出了续修《四库全书》的要求，上海古籍出版社决定承担《续修四库全书》的出版任务。1994年7月，中国出版工作者协会同国家古籍整理出版规划小组、上海古籍出版社、深圳市南山区政府组织成立了"《续修四库全书》工作委员会"和"《续修四库全书》编纂委员会"。李国章作为工作委员会委员，自始至终参与了这套书的策划和整个出版工作。

《续修四库全书》虽有主管部门支持并被列为国家重点出版项目，但国家并不投资，政府主管部门也不出面组织，而是由中国出版工作者协会牵头组织，各参与单位各负其责，各尽所能，实际上是一个"民间行为"。《续修四库全书》需要的投资预计达8000万元，由深圳市南山区政府和上海古籍出版社共同承担。由出版社吸纳社会资金从事出版，这在当时也是一个创举。规模大，能否按期完成？投资大，能否如期回收并赢利？当时，社内外不少人对上海古籍出版社承担这一项目表示疑虑。这些疑虑，不仅在立项前存在，即使到了项目开始实施后也不时出现。在这一巨大的风险与难得的机遇并存的时候，李国章和社领导班子果断地承担了这一项目。李国章认为，作为一家在海内外有影响的专业古籍出版社，上海古籍出版社有条件、有能力承接这一项目。这一项目的社会效益是不容置疑的。根据上海古籍出版社运作大型出版项目的经验和海内外学术界的需求，出版这部丛书在经济效益方面也不会有亏损。即使没有赢利，只要书出成了也可以称得上成功。在李国章的坚决主张下，上海古籍出版社抽调精兵强将组建了专门编辑室，开始投入了编辑出版《续修四库全书》的工作。

这一项目启动伊始，李国章即要求全体人员以"团结、敬业、开拓、奉献"的精神，既要克服时间紧迫、任务繁重的困难，又要提高效率，按时完成任务，工作中要精益求精，做好《续修四库全书》的出版工作。根据《续修四库全书》出版工作的特点，出版社又先后制订了《底本图书的借用和复制工作程序》《续修四库全书审稿要点》《分册目录与辑封著录条例》《拼版制作的步骤和要求》等一系列编辑加工的规章条例，使整个编辑出版工作有章可循，井然有序。在编辑工作中，坚持三审制，从借书开始，编辑人员都严格把关，认真细致地弄清版本源流，著述内容和文献价值，尽可能选好底本。查阅图书1.5万余种，最后选用5213种（不包括附录），用书单位82家（不包括国外及私人藏书），《续修四库全书》因配补而用的图书达1800种，补配约12000页。在编辑过程中，编辑对每一种入选的书目，从书名、类别、朝代、作者、版本、书品等各个环节进行甄别和遴选，凡发现选目中有与《四库全书》重收、跨类重收、不合凡例而误收、书名作者有误等疏漏的，都及时报请编委会审核。为了使《续修四库全书》的印制工作顺利进行，资金的投入是一个重要的保证。为此，与其他大型丛书不同的是，工作委员会和上海古籍出版社对征订和发行工作抓得很紧，用先后所收的货款投入出版制作。经过努力，至丛书完成时已整套销售225套，另有分部销售的60套可望配套补齐，先后共收书款7000多万元。由于采取了这种滚动式经营，大幅度地减少了投资压力，原预计要投资8000多万元，实际投资1050万元。如果全部销售完毕，可望得到社会效益和经济效益的双丰收。

在编辑出版这套丛书长达八年的过程中，上海古籍出版社的编辑队伍也得到了很好的锻炼。丛书启动伊始，社里决定由副社长兼副总编辑李伟国出任丛书副主编，具体负责丛书的编辑出版工作。1995年8月，《续修四库全书》首批"经部·易类"40册出版。1996年7月，李伟国调任上海辞书出版社社长。李国章大胆起用年仅40岁的古典文学编辑室主任王兴康接任副主编。王兴康没有辜负李国章和全社同志的期望，与有关同志兢兢业业，终于完成了这一宏大的出版工程，并在李国章离任后，成为上海古籍出版社的第四任社长。出好书的同时也出人才，上海古籍出版社的这一优良传统，在李国章任上得到了赓续。

2002年5月9日，《续修四库全书》出版座谈会在北京人民大会堂举行。中共中央政治局常委、全国政协主席李瑞环同志出席本书出版座谈会并作重要讲话，他将编纂出版《续修四库全书》称为"功在当代，泽及后世"的盛举，认为"这是一项了不起的工程，对保存、研究和弘扬中华民族的传统文化，必将产生重大影响"。已经离任的李国章也赴京参加了出版座谈会，看到八年的奋斗结出的硕果，他感受最深的一点就是：困难与希望同在，挑战与机遇并存。八年来，正是始终带着生存的危机感和发展的紧迫感，不断探索克服困难的办法，寻找发展自己的有效途径，上海古籍出版社才不断冲破艰难险阻，取得社会效益与经济效益的双丰收。

四

李国章任社长时，社领导班子中的其他三位老总都是年富力强、学有专长的20世纪80年代毕业的研究生。在班子中，李国章是长者，但他谦虚好学，作风民主，注意倾听其他同志的意见，在总揽社政的同时，放手让他们管具体的编辑和经营工作。

甫任社长，对于长期从事编辑工作的李国章来说，面临着出版、宣传、发行、财务等许多新领域的挑战。即使有分管同志负责，他还是身体力行，涉足每个领域，一度他还亲自抓发行工作。他认为，编辑是出版工作的保证，而发行是出版工作成果的体现，发行工作不可忽视。1995年底，他率团去香港，参加由上海古籍出版社与三联书店（香港）有限公司联合举办的"上海古籍出版社（香港）书展"。这是内地出版社首次独家在香港举办图书展。展场设在香港最繁华的商业中心区中环中商大厦。参展的书有新出版的《续修四库全书》首批"经部·易类"40册等，在当地学术界和出版界引起了强烈反响。

在担任社领导之前，李国章也曾醉心于古典文学研究，校点出版了清代著名诗人黄仲则的《两当轩集》，撰写发表了《论黄仲则在清代中期诗坛的地位》等论文，得到了学术界的好评。担任社领导后，他沉浸于出版工作，不再有时间和精力从事学术研究，对此，他毫不遗憾。他觉得编辑出版工作充满着乐趣。他说："在一些人看来，编辑是为他人作嫁衣的事。但只要你真正投入，对自己的进步是大有帮助的。看稿的过程，也是提高自己专业水平的过程。"他认为，敬业是做好工作的基础，唯有敬业，才能在工作中体会到真正的乐趣。为此，他上任后不久，即在社内倡导"团结、敬业、开拓、奉献"的精神。正是在这种精神的倡导下，八年中，李国章带领全社同志在出版工作方面取得了显著的成效。

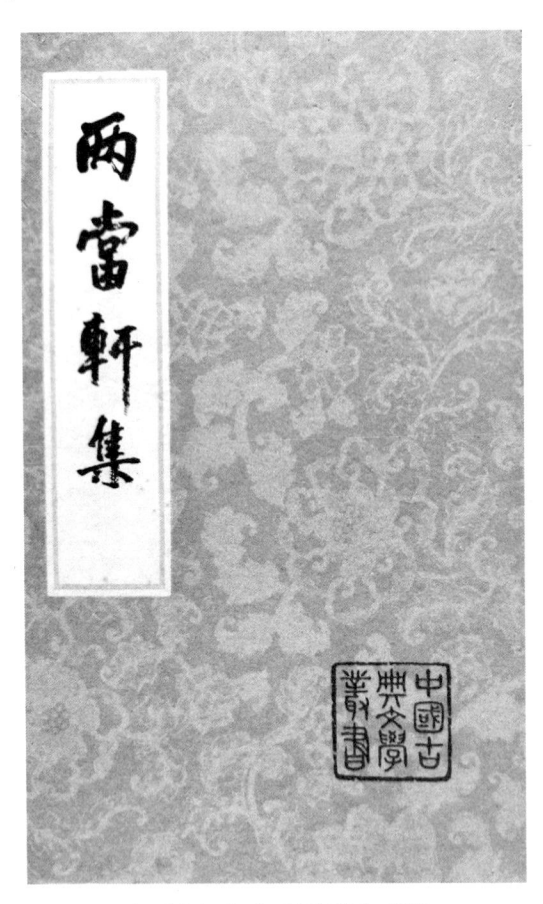

李国章标点《两当轩集》书影

看到自己从事的事业取得了成功,他感到欣慰,认为"这就是写文章和从事学术研究之外的另一种乐趣"。

行文至此,不由想起了李国章喜爱的清代诗人郑板桥的那首《竹石》诗:

> 咬定青山不放松,立根原在破岩中。
> 千磨万击还坚劲,任尔东西南北风!

如果把出版队伍比作郁郁葱葱的竹林,李国章不正是这样一棵咬定青山不放松的挺拔苍劲的翠竹吗?

(载《上海出版人》,学林出版社,2003年)

考论俱长，艺文兼擅：林继中印象

皇皇八大册三百七十余万字的《林继中文集》（以下简称《文集》），2020年由上海古籍出版社出版。《文集》收入其各类著作十二种，其中有自成体系之专著，也有学术论文、散文随笔之汇编，还有古典诗文、现代小说之注释评点，等等；加上二十多年前出版的林继中辑校的百万字的《杜诗赵次公先后解辑校》，可以说展示了林继中四十多年来学术研究的成果，是他治学为文之总结。林继中已到了喜寿之年，如果从他20世纪60年代前期读大学时算起，他从事中国古典文学的学习和研究已近六十年了，确实是可以总结其学术历程的时候了。

林继中无疑是20世纪80年代成长起来并取得突出成绩的一代学人的代表。他早年就读于福建师范学院中文系，老师中有易学名家黄寿祺（1912—1990）、诗学名家陈祥耀（1922—2021）等。70年代末，他在厦门大学攻读古典文学硕士学位，导师周祖譔（1926—2010）是唐诗研究名家。大学和研究生阶段的学习，为他从事古典文学研究打下了扎实的基础。但是，他的学术研究之路迈上一个新的台阶，还是从1984年到山东大学跟随杜诗研究大家萧涤非（1906—1991）攻读文学博士学位、从事杜诗研究开始的。在唐代诗人中，杜甫之外，林继中最心仪的无疑是王维。他的硕士论文题目是《灵想独辟：王维诗歌风格之形成》。他的博士学位论文就是《杜诗赵次公先后解辑校》。从此，他的学术研究达到了一个新的高度，由杜诗研究进而广至唐诗研究、中国文学史研究等，境界日益开阔，成果更加丰硕。

杜甫在宋代开始被推到诗坛崇高的地位，宋人注杜诗，至有"千家注杜"之说，其中赵次公注是第一部较为准确、丰富、有一定深度的杜诗全注本，为后代研究者所重，前人有"杜之有注，自赵次公始也"〔（清）周春《杜诗双声叠韵谱括略》〕之语。宋人曾噩称其"为少陵忠臣"（《九家集注杜诗序》）。今存明抄本题名《新定杜工部古诗近体诗先后并解》。但由于年代久远，现存钞本已残缺，而近一半注文散佚于其他注本中，以致后人用赵注常断章取义而失赵注之本意。1984年春，林继中在萧涤非先生指导下撰写博士学位论文《杜诗赵次公先后解辑校》。他历经两年焚膏继晷的努力，力图恢复赵书的原貌，从数十种杜诗注本中极力搜辑赵注，与现存赵注残本合为全璧，终成百万言的巨作。萧涤非称此书"是一部有相当高价值的学术专著"，认为此书"辑佚部分以现存两钞本为模式，旨在恢复赵注原貌……为今后杜甫研究提供了一个至今为止最为完善的赵注本。校勘部分除约八百

林继中先生像

条校记外,还纠正了赵注及其引文在文字上大量的讹、夺、衍、倒。此项工作,不但要求作者慎思明辨,剖析毫芒,作出判断,而且首先要求作者博涉群书,发现问题,付出巨大的工作量。前言部分是综合研究,颇多独到的见解。如对赵次公其人其书的考证及其时代背景的考察,对复杂的宋人注杜所作的一些清源通塞的工作等,大都能做到无征不信、实事求是,学风是严谨的。该论文卷帙虽庞大,但提挈有体,行文亦复明净"。论文通过答辩后,上海古籍出版社就明确肯定其学术价值,接受出版。1989年5月,上海古籍出版社给漳州师范学院教务处发文,告知《杜诗赵次公先后解辑校》已纳入出版计划。书稿到后先由老编审周劭

《林继中文集》书影

初步审阅，提出几条修改意见；后由年轻编辑田松青担任责任编辑，在体例方面经林继中同意作了一些修改。1993年3月发稿。1994年该书出版，得到了学术界极高的评价。林继中此后又不断加以修订，2012年出版了此书修订本，并列入上海古籍出版社的品牌丛书《中国古典文学丛书》。

杜诗研究是林继中最用力的领域，他理所当然地在这一领域收获最多，除了《杜诗赵次公先后解辑校》外，收入《文集》前三册的就有《杜诗学论薮》《杜诗选评》《杜诗菁华》，充分展示了他对杜诗的熟稔程度和研究深度。《杜诗学论薮》收录其杜诗、杜诗学史研究论文三十篇，除了得到萧涤非先生肯定有"颇多独

林继中辑校《杜诗赵次公先后解辑校》
初版（右）、修订版（左）书影

到的见解"的、长达3万字的《赵次公及其杜诗注》(《杜诗赵次公先后解辑校》一书的前言)外,还有论杜甫生平事迹的、论杜甫的道德情操或杜诗的情感内蕴的一系列论文,如《论杜甫"集大成"的情感本体》《杜诗的张力——忠君爱民思想在杜诗中的表现形式》《沉郁:士大夫文化心理的积淀》《杜律:生命的形式》《杜诗〈洗兵马〉钱注发微》《诗心驱史笔——杜甫〈八哀诗〉讨论》等。其《杜诗议论之为美》一文引巴尔扎克语"艺术是思想的结晶",认为"最深邃的思想既可以是哲学,也可以是诗。诗与哲学在思想的深刻性上往往造成相似的境界,即引人深思,使人在反复推求之中情感活动趋向强烈",杜诗议论的深刻性是"诗化"的最重要因素,杜甫以高度凝炼的语言表达深刻的思想。这些论文和收入《文集》的其他几种著作《文化建构文学史纲》《文学史新视野》《唐诗:日丽中天》《唐诗与庄园文化》等,集中体现出林继中治学考论俱长的特点。考论俱长,就是说他长于文献学和文艺学研究的结合,或者说是追求有思想的学术研究,在学术研究中体现出思想追求。

与许多从事古典文学研究的学者稍有不同,林继中的研究领域或兴趣点还旁涉当代社会文化现象和文学创作;除了文学研究外,他还从事"文艺实践",不时地写一些可称之为文化短论的杂文和散文,创作并研究中国书画。他雅好丹青音乐、喜欢宁静闲适的生活情趣,与王维不无相近之处。而他关注时事政治、关切现实民生的生活态度,则又与杜甫有相通之处。《文集》封面题签为林继中手书，图案取自林继中所绘王维"相逢意气为君饮，系马高楼垂柳边"诗意图，加盖林继中"生死少陵诗"闲章，凸显了他对杜甫、王维的推崇之情，既体现其学问专长，又彰显其艺术修养。收入《文集》的《我园杂著》《杨少衡新现实主义小说点评》和《文集》封面、插页的书画（各册辑封图案亦取自其画作），体现了林继中治学方面的又一特点，即艺文兼擅。艺文兼擅，就是指他在古典文学研究之外的另一特长。林继中是漳州人，漳州地接潮汕，我曾遇到的两位潮汕籍的学术前辈饶宗颐、罗宗强先生都是书画、学艺双修的大家，林继中庶几近之。近年来，他更肆力于书画创作，并举办了个人的书画展。《我园杂著》是其杂文散文汇编，或评书论画，或谈诗论史，或记录游踪展印，或抒写师友印象，关注时事，针砭现实，俯仰古今，以史为鉴。他的读画之作《有真性情才有真面目》无疑是夫子自道。其《文人画》一文指出："文人画可取之处就在于通过笔墨直取性命的本真状态，形成有意味的形式，感染读者，淡化现实中的功利性，一时回归自然，照亮真性情。"《无数铃声遥过碛》一文，从交河故城联想到盛唐时期丝绸之路上的重镇高昌郡。《鱼山吊诗魂》一文，追寻千年之前的建安诗人曹植的心路历程。《小巷》《话古榕》《游江滨序》等文，则表达了作者的桑梓之情。因为有深厚的艺术修养和理论功底，林继中的这些文章不乏深度。

与20世纪80年代成长起来并取得突出成绩的不少学人一样，林继中也走上了"学而优则仕"的道路。但是，与他人不同的是，林继中有浓厚的桑梓和学人情结。林继中出生于医学世家。除了外出读书，他没有离开过家乡；而且，不管是读本科、硕士还是博士，他毕业后都回到家乡。1963年，他进入福建师范学院学习。1967年毕业后，他曾去农场劳动，后赴中学任教。1979年，他考入厦门大学中文系，攻读唐代文学方向硕士学位。1982年毕业后回漳州，在漳州师范专科学校任教。1983年，他考上山东大学，次年入学。1986年9月毕业后又回漳州，在漳州师范学院任教，先后出任中文系主任、副院长，1997年出任院长。他在院长任上，鼓励师生员工参与校务，特别是中层干部在工作上要有独立性与创造性，行政人员要有服务精神；提倡教师教学与科研并重；注重培养学生的社会实践能力，为漳州师范学院更名为闽南师范大学并被列为福建省重点建设高校打下了基础。我曾经开玩笑地问他："回老家是不是太太的缘故？"他笑着说："是没有其他地方要啊！"其夫人说："他可不是为了我呀，是他妈妈要他回来。"他在家乡侍奉老母终老。林继中在学术研究、文艺创作、教育管理三个方面都有贡献，这是不少学者所无法比拟的。无论行政工作再忙，他也没有放弃学术研究和文艺创作。我听该校老师说起，林院长不喜欢应酬，与同事谈工作严格按照约定的时间，早到不接待，谈完即送客。他做了一任院长就坚决请辞，要求回去从事教学工作。他告诉我，他当时跟省委分管领导说，要找一个比我称职的院长容易，但目前找一个学术带头人，在我们这样的小学校可能不太容易，让我当老师更合算。在他的坚决而又一再的请

王维"相逢意气为君饮,系马高楼垂柳边"诗意图(林继中绘)

求下，2002年3月，58岁的林继中辞职成功，如愿地回到了教学岗位。作为学科带头人，他以突出的科研和教学成就，与同事们一起，使漳州师范学院中文系在福建乃至全国的同类学校中脱颖而出，赢得好评。林继中自谦的"小学校"，实际并不小。衡量学校大小的关键，还在于要有好老师。

认识林继中已近二十年了，其间也去过漳州几次，到过他的学校参观，也到过他的寓所品茶，难忘他陪我们观赏文学院学生古琴表演时表现出的自豪神情，也难忘他在家中向我讲解其画作时流露出的自得神态。从林继中的著作和行事中，我看到了一位视学术为事业而又不墨守于书斋的学者的形象，也许这也正是形成其考论俱长、艺文兼擅的治学特点的重要原因。

（载《南方周末》2021年11月4日，易题为"考论俱长、艺文兼擅的林继中"）

陈寅恪著作的标点符号
——以《元白诗笺证稿》等为例

胡文辉先生近作《陈寅恪与胡适五题》（载澎湃新闻《上海书评》2020年6月5日）之三《新式标点问题》提到，胡适1929年曾写信给陈寅恪，讨论陈寄去的论文《大乘义章书后》，顺便提了个意见："鄙意吾兄作述学考据之文，印刷时不可不加标点符号；书名、人名、引书起讫、删节之处，若加标点符号，可省读者精力不少，又可免读者误会误解之危险。此非我的偏见，实治学经济之一法，甚望采纳。"［《胡适论学往来书信选》（下册），河北人民出版社，1998年］又引胡适日记的吐槽："读陈寅恪先生的论文若干篇，寅恪治史学，当然是今日最渊博最有识见最能用材料的人。但他的文章实在写的不高明，标点尤懒，不足为法。"［《胡适日记全编》（第6册），安徽教育出版社，2001年］文辉先生认为："可惜，陈寅恪似未接受胡的意见。观其论著格式，最基本的标点虽不能不用，'引书起讫、删节之处'

则采取另起段并退格的处理方式（不用省略号），但'书名、人名'仍无标识，终不免'标点尤懒'之讥。论者多举出陈氏1965年致出版社的信为据。陈在信里有一句：'标点符号请照原稿。'可见在使用标点方面，他还颇有文化自信呢。"

文辉先生的文章引起了我的兴趣。这是因为我长期工作的上海古籍出版社及其前身古典文学出版社和中华书局上海编辑所（以下简称"中华上编"）在陈寅恪先生生前身后出版过他的著作，涉及其著作标点符号的处理问题。陈寅恪先生给出版社写信可以不加标点符号（参见拙辑《陈寅恪先生致古典文学出版社／中华书局上海编辑所书信辑注》，《拙斋书话》，上海辞书出版社，2016年；以下引自该文的书信不再出注）；但他的著作为了适应现代读者的阅读习惯，还是加了标点符号。

陈寅恪先生是如何使用标点符号的，可以从其《唐代政治史略稿手写本》（上海古籍出版社，1988年）一窥究竟。《唐代政治史略稿》即《唐代政治史述论稿》，同书异名，后者为1943年5月由时在重庆的商务印书馆出版时所改。陈寅恪先生曾对蒋天枢言："此书之出版，系经邵循正用不完整之最初草稿拼凑成书，交商务出版。原在香港手写清稿，则寄沪遗失矣。"（蒋天枢《唐代政治史略稿手写本序》）陈寅恪先生的手稿留存的不多，极为珍贵，但想不到这份手写清稿尚存天壤。1980年，上海古籍出版社出版《陈寅恪文集》后，当时保管这份手稿的企业家王兼士先生将此手稿交上海古籍出版社影印出版。蒋天枢先生细读手稿后认为："清写稿系定稿，其中仍有改笔，有红色校笔，即双行注与括弧之增减，亦细密斟酌；其他，一字之去留，一笔画之差错，一语之补充，及行款形式之改正，无不精心酌度，悉予订正。由此可见先生思细如发之精神与忠诚负责之生活态度。先生曾称温公读书之精密，师既已效法之，而更阐发昔贤所未及见到之种种问题，斯先生之所以卓绝于今世也。"（同上）这份手稿，使读者得以清晰地了解陈寅恪先生的行文习惯以及他是如何使用标点符号的。陈先生为文坚持直行繁体，标点符号用了常见的冒号（：）、逗号（，）、句号（。）、叹号（！）、引号（「」）、问号（？）、圆括号［直行（ ）］七种，还用了专名线（直行＿＿）和书名线（直行＿＿）。将手稿本与生活·读书·新知三联书店1956年版《唐代政治史论述稿》（据此本"出版者说明"称，这次重印根据商务印书馆1947年上海版作了校正）对勘，可以发现两本除了文字有一些差异外，标点符号更有不少相异处，手稿本中的个别长句排印本中间加了逗号，方便了阅读；但手稿本中用的专名线和书名线排印本中不知何故却被删了，则是不方便读者之举。图书从作者手稿到正式排印出版会经过编辑之手，其间作者会有更改，编辑根据相关出版规范及个人的学养喜好，也会对标点符号作更改。不知道这些更改是出于作者还是编辑之手。为此，我查看了上海古籍出版社所存陈寅恪著作的书稿档案，包括来往书信和责任编辑的审稿记录等，力图找到答案。

一

陈寅恪先生的著作在他生前出版的有三种，即《唐代政治史论述稿》《隋唐制度渊源略论稿》《元白诗笺证稿》。其中前两种，陈寅恪先生是如何审定校样的，编辑又是如何更改文字和标点符号的，由于没有见到相关书稿档案，无法述评，但从上引蒋天枢序中陈寅恪对他所谈《唐代政治史述论稿》商务印书馆重庆版之语看，他对该书的编校不是很满意。由古典文学出版社1958年编辑出版的《元白诗笺证稿》，校样由陈寅恪先生审定，编辑对书稿的处理得到了陈先生的认可，我们可以这本书为例，考察一下陈寅恪先生和编辑是如何处理标点符号的。

《元白诗笺证稿》1950年11月由岭南大学文化研究室出版线装本，1955年9月由北京文学古籍刊行社出版。陈寅恪先生对后者排印质量不满意，1957年合同期满后请其弟子复旦大学历史系教授陈守实与上海古典文学出版社联系。陈守实先生是陈寅恪先生的忠实弟子，对书稿的文字格式、出版时间乃至稿费都有具体入微的要求，半年之内给古典文学社写的信就有十来封之多。古典文学出版社的领导和编辑对陈寅恪先生非常尊重，几乎答应了作者关于出版方面的所有要求。古典文学出版社1957年12月25日［古社（57）字第1384号］致陈守实信中说："陈（寅恪）先生所开列的排书规格，我们付印时，是完全照办的。将来最后一次的校样，当寄请陈先生校阅。封面设计后即寄请陈先生题签，

《元白诗笺证稿》初版书影

如何规格亦当按照陈先生的指示办理。"1958年2月5日，古典文学出版社给陈寅恪先生寄上《元白诗笺证稿》原稿及校样，请他审阅，随信［编务（58）字第160号］中说："本书排式均照来示说明，惟说明全书标点符号只有八种，但查原稿第五章法曲一节（页136，行11）'其器有铙钹、钟、磬、……'此处所用'、'符号已不在八种之内，是否需要改正，并请决定。"陈寅恪的回信中未见答复，编辑遂将顿号（、）俱改为逗号（，）。这本书的发排单上注明排式字体均严格按照作者附来规定，即"印元白诗笺证稿一书应注意各点"。由于这一规定当时发给出版科、校对科工作用，未存档，不知具体内容。我翻阅了《元白诗笺证稿》，发现该书标点符号确实只有八种，即冒号（：）、逗号（，）、句号（。）、叹号（！）、引号（「」）、问号（？）、圆括号［直行（）］、六角符号（直行［］），与信中所说相合，说明编辑确实完全照办了作者的意见。这本书的负责编辑是王勉（1916—2014），毕业于清华大学社会学系，对古代文学尤其是明清文学有深入研究，晚年用笔名鲲西发表了不少论著。

　　书出版后，其编校质量得到了陈寅恪先生的肯定，也为陈先生与出版社的进一步合作打下了基础。陈先生1962年5月14日在致中华上编的信中说："尊处校对精审。"1958年，《元白诗笺证稿》甫出版，中华上编就约请陈先生将有关古典文学的论著编集出版，得到了陈先生的同意。陈先生拟名为《金明馆丛稿初编》，并于1963年交稿。陈先生1962年5月26日在致中华上

中華書局上海編輯所頁青同志:

承函(62華沪三字第165号)并约稿合同四份均收悉,披閱之下,似覺空泛,鄙人前函所堅持之意見如:

1. 原稿交付,尊處當即付印,不曲(願)尊處修改增删。

2. 稿中所用人名地名前後參錯至用不能統一,以增文学之美感。

3. 引用書未能一一注明版本頁數。

又两稿皆系文言故不欲用簡体字。標點符号,自可照元白诗箋證稿之例。

尊處此次来函,皆未具體規定,明白同意。將来恐多争論。鄙意,拙稿尚未完成,俟完成後寄交。尊處,如以為用即付刊印,再定合同如以為不可用,請即刻退还。此時不必簽署约稿合同,轉嫌蛇足也。兹將約合同四份寄還,請查收,尚希鑒諒是幸。此致

敬禮

附约稿合同四份

陳寅恪敬啟

六二,五,廿六日

陈寅恪1962年5月26日致中华上编信

编的信中说：

1. 原稿交付尊处当即付印，不愿由尊处修改增删。
2. 稿中所用人名地名、前后参错互用，不能统一，以增文学之美感。
3. 引用书未能一一注明版本页数。

又两稿皆系文言，故不欲用简体字。标点符号，自可照元白诗签证稿之例。

信中"笺"误作"签"。陈先生1965年11月20日在致中华上编的信中又强调：

（一）标点符号请照原稿。
（二）请不要用简体字。

从信中可见陈先生对《元白诗笺证稿》标点符号的处理是满意的。

二

《金明馆丛稿初编》交稿后未能及时出版，陈寅恪先生也于1969年去世。1976年粉碎"四人帮"后不久，陈寅恪先生的弟子、复旦大学中文系教授蒋天枢先生通过老友、原中华上编编辑吕贞白转来陈寅恪论文集《金明馆丛稿》目录，建议出版陈寅恪先生的遗文稿，得到出版社和上海市出版局的同意，上海市出版局遂与中山大学联系，得到了中山大学的支持，将陈先生在中山大学的一些稿子移交给1978年1月更名成立的上海古籍出版社。上海古籍出版社立即重印了《元白诗笺证稿》，并启动《陈寅恪文集》的编辑出版工作。

《陈寅恪文集》凡七种：一、《寒柳堂集》；二、《金明馆丛稿初编》；三、《金明馆丛稿二编》；四、《隋唐制度渊源略论稿》；五、《唐代政治史论述稿》；六、《元白诗笺证稿》；七、《柳如是别传》。其中前三种为陈先生的论文集。后四种是学术专著，其中《柳如是别传》与前三种论文集都于1980年首次出版；《隋唐制度渊源略论稿》依中华书局版纸型印行，《唐代政治史论述稿》依三联书店版纸型重印，新一版均刊行于1982年2月；《元白诗笺证稿》1978年1月新一版，1982年2月第二次印刷。至此，《陈寅恪文集》的编辑出版工作始告完成。

《陈寅恪文集》的编辑出版工作是在蒋天枢先生的指导下进行的。蒋先生承担了文集的整理校勘，编辑只做了一些文字标点校订工作，对文字包括引文乃至标点符号都不轻易改动。书稿档案中保存了一纸《金明馆丛稿初编排印时请注意各点》，从笔迹看似出于蒋先生之手：

一、请用老五号字(万莫要用新五号)。行间距离稍阔，不可太密。

二、要直行。

三、不要用简体字。

四、句逗符号均照原稿。

五、原稿中书名专名之符号，一概取消。

六、段落开头一律顶格，引文一律低两格。

七、正文另页排，不与全书总目连接。以后每篇均另页不连排。

八、版面大小尺寸，形式，仍照"元白诗笺证稿"。请尽可能用较好纸张。

作为陈寅恪先生的忠实弟子，蒋先生的这八条应该是体现了陈寅恪先生的意愿，其中多条内容可见于陈先生给出版社的信；至于"原稿中书名专名之符号，一概取消"这条，应该是基于陈先生生前出版的三种著作都不用书名专名之符号的缘故吧，但是也有漏删之处，如《金明馆丛稿二编》中《读通志柳元景沈攸之传书后》"蒙自"旁专名线未删，三联书店《陈寅恪集》版该书插页正好有这篇文章原稿的书影，原稿也是加专名线和书名线的。

遵照蒋先生的指示，上海古籍出版社的编辑在《陈寅恪文集》编辑工作时虽然只做了一些文字标点校订工作，但这些校订工作并非轻易为之。四种学术专著的标点符号可以照原稿处理。其中

金明館叢稿初編 排印時請注意各点

一、請用老五号字（万莫要用新五号）。行間距离稍濶，不可太密。

二、要直行。

三、不要用簡體字

四、句讀符号均照原稿。

五、原稿中書名專名之符号，一概取消。

六、段落開頭一律頂格，引文一律低兩格。

七、正文另頁排，不与全書总目連接。以後每篇均另頁不連排。

八、版面大小尺寸、形式，仍照「元白詩箋證稿」。請儘可能用較好紙張。

《金明馆丛稿初编》排印注意条

《元白诗笺证稿》的编辑情况已见上述。《柳如是别传》据原稿编辑，标点符号一仍其旧，所用的标点符号没有超出《元白诗笺证稿》所用的八种。《隋唐制度渊源略论稿》《唐代政治史论述稿》两书，原出版社编辑已对标点符号作了处理，除了《元白诗笺证稿》已用的八种标点符号外，还用了顿号（、）。但三种论文集的情况比较复杂，因各篇文章撰写、发表的时间和原抄写、原刊发时处理不同，标点符号使用不统一，无法皆按原稿，又不能轻易更动，给编辑工作带来了很大的困惑。

《金明馆丛稿二编》责任编辑沈善钧（1928—2014），毕业于浙江农学院，曾从事园艺工作，擅旧体诗。1978年11月调入上海古籍出版社担任编辑工作。他是一个审稿很认真的编辑，对书稿中的引文几乎每一条都要核对原文。他记录了该书稿的一些校核情况：

一、本稿引文，凡是我社有书可供参校的，基本上都作了全面校核。校对时一般都用几个本子互校，如互校本中有一条和本稿相同，为尊重作者意见，原则上即不予更动。

二、关于《李德裕贬死年月及归葬传说辨证》中有时录同一引文三处而文字稍有出入者，因作者所引文字，系从各不同书中转引而来。例如《祭韦相执谊文》，作者先后征引《李卫公别集》《云溪友议》和王鸣盛《十七史商榷》三书，而此三书引文原来即有不同，并非作者征引错误。类如这种情况，现在也概不改动。

三、在标符方面，本稿因非同时期作品，因此各篇使用出入很大，较难统一，这里作了一些调整，使其保持大体一致。

陈寅恪先生引书版本，随所引书而定，不仅同一书所据版本不一；而且引书时为简要说明问题，或节引，或合数条材料为一，这本不足怪，但因为不加引号，往往使读者无法判断原文起讫，不免有误会误解之危险。所以《金明馆丛稿二编》在《元白诗笺证稿》已用的八种标点符号外，还用了顿号（、）和省略号（直行……）。如《李德裕贬死年月及归葬传说辨证》一文中引义山《摇落》诗："人闲始遥夜，地迥更清砧……滩激黄牛暮，云屯白帝阴。"因为这四句为节引，中间省略了四句，不加省略号排在一行就会连在一起。这当是编辑所为。

《寒柳堂集》的责任编辑邓韶玉（1930—2015）是20世纪50年代华东师范大学中文系毕业生，曾在上海港湾学校任教。1978年4月调入上海古籍出版社担任编辑工作。他在审稿后专门写了读后感，记录了审稿的一些情况。他抱怨，原稿"或一逗到底，或句号连篇。加上刻写油印错讹模糊，校对粗疏，都造成标点混乱"。他感叹："本来，标点混乱，照通常用法，纠正过来就是。问题又不这么简单。"原因是"蒋天枢老师在标点上定出许多规矩，要以《元白诗笺证稿》为楷模，不许越雷池一步"。这就使他和沈善钧、王海根(《金明馆丛稿初编》责任编辑，毕业于北京大学中文系)裹足不前，顾虑会改错，就尽量照原稿，没有确凿的理由不作改动，但尽可能做到同一篇文章中保持一致。例如，《韦庄秦妇吟校笺》一文，原诗与作者校笺部分引文标点不同时，编辑就择善而从，予以统一。"同样，凡大量征引新、旧《唐书》的标点同中华书局新刊本有矛盾又不及新刊本用法妥帖时，只好以新本为准"。检《寒柳堂集》《金明馆丛稿初编》，在《元白诗笺证稿》已用的八种标点符号外，也用了顿号（、），还用了分号（；）。

综上所述，上海古籍出版社的前辈在处理陈寅恪先生著作的标点符号时，尽量尊重陈先生的习惯，保持原貌；同时根据确凿的理由，在不损害原意的情况下，对其著作中个别使用标点符号不当处加以改正，并尽可能地在同一篇文章中保持一致。

(载《南方周末》2020年7月2日)

四十年后的重温
——《陈寅恪文集》纪念版感言

　　1980年，上海古籍出版社出版了《陈寅恪文集》中的四种：《寒柳堂集》《金明馆丛稿初编》《金明馆丛稿二编》和《柳如是别传》。前三种是论文集，收录了陈寅恪先生历年发表的论文，所论涉及中国古代文史和宗教等多个领域，有很深的造诣和很多创获，其中许多论文在当初发表时就引起了学术界的很大关注；还有部分未刊遗稿和诗作，如《挽王静安先生》《王观堂先生挽词》等，前者有"敢将私谊哭斯人，文化神州丧一身"之句。后一种是专著，以明末清初著名文人钱谦益与其曾为江南名妓的侧室柳如是的诗作为对象展开研究，涉及易代之际史事和文人心态，体大思精，是陈寅恪先生晚年倾心力之作，也是其著作中写作时间最长、篇幅最大的一种，有八十余万字之巨。这四种均为首次出版。

　　不久，《陈寅恪文集》中的其他三种专著《隋唐制度渊源略论稿》《唐代政治史述论稿》《元白诗笺证稿》和蒋天枢先生撰写的作为《陈寅恪文集》附录的《陈寅恪先生编年事辑》也次第出版。《陈寅恪文集》凡七种，首次也是集中而又较为接近地呈现了陈寅恪先生著作的全貌。陈寅恪先生及其著作在长时间沉寂后通过《陈寅恪文集》的出版又进入了读者的视野，其经历和著作成为学术界乃至整个读书界都关注的热点。

四十年后的今天，陈寅恪先生已被学术界公认为中国现代最有成就和影响的历史学家，其著作被奉为融传统治学与现代学术研究方法于一体的典范。我们回顾四十年来中国学术界尤其是历史学界的发展，会发现陈寅恪及其著作的影响越来越大，由此领悟到当年出版《陈寅恪文集》的意义，由衷地钦佩四十年前出版《陈寅恪文集》的前辈们。

在当代中国出版界，上海出版人是明确认识陈寅恪先生著作价值的先行者。早在20世纪50年代，上海古籍出版社的前身古典文学出版社、中华书局上海编辑所，就修订重印了陈先生的著作《元白诗笺证稿》。值得指出的是，1949年后，陈寅恪的著作最早并不是在上海出版的。《元白诗笺证稿》原由北京文学古籍刊行社出版，陈寅恪先生对其编校质量不满意，请其弟子复旦大学历史系教授陈守实先生与上海古典文学出版社联系。陈守实先生是陈寅恪先生的忠实弟子，对书稿的文字格式、出版时间乃至稿费都有具体入微的要求，半年之内给古典文学出版社写的信就有十来封之多。古典文学出版社的领导和编辑对陈寅恪先生非常尊重，几乎答应了作者关于出版方面的所有要求。

《陈寅恪文集》之一《寒柳堂集》书影

《陈寅恪文集》精装版书影

《陈寅恪文集》纪念版书影

书出版后，其编校质量得到了陈寅恪先生的肯定。1958年，古典文学出版社改组成为中华书局上海编辑所。出版社的领导和编辑专程去广州拜访时在中山大学任教的陈寅恪先生，向陈先生约稿，得到了陈先生的信任，陈先生将其编定的论文集《金明馆丛稿初编》交出版社；得知陈先生正在撰写另一部著作《钱柳因缘诗释证稿》（后更名为《柳如是别传》），也积极约稿，并得到陈先生的同意。后来因为种种原因，这两种书未能及时出版。陈寅恪先生于1969年去世。之前的1964年，其弟子复旦大学中文系教授蒋天枢先生曾赴广州晋谒陈先生，陈先生写了著名的《赠蒋秉南序》一文，其中有"默念平生固未尝侮食自矜，曲学阿世"之语。也就在这次见面时，陈先生将保管和整理自己文稿的重任托付给了蒋天枢这名忠实的弟子。后来的事实证明了陈先生所托得人。

1976年粉碎"四人帮"后不久，蒋天枢先生即写信给他在出版社的好友吕贞白先生，建议出版陈寅恪先生的遗文稿，吕贞白征询出版社负责人李俊民，得到李俊民的支持，李俊民是古典文学出版社的创立者，之前《元白诗笺证稿》的出版和陈寅恪著作的约稿也是他决定的。上报上海出版局后，当时负责终审的出版家罗竹风同志认为陈先生的著作非常值得出版，就由上海出版局出面与中山大学联系，得到了中山大学的支持，将陈先生在中山大学的一些稿子移交给上海古籍出版社。

上海古籍出版社是1978年1月易名独立的，独立后即重印了《元白诗笺证稿》,并启动《陈寅恪文集》的编辑出版工作。在蒋天枢先生的全力支持下,历经三年搜集陈先生已刊和未刊的著述、手稿,于1980年开始出版《陈寅恪文集》。蒋先生在出版社确定出版《陈寅恪文集》后承担了陈先生文稿的收集与整理校勘工作,完成了老师的托付。

《陈寅恪文集》的出版体现了上海出版人敢于解放思想的魄力。从1949年到1980年,著名作家如茅盾、巴金等出过文集,学者出文集的还没有过。给学者出文集是上海古籍出版社或者说是上海出版人的一个创举,也是当代中国学术史、当代中国出版史的一大亮点。

2020年,恰逢《陈寅恪文集》出版四十周年。为纪念陈寅恪先生,以及为出版《陈寅恪文集》作出重要贡献的蒋天枢先生和上海古籍出版社的前辈们,上海古籍出版社决定出版《陈寅恪文集》纪念版,据原书影印,以呈现原貌,记录中国当代学术史、出版史上这浓墨重彩的一笔。

(载《新民晚报》2020年2月2日)

《古代文学理论研究》丛刊前期编辑出版回顾

《古代文学理论研究》丛刊是中国古代文学理论学会的会刊。在当代中国学术界众多学会主办的会刊中，这本刊物的历史是比较悠久的，已有四十多年了；这本刊物上所发表论文的质量也多为业界认可，在没有"核心刊物"之说的20世纪八九十年代，这本丛刊无疑是得到业界认可的重要刊物。如果以时间来划分的话，这本丛刊从创刊到20世纪末的二十几年，可以称为这本丛刊的前期，其间出版了十八辑，而这十八辑是由上海古籍出版社编辑出版的。

1979年4月，中国古代文学理论学会在昆明成立。学会推举周扬为名誉会长，郭绍虞为会长，吴组缃、杨明照、程千帆、王文生、张文勋、吴文治、敏泽为常务理事，王文生为秘书长；决定编辑出版论文集刊，发表会员及全国同行的研究成果。办刊的决定得到上海古籍出版社的支持，会后立即开始筹办出版《古代文学理论研究》丛刊。初定每年1—2辑，每辑25万字左右。1979年12月，第一辑迅速出版，印行3万册。1997年2月，第十八辑出版。从1979年到1997年出版的十八辑约500万字，发表了大量有学术质量的论文，在学术界产生了不小的影响，成为中国古代文学理论研究领域的重要平台。1999年10月，中国古代文学理论国际学术研讨会暨中国古代文学理论学会第十一届年会在河北大学召开。会议推举杨明照、徐中玉、王运熙为名誉会长，选举郭豫适为会长，决定将《古代文学理论研究》丛刊由上海古籍出版社转到华东师范大学出版社出版。2001年7月，《古代文学理论研究》第十九辑由华东师范大学出版社出版。本文主要依据《古代文学理论研究》丛刊第一辑到第十八辑发表的文章和上海古籍出版社的书稿档案，回顾《古代文学理论研究》丛刊前期的编辑出版工作，为当代学术研究史和出版史提供一些资料，并以此缅怀为这本丛刊的编辑出版做出贡献的前辈。

一

《古代文学理论研究》丛刊作为中国古代文学理论学会的会刊，其编辑体现了学会的专业性和学者办刊的特点，一直由学会主要领导负责。创刊时尚未建立编委会，第一辑到第八辑署名"古代文学理论学会编"，实际是由学会秘书长王文生主要负责的，他当时是武汉大学中文系教授。王文生，1931年生，1953年毕业于武汉大学外语系。20世纪60年代初在复旦大学读研究生，

《古代文学理论研究》丛刊书影

师从郭绍虞先生。70年代末作为副主编参与修订郭绍虞主编的《中国历代文论选》（一卷本及四卷本，上海古籍出版社，1979年、1980年）。著有《中国文学思想体系》《诗言志释》等。

1984年6月，郭绍虞逝世，学会推举杨明照继任会长，徐中玉任执行副会长。从1984年11月出版的第九辑起建立了编委会，徐中玉任主编负责编辑，王文生和上海古籍出版社副总编辑包敬第任副主编。王文生20世纪80年代后期赴法国普罗旺斯大学任客座教授，后又赴美国任多所大学的客座教授或客座研究员，不再承担学会和会刊的工作。1987年10月在成都召开的中国古代文学理论学会第五次年会推举杨明照继任会长，徐中玉、王运熙任副会长，徐中玉兼秘书长，陈谦豫、曹顺庆任副秘书长。1989年11月在上海召开的中国古代文学理论学会第六次年会，决定徐中玉不再兼任秘书长，由陈谦豫任秘书长。从1989年12月出版的第十四辑起，王文生不再担任副主编，改由王运熙任副主编。学会秘书长兼编委陈谦豫为编辑出版会刊做了不少工作。

《古代文学理论研究》丛刊从1979年到1992年出版了十六辑，基本上是每年出版一到二辑；1995年、1997年，出版了第十七、第十八辑，基本上是两年出版一辑。这十八辑中，几乎每一辑都有国内有影响的古代文学理论研究专家的力作。第一辑的作者阵容几乎网罗了当时有影响的古代文学理论研究专家，刊载的25篇论文中有郭绍虞、王文生《审美理论的历史发展》，徐中玉《古代文论中的"出入"说》，钱仲联、徐永端《关于古代诗词的艺术鉴赏问题》，杨明照《刘勰〈灭惑论〉撰年考》，程千帆《韩愈以文为诗说》，马茂元《桐城派方、刘、姚三家文论评述》，舒芜《曾国藩与桐城派》，论文作者还有牟世金、罗立乾、王达津、张文勋、袁行霈、缪俊杰、周振甫、罗宗强、姚奠中、蒋凡、梅运生、万云骏、夏写时、吴文治、敏泽、王世德、郁沅、蔡景康。

接连发表老一辈学者长期研究、厚积薄发的文章，是丛刊前期的一个特点。郭绍虞在第二、第三辑发表《关于七言律诗的音节问题兼论杜律的拗体》《声律说续考》，第二辑还有霍松林《提倡题材、形式、风格的多样化是我国古代诗论的优良传统》、詹镁《〈文心雕龙〉的文体风格论》等,第三辑有吴调公《〈文心雕龙·知音篇〉探微》等。第五辑有舒芜介绍和阐述我国从鸦片战争至"五四"时期吸收西方文学观念和文学理论过程和情况的论文《求新声于异邦》,钱仲联详细考释"气"的各种含义的论文《释"气"》等。第六辑有程千帆《古典诗歌描写与结构中的一与多》等。第九辑有徐中玉《论陆机〈文赋〉的进步性及其主要贡献》等。

中年学者的精品力作是丛刊文章的主力。如第三辑有张文勋《叶燮的诗歌理论》、刘文忠《〈世说新语〉中的文论概述》,第四辑有牟世金《从刘勰的理论体系看风骨论》,第七辑有张少康《我国古代的艺术构思论》。第九辑刊发的漆绪邦《自然之道与"以自然之为美"》一文,阐述了道家思想对于中国古代文学理论的深远影响,系统地探讨了这个过去较少涉猎的问题;罗宗强《论唐贞元中至元和年间尚怪奇、重主观的诗歌思想》一文,也提出了一个唐代诗论研究中不甚为人注意的问题。

丛刊还积极刊发青年学者富有创新意识的论文。如第六辑有曹顺庆《〈文心雕龙〉中的灵感论》、王英志《王士禛神韵说初探》;第十四辑有王钟陵《哲学上的"言意之辨"与文学上的"隐秀"论》;第十五辑有殷国明《中国古代文艺理论中的文艺心理学》、朱良志《论中国古代美学中的"虚静"说》,还有华东师范大学两名在读研究生陆晓光、朱桦的论文:《先秦与古希腊文艺思想比较研究论纲》《叶燮、歌德创作主体思想论》。第十六辑有许结《〈老子〉与中国古典诗论》、曹顺庆《两汉与罗马帝国文化与文论比较》、王晓平《日本和歌理论对〈诗大序〉的引照》、汪涌豪《格调范畴的意义——兼论它对风骨理论的贡献》。第十七辑有曹虹《陆机赋论探微》、程章灿《刘勰的赋论——溯源与评述》、邬国平《论竟陵派的文学主张》。第十八辑有朱志荣《中国艺术的本体结构》、田兆元《论古代"天人合一"美学的三大特征》、胡大雷《论张华的诗歌理论》、彭玉平《陈廷焯沉郁词说解析》等。

聚焦重大论题，开展学术争鸣，也是丛刊前期的一个特点。第四辑发表的公木《继承发扬现实主义和浪漫主义的诗歌传统》、黄保真《中国古代文学和文学理论研究中的现实主义问题质疑（之二）》两文，对现实主义这个传统论题提出了各自的看法；张国光《〈文心雕龙〉能代表我国古代文论的最高成就吗》一文，则对流行观点提出了质疑。

丛刊还不断发表海外汉学家和港台学者的文章，介绍学术动态，为学术界打开窗户，提供他山之石。如第三辑有卢善庆《台湾省古典文论研究侧影》，第四辑有美籍华裔学者刘若愚《中国诗歌中的时间、空间和自我》，第六辑有当时在加拿大任教的华裔学者叶嘉莹《中国古典诗歌中形象与情意之关系例说》，第九辑有香港大学陈国球《论诗论史上一个常见的象喻——"镜花水月"》，第十六辑有美籍华裔学者余宝琳《中国"玄学派"诗论》等。

二

上海古籍出版社对丛刊的编辑出版非常重视，分管领导具体负责，选派资深编辑或学有专长的青年编辑担任责任编辑。社里把第一辑列为重点书，选派了两位资深编辑周宁霞、王勉担任责任编辑，1979年7月发稿，12月出版。这本30万字的书，在铅字排印的年代，出版速度堪称迅速。

第二辑1980年7月出版，责任编辑还是王勉。王勉早年就读于清华大学社会学系。对中西学术都有广泛的涉猎，尤对明清文学有深入研究。晚年以笔名鲲西出版了不少论著。

鲲西部分著作书影

周宁霞是丛刊前期担任责任编辑次数最多的一位，担任了第三、四、六、七、八辑的责任编辑，并与王勉共同担任第一辑的责任编辑，与熊扬志共同担任第九、十辑的责任编辑。周宁霞（1931—2005），是一位经历丰富、个性独特的女编辑，值得介绍一下。她1948年8月考入燕京大学新闻系，同年12月加入中国共产党。1949年2月离校参加工作，当年10月参加南下工作队。曾任广州《南方日报》记者，与时任南方日报社社长曾彦修（1919—2015）结婚。1954年，曾彦修调北京任人民出版社副社长兼副总编辑，她也进京任中共中央宣传部党史资料室编辑、文化部出版局《读书月报》编辑。曾彦修1957年被划为右派，1960年调上海中华书局辞海编辑所工作，她也于1960年调任人民文学出版社上海分社编辑。之后，在当时的政治氛围下，周宁霞与曾彦修被迫离婚，改嫁少年儿童出版社编辑、儿童文学评论家周晓。1978年起任上海古籍出版社编辑。除了编辑出版《古代文学理论研究》丛刊、《中国历代文论选》（修订版）等外，她用力最大的是担任《徐霞客游记》的责任编辑。她担任该书的责任编辑，并不是坐等书稿，而是与整理者一起寻觅《徐霞客游记》的原始抄本，进而撰写了《〈徐霞客游记〉原始抄本的发现与探讨》的论文，并为《徐霞客游记》整理本撰写了相当全面系统、有学术价值的前言。为了解决《徐霞客游记》中的一些疑问，她搁下其他发稿任务，以请假方式前后三次自费去广西实地踏勘，以致被出版社扣发三个月工资。其夫周晓说："周宁霞的'倔'，特立独行的行为似不可取，有违出版社制度，然其效果——对《游记》书稿质量的提升，却'颇堪嘉许'。"（《周宁霞与〈徐霞客游记〉》，《春华秋实六十载：上海古籍出版社同仁回忆录》，上海古籍出版社，2016年）周宁霞与熊扬志共同担任1985年12月出版的丛刊第十辑的责任编辑后，于1987年12月离休。离休后，她仍致力于徐霞客及其游记研究，撰写论文十多篇，2004年结集为《徐霞客论稿》一书由上海古籍出版社出版。

熊扬志是丛刊前期担任责任编辑较多的一位，除了与周宁霞共同担任第九、十辑的责任编辑和与沈善钧共同担任第十三辑的责任编辑外，还担任了第十一、十二、十四、十五辑的责任编辑。他是辽宁师范大学古代文学专业的硕士，1982年毕业后来上海古籍出版社工作。他为人落拓不羁，知识面比较广博。

担任丛刊前期责任编辑的还有资深编辑胡士明、沈善钧、邓韶玉和青年编辑田松青。

虽然丛刊有学会主要领导和编委会负责，但出版社对稿件的质量不敢掉以轻心，除了责任编辑审稿之外，担任二审、三审的编辑室主任编辑和分管领导也都从专业角度严格把关，有时还约请社里学有专长的老编审一起斟酌。如第三辑就请陈振鹏、周谷年两位老编审审读，抽去了几篇观点材料都站不住脚的文章，其中陈振鹏就指出有一篇论元曲的押韵格式错误甚多，不可采用。

负责丛刊前期编辑出版的社分管领导主要是包敬第。包敬第（1923—1996），浙江镇海人。1941年9月就读于上海东吴大学

周宁霞著《徐霞客论稿》书影

法学院。毕业后曾任上海《文汇报》编辑等职。1949年2月在上海参加中国共产党。上海解放后，长期从事工会工作。1978年1月起，历任上海古籍出版社编辑、办公室主任、编辑室主任、副总编辑。他是20世纪80年代前期上海古籍出版社编辑工作的主要负责人，直接促成了丛刊的出版，并从1984年11月出版的第九辑起任丛刊副主编。包敬第1985年离休，晚年主要从事古籍整理，校点《沧溟先生集》等。继他之后，负责丛刊编辑出版的社分管领导有副总编辑黄屏、总编辑李国章、副总编辑李梦生和总编辑赵昌平。

负责丛刊前期编辑出版的主任编辑主要是高章采、王镇远。高章采（1935—1998），1962年毕业于南京大学中文系，曾在上海作家协会文学研究所、上海人民出版社《朝霞》编辑室工作。1978年进入上海古籍出版社工作，曾任编辑室副主任，后任总编办公室主任、副社长。撰有《吴伟业诗选注》《官场诗客》等。王镇远1982年复旦大学中文系研究生毕业后来社工作。他在校师从王运熙先生研究古代文学理论，著有《中国书法理论史》等。1984年11月出版的丛刊第十一辑就是他担任主任编辑的。在1987年10月成都召开的中国古代文学理论学会第五次年会上，他当选为理事。1992年6月，他赴新西兰奥克兰大学做访问学者，后在新西兰定居。此后负责丛刊编辑出版的主任编辑依次为王兴康、高克勤。

1993年1月，上海古籍出版社文学编辑室重新组建，由李梦

陈谦豫著《中国小说理论批评史》书影

陈谦豫先生签名本

生任主任，王兴康和我任副主任。按照编辑室的分工安排，由我担任负责丛刊编辑出版的主任编辑。学会秘书长兼编委陈谦豫老师闻讯后即与我联系。陈谦豫（1928—2018）是华东师范大学中文系教授，也是我社的老作者。他参加编写并协助主编朱东润先生修订完成的《中国历代文学作品选》由我社出版，至今仍是全国高校中文系中国古代文学课程的权威性教材。他还在我社出版了他主编的《历代名篇选读》。他是一位忠厚长者，为人谦和。他邀请我参加学会年会并加入学会。我以自己不治文论推辞。陈老师说，这是工作需要，不加入学会就无法参加学会理事会和丛刊编委会的工作；并说这也是徐中玉先生的意见。他与徐先生介绍我入会。1995年9月23日，我与复旦大学王运熙、顾易生、黄霖先生等同车赴南昌参加25日开幕的中国古代文学理论学会第九次年会暨国际学术研讨会，徐中玉、陈谦豫等也同车。这次会议选举了新一届理事，并补选了丛刊编委（见《古代文学理论研究》第十八辑）。我参加了新一届理事会的第一次会议，选举学会领导等，从晚上9点开始，到11点结束。我与许多理事都是初识，领略了他们的风采。会议开了三天，接下来安排去庐山考察，我没有参加就回上海了。同车返沪的有复旦大学青年教师汪涌豪，他是本科低我一级的系友，读大学时就认识了。他1995年与陈尚君合作撰写了《司空图〈二十四诗品〉辨伪》（后载《中国古籍研究》创刊号，上海古籍出版社，1996年）一文，认为《诗品》是后人托名司空图所作。陈尚君在1994年11月浙江新昌召开的中国唐代文学学会第七届年会暨唐代文学国际研讨会上发布了这一观点，汪涌豪在这次南昌会上再作阐述，引起与会学者的热烈讨论。当时从南昌返沪的特快列车行驶时间达 18 个小时，我与涌豪一路畅叙学术人生。涌豪现在已经是中国古代文学理论研究领域的领军人物。回想当年青春年少书生意气的年代，感慨万千。

南昌返沪后，我担任了丛刊第十八辑的主任编辑，赶上了丛刊前期出版的末班车，总算为丛刊的出版尽了微薄之力。丛刊转到华东师范大学出版社出版后，进入了一个新的发展时期。而上海古籍出版社继续在中国古代文学理论研究领域积极开拓选题，继完成了堪称 20 世纪中国古代文学理论研究收官之作的王运熙、顾易生主编《中国文学批评通史》（七卷本）后，又在新世纪启动了《中国古代文学批评要籍丛书》，为传承文化、助力学术研究作出新的贡献。

（载《秘响潜通的文脉——古代文学理论研究第五十七辑》，华东师范大学出版社，2023 年）

经典永流传
——《宋词赏析》出版始末

1980年3月，上海古籍出版社出版了沈祖棻著《宋词赏析》。自此，一个已故的沉寂多年的女学者开始为读者注目。这本薄薄的仅256页166千字32开平装的小书开始风行图书市场，仅上海古籍出版社二十年间就六次印刷，印数达32.5万册；此后多家出版社印行的版本册数更无法统计。不仅如此，这本1949年之后出版的第一本词作鉴赏的专书引领了一波词作鉴赏专书的出版热潮，这本书出版后的二十年间，各类词作赏析的专著就出版了200多种，有的鉴赏专书印数达到数百万册，深受读者大众的欢迎。（参见王兆鹏《引领20世纪的词作鉴赏：重读沈祖棻〈宋词赏析〉》，《光明日报》2009年3月18日）可以说，《宋词赏析》不仅作为一部学术著作在中国诗歌接受史上具有里程碑的意义，而且作为一种长销图书在中国当代出版史上也有研究的价值。因此，本文根据上海古籍出版社所存有关书稿档案和程千帆著《闲堂书简》(凤凰出版社，2023年。下引程千帆书信均出自此书，不再出注），回顾《宋词赏析》一书的出版始末。

一

沈祖棻（1909—1977），字子苾，别号紫曼，原籍浙江海盐，生于苏州。1931年就读于南京中央大学中文系，1934年毕业后考入金陵大学国学研究班。1936年研究生毕业。1937年与毕业于金陵大学中文系的程千帆结婚。之后长期在高校任教。1957年，时任武汉大学中文系教授的程千帆被错划为右派，下放农场改造。同在武汉大学中文系任教的沈祖棻继续留校任教，独力支撑家庭，直至1976年退休。1977年6月27日，遭遇车祸，不幸逝世。

沈祖棻文学创作、学术研究兼长，有小说、散文、诗词等传世。早在1932年，在大学词选课的习作中，沈祖棻所作《浣溪沙》（芳草年年记胜游）因末句"有斜阳处有春愁"而广受好评，获得了"沈斜阳"的雅号。程千帆在《宋词赏析》台湾版后记中评价亡妻："她首先是一位诗人、作家，其次才是一位学者、教授。她写短篇小说、写新诗和旧诗，主要的写词，这是她的事业，而教文学则只是她的职业。"

沈祖棻不幸去世后，当时也已退休的程千帆强忍悲痛，以极大的毅力，投入到整理亡妻作品的工作。1977年，当即将易名成立的上海古籍出版社向他征求书稿时，他推荐了亡妻的两部遗稿

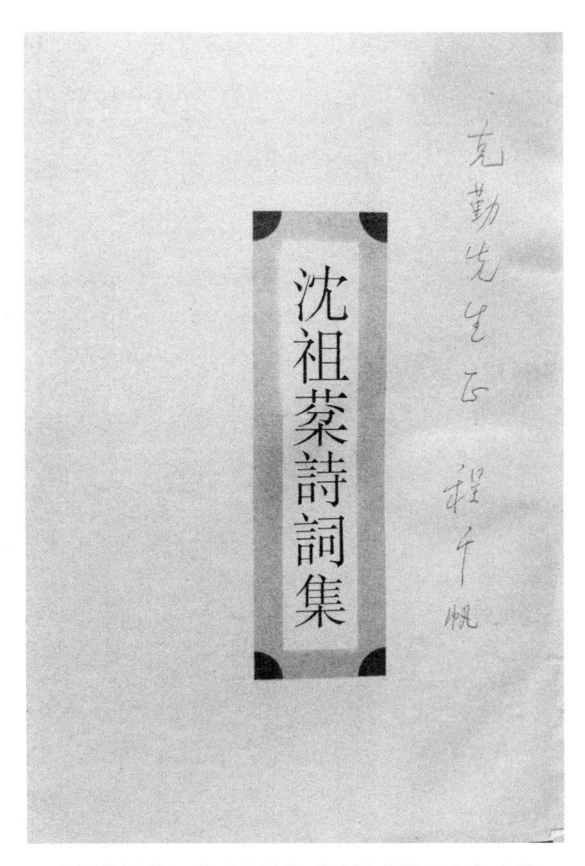

沈祖棻原著、程千帆笺注《沈祖棻诗词集》书影

《唐人七绝诗浅释》和《宋词赏析》。1977年10月22日，他在致出版社负责人李俊民、编辑富寿荪的信中说："我现在忙于为亡室整理遗稿，她写的《唐人七绝诗浅释》及《宋词赏析》都有成书，略加清理，即可付印。"富寿荪（1923—1996）是一位长于诗词研究的老编辑，了解沈祖棻的诗词创作和学术研究的成就，接到程千帆来信后，于1977年11月6日写了《对程千帆来函中的一些意见》交李俊民，文中说："信中提到程的爱人沈祖棻有《唐人七绝诗浅释》和《宋词赏析》等成书，可以请他一并寄来。沈祖棻是著名女词人，造诣之高，是李易安以来少见的。"（上海古籍出版社书稿档案）李俊民次日批复："关于程千帆来信，原则上同意老富所提意见……拟请老富以室的名义作复（复信中对沈祖棻女士的遇难表示慰问）。"此后，程千帆陆续将整理好的书稿送交上海古籍出版社。

经过长达两到三年的整理和编辑出版工作，沈祖棻的两部著作《宋词赏析》和《唐人七绝诗浅释》先后由上海古籍出版社于1980年3月、1981年3月出版。

二

《宋词赏析》的原貌并非是如程千帆最早向出版社所说的是一部"成书"，而是他后来在此书后记中所云："这是亡妻沈祖棻的一部遗稿，是从她多年从事教学和研究工作积存下来的有关宋词的著述中选录出来的。"其成书包含着千帆先生整理时的大量劳作，凝聚着他对亡妻的深情。

1977年12月5日，程千帆致信出版社古籍编辑室负责同志：

> 祖棻遗著两种，虽有成稿，但系写在双面练习簿上面。要重抄一遍。有的地方，需要作些技术性的整理，书证方面，要进行覆核，以期完善。这些工作，正在积极进行中。预计在明年三月以前，可以将有关词学的一种送请审查，六月以前，可以将《唐人七绝诗浅释》呈教。
>
> 最近，将她的遗稿仔细清理了一遍。觉得在词的方面，还有两种可以公开于世。一是双白词的批语，另一是几篇有关词的作家和理论的专文。她手批词集多种，我拿来和近人已发表的著作加以核对（如周、吴词，就与《海绡说词》核对），觉得所批白石、白云二种，虽非全批，而已详批者，颇有可取。因此也准备将其辑录出来。这样，就想把（一）宋词赏析、（二）双白词札记、（三）四篇专题论文，合为一书，暂时定名为《学词记微》。我暂且这么做着，将来你们看了全稿，再行定夺好了。

千帆先生自谦"对于词学，我非专家，只是略具常识而已"（1978年10月27日致上海古籍出版社信），因此他将《学词记微》书稿请唐圭璋、吴白匋、章荑荪三位先生审阅。唐圭璋（1901—

1990)为著名词学家,时任南京师范学院教授。吴白匋(1906—1992)时任南京大学教授,章荑荪(1913—1980)时任上海师范学院教授,他俩都曾师事吴梅(瞿安)先生,都有很深的词学造诣。在1978年1月27日致吴白匋的信中,程千帆写道:"《学词记微》一种,已由会昌整理完功,谨寄呈审核。务恳垂念与逝者数十年交往之情,勿存客气,其有不善,即时改定。会昌虽尝受词学于先生及瞿老,而于此道实无所知,故除核校书证、补缀文字之外,未敢辄为改动。祖棻生前于海内词流,不轻许可,而独佩先生,此亦先生所知,故以重托,想蒙垂许。(其文字不妥或解释有问题者,均可就原稿改之。其须大幅度改写者,请别纸录之。)先生阅毕后,仍祈交圭老一阅,然后寄荑荪转至出版社。会昌当另函圭老。经二老阅后,或可寡过耳。"此后,程千帆又有信与吴白匋谈《学词记微》书稿订补事。请唐圭璋等词学名家把关,可见程千帆对亡妻遗稿的重视和用心。

《学词记微》的书稿经唐圭璋、吴白匋、章荑荪三位先生审阅后交到上海古籍出版社,出版社还专门请对苏轼深有研究的复旦大学中文系教师顾易生审阅沈祖棻四篇论文中论苏轼的两篇。出版社安排陈邦炎担任责任编辑。陈邦炎(1920—2016),祖籍湖北浠水。有家学渊源。谙熟中国古典诗词,尤长于词学。陈邦炎看了书稿后,提出了审稿意见,对书稿予以高度肯定:"本稿出自名词学家之手,在役使资料和驱策文字上得心应手,左右逢源。对作品分析,或抉隐发微,鞭辟入里,或旁征博引,以词证词，做到深入浅出，引人入胜，能帮助读者更好地理解和欣赏一些名家的篇章。"（上海古籍出版社书稿档案）同时也提出了一些修改意见并告程千帆，建议不用《学词记微》这一书名，改以《宋词赏析》作书名；原稿第一部分改题为《北宋名家词讲析》，第二、第三部分改题为《姜夔词小札》《张炎词小札》；四篇专论，采用论苏轼的两篇；《后记》最好改写为前言。

程千帆对上述建议大多接受，在1978年10月14日致上海古籍出版社的信中写道：

编辑同志：

（78）古字1053号来信收到。非常感谢你们对祖棻的遗稿作了认真仔细的审读，提出了许多宝贵的意见。

对于所提出书方案，我的具体意见如下：

①同意将书名改为《宋词赏析》。

②第一部分改名为《北宋名家词浅释》。因为她另有一部《唐人七绝诗浅释》，性质相同。"浅释"之名，是她自定，较好。

③同意将二、三部分改为《姜夔词小札》和《张炎词小札》。

④同意将苏词二论作为附录，但想再加清人比兴说（即只去掉论元词一篇）。理由：此文是她用力之作。看了近来一些论比兴的文章，更感到此文有重印一次的

必要。其中也分析了好几首宋词，如东坡《卜算子》、黄孝迈《湘春夜月》之类。放在一起，也还合色。（此文对读南宋及清人词很有用。）

⑤还是用《后记》为好。因为只是将各部分内容略作介绍，话不宜多。对自己的妻子的作品，更应当实事求是，不能吹嘘。

关于所提具体修改意见，大致看了一下。其中多数可据以修改，有些书证要覆核，但有的意见（如嫌分析太略），则作者已亡故，我不好代她大作文章，只好不动。

1978年10月27日，出版社又收到程千帆的来信以及他最后审定的《宋词赏析》书稿，信中说："对唐、吴二老及你们所提意见，有所取舍从违，是因为作者已故，在百家争鸣的方针下，希望做到既不负死者，又不误读者。二老意见之取舍，已和他们面商，对你们的意见，则在浮签上简单加以说明。所取二老补充意见及书证等，均标明姓氏，庶非掠美。对于词学，我非专家，只是略具常识而已。这次整理遗稿，幸得你们大力协助，得以保证质量，非常感谢。"

在千帆先生与出版社编辑的共同努力下，《宋词赏析》很快于1980年3月出版。程千帆撰写的《宋词赏析·后记》对这本书作了精要的介绍：

《北宋名家词浅释》是一部没有写完的讲课笔记。好些年前，她曾经有个机会和几位青年教师、研究生一起学习宋词。他们之中有人说：有的宋词不大好懂，特别是婉约派的艺术表现手法方面；同样，古代词论家对于这些词的批评也不大好懂；要批判其思想内容比较容易，要肯定其艺术技巧则比较困难。她感到这些话很有意思，也很中肯綮，因而就根据他们提出的具体要求和篇目比较详细地为他们讲说了一个时期。由于这些同志都已经在大学中文系毕业，有较丰富的文学史知识，也具有较强的批判能力，所以她在讲课时，就侧重在每一篇词的艺术技巧的分析方面，也侧重于婉约派的作品；同时也由于当初并没有想将这个课程当作一般的词选来讲，而主要是企图解决学习者所遇到的问题，所以入选各家篇目的多寡，并不完全反映其在词史的地位。大家如苏轼，也只讲了两篇，就是因为同志们觉得苏词比较好懂，不须多讲的缘故。当时讲完李清照以后，就因另有任务，没有继续讲下去。现在所能整理出来的，就只有这四十来篇。为了符合内容，现将题目标明北宋。

姜、张两家词札记是从她手批的四印斋本《双白词》中辑录出来的。她的批语有的很简略，有的则比较详细。现在只把较详的录出，因为这一部分对于一般读者的帮助可能大些。张炎《山中白云》文字，她曾用《彊村丛书》

沈祖棻著《宋词赏析》初版书影

本江昱《疏证》校订过,批时择善而从,现即据以抄写,故与各本均不尽同。

《宋词赏析》一书,包括《北宋名家词浅释》《姜夔词小札》《张炎词小札》三部分,附《关于苏轼评价的几个问题》《苏轼与词乐》《清代词论家的比兴说》三篇论文。其中《北宋名家词浅释》选词四十五首，以无名氏《菩萨蛮》（平林漠漠烟如织）开篇，选范仲淹以下十一家，其中柳永、周邦彦词各七首，晏几道、秦观词各六首，李清照词五首，贺铸词四首，张先词三首，晏殊、苏轼词各二首，范仲淹、欧阳修词各一首。《姜夔词小札》《张炎词小札》各二十一首。

三

在《宋词赏析》的编辑过程中，程千帆与陈邦炎由相互了解到成为好友。《闲堂书简》中收录了《宋词赏析》出版后十余年间程千帆致陈邦炎的二十五通信，其中多关于书稿出版事。

1987年9月23日，程千帆致信陈邦炎，告知他与弟子莫砺锋、张宏生合写的杜诗论文集《被开拓的诗世界》年内可交稿，"因此，希望①能列入明年上半年发排（稿子规格统一，书写均正楷，极易作技术处理），②指定一责编与莫砺锋联系。此书有弟批《镜铨》，又有拙作诗存作为附录，以有一老学人审稿为宜。不知邦炎先生肯屈尊阅稿否？倘荷金诺，为幸多矣"。足见他对陈邦炎的信任。由于陈邦炎此时已担任编辑室主任，承担书稿的复审，千帆先生后来在上海古籍出版社出版的几种书稿如《古诗考索》《被开拓的诗世界》《两宋文学史》都是由老编辑邓韶玉担任责任编辑的。邓韶玉工作极其负责，对作者尤其尊重，得到了千帆先生的肯定。

除了谈工作，程千帆与陈邦炎的书信中亦有诗文往来、论及世谊者。程千帆长陈邦炎七岁，两人都曾蒙受"丁酉之祸"，可以说是同一代人。两人都出身于书香门第，有家学渊源。程千帆曾祖父程霖寿，字雨苍，有《湖天晓角词》；伯祖父程颂藩，字伯翰，有《程伯翰先生遗集》；叔祖父程颂万，字子大，有《十发居士全集》；父程康，字穆庵，有《顾庐诗钞》。陈邦炎高祖陈沆，为清代著名诗人和诗评家，有《诗比兴笺》等著作传世；伯父陈曾寿，为近代著名诗人，有《苍虬阁诗集》等著作传世。两人都谙熟中国古典诗词。千帆先生著作宏富，邦炎先生著作也颇丰，有《唐人绝句鉴赏集》《说诗百篇》《说词百篇》《临浦楼论诗词存稿》等。邦炎先生长于词，千帆先生赞曰："词绝妙，仿佛苍虬遗韵也。"千帆先生收到陈邦炎寄赠的《苍虬老人集》后致信后者："他心之通，足征世谊，信可珍也。"后又致信陈邦炎："近理行箧，得数十年前先德苍虬老人为先君所书一纸，沧桑屡变，典型犹存，弥觉可珍。谨以奉呈，想先生亦必欣然藏之也。"可见两人亦是世交。

程千帆与陈邦炎的交往及友谊，可以说是作者与编辑合作的范例。如今，两位先生都已远行，但典型犹存。

（载《中华读书报》2024年1月31日）

纪念文集的标杆
——兼述《选堂文史论苑》的编辑出版

一

为纪念某人某事，编辑出版一本纪念文集，作为学术界出版界的雅事，似乎已有悠久的历史，而且有越来越频繁的趋势。在我有限的阅读史上，最早读到且印象最深的是《开明书店二十周年纪念文集》。这本文集是1946年出版的，编者是开明书店的老前辈叶圣陶先生。叶先生在序中说：

> 学术界有个好风尚，某一位有道饱学的先生逢到整寿，他的友好就各抒心得，写篇论文，集合拢来，算是给他祝寿。祝寿原是世俗的事情，而且关系只限于致祝与被祝的双方；大家写篇论文可不然了，意思自然在阐明学术，

论关系和影响又普及到广大的社会：所以说是好风尚。这本论文集的出版，取义大致相同。虽说开明是书店不是人，即使把书店看作人，他决不至于狂妄到那样地步，自认为有道饱学；可是开明也不敢妄自菲薄，把人比起来，他愿意做一个有志向学的青年；那么，当他二十岁的生日，他的友好各给他一篇论文，鼓励他努力上进，他正该感激兴奋，受之不辞了……纵使社会环境恶劣，学术空气稀薄，出版条件不佳。真心研究学术的人是决不肯放弃他们的岗位的，如论文集执笔的诸位先生；有心为文化服务的出版家也决不肯忘了他的使命的，如开明……集中的文篇限于文史的范围，因为开明出版的书大部分属于文史，彼此可以配合，调和。

这本文集收录九篇论文：吕叔湘《从主语宾语的分别谈国语句子的分析》、郭绍虞《论中国文学中的音节问题》、浦江清《花蕊夫人宫词考证》、郭沫若《考工记的年代与国别》、钱锺书《中国诗与中国画》、王了一《新训诂学》、游国恩《论"陌上桑"》、顾颉刚《辛未访古日记》、翦伯赞《台湾番族考》，共二十余万字。作者皆为当时一流的文史学者，每篇文章都是精心之作。可以说，这本文集为纪念文集的编辑出版树立了一个标杆。值得称道的是，叶先生对每篇论文都作了介绍，不仅作内容提要，而且言简意赅地作评价，对读者很有帮助。如介绍《中国诗与中国画》曰："本

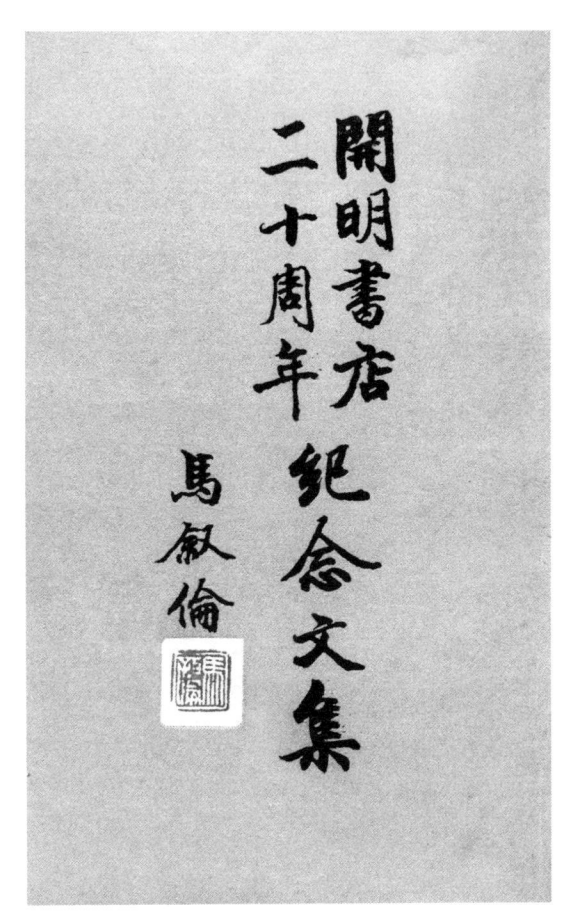

叶圣陶编《开明书店二十周年纪念文集》书影

文拈出一中国文艺批评史上之问题。吾国谈艺者常言'即诗即画'，'诗画一律'。作者详征细剖，以明中国诗画品评标准似相同而实相反；并借鉴于西方理论及文评，以观会通。"我读到的这本文集是中华书局1985年的再版重排本，责任编辑同时也是开明书店老编辑的周振甫写了《再版题记》，《中国诗与中国画》用了作者1984年收入《七缀集》中的改定稿。

二

《开明书店二十周年纪念文集》中名家名作荟萃，堪称纪念文集的标杆。我1986年进入上海古籍出版社做编辑。三十多年来，看到的纪念文集数以百计，几乎没有再见到如《开明书店二十周年纪念文集》这样名家名作如此集中的纪念文集；自己经手编辑出版的也有多种，其中复旦大学中文系编《选堂文史论苑——饶宗颐先生任复旦大学顾问教授纪念文集》（上海古籍出版社，1994年）差堪近之。

饶宗颐先生是香港中文大学荣誉讲座教授，是当今少有的集学术研究、艺术创作于一身的大学者、大艺术家，也是我社的重要作者，当时已经在我社出版了《饶宗颐史学论著选》《梵学集》等著作。1992年11月，他被聘为复旦大学顾问教授。时任复旦大学中文系主任陈允吉老师编了这本纪念文集。陈老师是我的大学老师，与我联系这本文集的出版事宜，得到了我社的同意，并指定由我所在的文学编辑室承担编辑出版工作。责任编辑由达世平兄担任，他是上海师范大学中文系汉语专业毕业的研究生，长我近十岁，又比我早进社工作。当时我担任编辑室副主任，由于陈老师与我熟悉，这本文集又是他与我联系的，于是我责无旁贷地负责起这本文集的编辑出版工作。

这本纪念文集共收入文章30篇和《饶宗颐教授简历与学术专著目录》。由于饶先生巨大的学术影响力和陈老师的组稿能力，除了时任复旦大学副校长施岳群《在饶宗颐顾问教授聘书颁发仪式上的讲话》一文外，其他29篇文章的作者都是饶先生各个研究领域内有影响的专家学者，有姜伯勤、钱仲联、程千帆、王运熙、周勋初、王水照、江巨荣、陈尚君、季羡林、邹逸麟、姚楠、王小盾、王尧、荣新江、胡厚宣、杨向奎、李学勤、缪钺、束景南、周绍良、柳存仁、陈允吉、陈应时、陈长林、吴钊、薛永年、李伟铭、单国霖。其中最年长者为时年九十的史学家缪钺（1904年生），最年轻的当属时年三十有四的敦煌学家荣新江（1960年生）。缪钺的论文《二千多年来中国士人的两个情结》指出："有两个问题经常困扰中国古代士人的心灵：一是道与势的矛盾；一是求知之难与感知之切。这两个问题也可以说是两个'情结'"。"困扰中国古代士人，在他们心灵中孕育着许多沉忧积愤，于是发抒于文学作品中"。"所以掌握了这两个情结，就可以深入探寻中国古代士人的心态，也是开启中国古典文学深层的钥匙"。荣新江的论文是《饶宗颐教授与敦煌学研究》。这本文集中专论

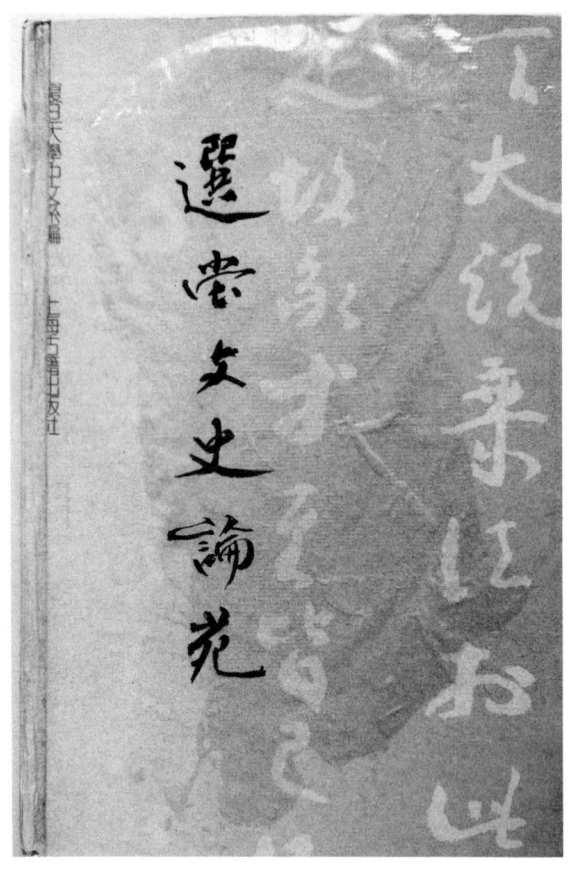

复旦大学中文系编《选堂文史论苑》书影

饶先生学术研究、艺术创作成就的论文还有姜伯勤《从学术源流论饶宗颐先生的治学风格》、陈应时《饶宗颐教授研究敦煌琵琶谱的新记录》、李伟铭《"学者画"议——饶宗颐绘画述略》、单国霖《文心辟画心——评选堂先生之绘画》等。

饶先生字固庵，号选堂，这本文集收入钱仲联先生为饶先生文录、诗词集作的两篇序《固庵文录序》《选堂诗词集序》。钱先生将饶先生的文章、诗词与王国维、陈寅恪所作相比较，高度评价了饶先生的创作成就。《固庵文录序》云："余今读选堂饶先生《固庵文录》，乃喟然叹曰：此并世之容甫与观堂也……今选堂先生之文，既有观堂、寒柳融贯欧亚之长，而其精通梵文，亲履天竺，以深究佛学，则非二家之所能及。至于文章尔雅，二家更将敛手。"《选堂诗词集序》云："观堂、春柳，我国近世学人通中西之邮以治学者也，余事为诗，亦非墙外。今选堂先生之学，固已奄有二家之长而更博，至于诗，则非二家所能侔矣。"程千帆《涉江词鹧鸪天八首小笺》，是为其先室沈祖棻《涉江词》中《鹧鸪天》八首作笺。其序云："辛未初冬，选堂先生以所为韵语见示，属加平品。循讽卒业，为题其端曰：'硕学罕俦，妙才无对。高情踵谢，暴力追韩。胜缘夙具，游屐遍于瀛寰；微尚足征，灵襟布诸篇什。固已度越前修，导先来叶。'"对饶先生其人其作也作了高度评价。尽管自谦"衰年思涩，不复能精心持论"，他还是奉上了自己的精心之作："适为先室沈氏涉江词作笺，因取其中咏时事者数篇抄呈先生及文苑诸公，以求印可。此元微

与饶宗颐先生合影（前排中为饶先生）

之所谓直道当时事者，或亦为先生所许乎！"

各位论文作者都为纪念文集奉上了自己的力作，以示对饶先生的尊重。如李学勤的论文《〈商誓〉篇研究》开篇所言：

> 选堂先生治史多年，其识见之卓，著述之丰，久为海内外学界所共仰。今受复旦大学之聘，担任顾问教授，嘉惠学子，确实是值得大家纪念的。蒙复旦中文系诸先生嘱作小文，窃以为选堂先生重视研究上古三代历史，

以考古文物与文献记载相印证，沉埋几千年的史实，经选堂先生抉微发覆，得以重白于天下，特就《逸周书》中很少人注意的《商誓》篇略加探讨，以博选堂先生与各位方家一哂。

季羡林的论文是《唐代的甘蔗种植与制糖术》。其案语云：

> 这是我写的《糖史》中的第一编第五章。我在很多地方都讲到过，我亦不是科学技术史专家；虽有此兴趣，但愧无此能力。我的重点始终是放在中外文化交流史上。糖是一种极为重要但又微末不足道的东西；但是它的背后却隐藏着一部人类文化交流史，具体而生动，形浅而义深。
>
> 老友饶选堂先生学富五车，兼通中西，对中印文化交流史的研究，做出了卓越的贡献。现应聘为复旦大学顾问教授。复旦大学为纪念此极有意义之举，计划出版纪念论文集，诚艺坛之盛事，学林之佳话。征稿于予，遂不揣谫陋，以此章应命。其中亦颇涉及中印文化交流。此种研究，中外学者从事者颇不乏人。但多偏重哲学、宗教、文学、艺术方面。至于科学史方面，选堂先生曾有论文数篇，极富启发意义，此外则不多见。我之所以从事于此项研究者，亦稍有补苴罅漏之意。

周绍良的论文《〈洞庭灵姻传〉笺证》篇末识曰："岁癸酉，欣逢选堂先生喜寿，又适荣任上海复旦大学顾问教授之聘，谨以此文为贺。"他如胡厚宣的论文《记故宫博物院新收的两篇甲骨卜辞》、柳存仁的论文《徐神翁与林灵素》、王尧的论文《从两件敦煌吐蕃文书来谈洪瞥的事迹——P.T.999, P.T.1201卷子译解》、周勋初的论文《〈酉阳杂俎〉成书考》、王水照的论文《元祐党人贬谪心态的缩影——论秦观〈千秋岁〉及其和韵词》、邹逸麟的论文《有关我国历史上蚕桑业的几个历史地理问题》、陈允吉的论文《论佛偈及其翻译文体》等，也都是精心之作。

各位论文作者不仅奉上自己的力作，而且对出版社的工作也很支持。校样排出来后，陈允吉老师给了我论文作者的联系地址，于是我一一寄上校样请作者审读。有的作者不仅认真审读并及时寄回校样，还给我回信。季羡林先生回信道："校样有的地方墨色太淡，用放大镜才勉强能辨认，给我带来了极大的困难，应通知出版社排字车间一声。"胡厚宣先生回信说："寄来《选堂文史论苑》拙文校样，非常感谢！只因日前出差，误了时间，敬请原谅为感！"王尧回信说："去台讲学三个月，昨日方才返京。清理来信来稿，才读到您寄来的拙稿校样。漏夜审读，纠正了几处误植。兹随函附去。迟了几天，请勿见怪。"邹逸麟回信说："校样奉上。个别处是这次新加的文字，不影响版面，请与工人打招呼务必补上。校出繁体字歧异处，请对红时注意。谢谢。"季先生、胡先生当时都已80多岁了。看到作者的回信和审阅的校样，深为他们对学术的认真态度和对出版社工作的支持所感动。

三

《选堂文史论苑》的作者中，除了复旦大学中文系的老师和程千帆、周勋初等几位先生外，大半的作者我都没有见过。虽然钱锺书先生有过妙论："假如你吃了个鸡蛋觉得不错，何必认识那下蛋的母鸡呢？"（杨绛《记钱锺书与〈围城〉》，湖南人民出版社，1986年）但吾等凡夫俗子还是有读其文欲识其人的想法，如果能有机会见到景仰的学者尤其是饶宗颐先生也可以算是一件幸事。

十多年后，机会来了。2006年12月，我应邀参加香港、潮州两地相继召开的"饶宗颐教授九十华诞国际学术研讨会"。香港的研讨会由香港大学等九所高校联合主办，参加的有来自世界各地的200余位学者。在香港中央图书馆，还举办了盛大的"走近饶宗颐——饶宗颐教授学艺兼修展览"。潮州市政府还举行了盛大的饶宗颐学术馆新馆落成典礼。饶先生参加了两地的会议和活动，我也连续几天目睹了饶先生的风采，同时也得以结识《选堂文史论苑》中的不少作者，如王尧、邹逸麟、陈应时等先生，并与陈应时先生结伴返沪，得知他从事的是敦煌古谱的研究，堪称绝学。

《选堂文史论苑》出版后，我与这本文集中的不少作者还保持着联系，请他们继续为我所在的出版社赐稿，支持我和出版社的工作。2009年年末，我调入上海远东出版社主持工作。在该社工作的三年多时间里，策划出版了"远东精选"等丛书，除了收入远东出版社曾经出版的名家名著外，我还约请了一些当代名家的已刊著作列入其中，其中就有邹逸麟先生1990年在中华书局（香港）有限公司出版的《千古黄河》一书。邹先生是中国历史地理学名家，他用十几万字的篇幅，深入浅出、图文并茂地写出两千年来黄河历史，探求河患的根源，并总结古今治河经验。由于该书是在香港印行的繁体字本，内地的读者大多没有见过。我向邹先生提出印行简体字本的建议，他欣然同意，并且又花了几天时间，重新通读一遍，除了改正几个错字和今地的建置外，还补充了一些文字，可以说是原书的修订版了。邹先生为人的谦和与治学的严谨给我留下了深刻的印象。邹先生去世已有三年多了，我们都很怀念他。

如今，距这本纪念文集问世已近三十年了，饶先生与文集中一半的论文作者都已离开了我们，责任编辑达世平兄年初也归道山，谨以此文作为对他们的纪念。还是一句老话：书比人长寿！

（载《中华读书报》2023年9月6日，易题为"书比人长寿——《选堂文史论苑》的编辑出版"）

史家意识与问题意识
——读《北宋三大文人集团》

2021年由上海古籍出版社出版的王水照先生的新作《北宋三大文人集团》,是他在四十年来发表的专题论文基础上整理、撰写而成的一部学术专著,其中的一些学术观点和研究成果早已为学术界了解并接受,现在经过系统整理,集为一书,集中地呈现其长期研治中国古代文学史尤其是宋代文学史的最新成果,并显明地体现出其治学特色。

这部著作篇幅不大,不到三十万字。全书包括总论北宋三大文人集团的特征、文学结盟思想的文化背景的序论,分论钱(惟演)幕僚佐集团、欧(阳修)门进士集团、苏(轼)门"学士"集团的三章,和"结束语:后苏东坡时代"。王先生认为:"在北宋的文学群体中,以天圣时钱惟演的洛阳幕府僚佐集团、嘉祐时欧阳修汴京礼部举子集团、元祐时苏轼汴京'学士'集团的发展层次最高,已带有某种文学社团的性质,对整个北宋文学的发展具

王水照著《北宋三大文人集团》书影

有举足轻重的作用。"(《北宋三大文人集团·序论》)

这部著作是王先生早就计划撰写的一部专著。1987年,他在复旦大学为助教进修班开设"北宋三大文人集团"课程时,这部著作的结构内容就已经了然于胸,可以行之于文了。他在当时的"教学大纲"上写道:"本课程力图在详细描述北宋三大文人集团的师承、交游、创作等情况的基础上,着重阐明文学主盟思潮的成熟及其文化背景,三大文人集团的成因、属性和特点,它们与北宋文学思潮、文学运动、诗词文创作发展的关系,群体又对各自成员的心态和创作所产生的交融、竞争等多种机制,从而揭示出北宋文学的真实可感的历史内涵,从文学群体的特定视角对北宋文学中的一些重大问题作出阐述和回答,探讨某些文学规律、经验和教训。"(《北宋三大文人集团·后记》)王先生习惯于边研究、边授课、边写稿的工作方式,并不急于成书。经过近四十年的打磨,这部著作终于在我们弟子和出版社的催促中问世了,虽然王先生说还留下一些遗憾,还有计划中的章节未完成,但好在题目和要点在书中已露端倪,可以称得上是一部体系完整、结构严密的成熟专著,反映了他对北宋文学的长期思考。值得一说的是,王先生虽然从20世纪50年代起就发表著述,有多种个人论文集、合著的多部专著传记、整理的多种古代典籍行世,早已著作等身,但这部著作却是他独撰的第一部学术专著,而且撰写的时间也是最久的,由此也可见王先生对这部著作和这个论题的重视。

一

读罢这部著作，一个强烈的感受就是史家意识，或者说贯穿文学史的意识，是这部著作的一个显明特点。王先生指出，北宋这三大文人集团有一个互相连贯的特点，"以钱惟演、欧阳修、苏轼为领袖或盟主的文学群体，代代相沿，成一系列：前一集团都为后一集团培养了盟主，后一集团的领袖都是前一集团的骨干成员。因而在群体的文学观念、旨趣、风格、习尚等方面均有一脉相承的关系"（《北宋三大文人集团·序论》）。三大文人集团几乎囊括北宋全部的文学大家和名家，其中有欧阳修、梅尧臣、曾巩、王安石、三苏（苏洵、苏轼、苏辙）、苏门四学士（黄庭坚、秦观、张耒、晁补之）等。尤其是从欧门到苏门，标志着嘉祐、元祐时期两个文学高潮的到来。因此，王先生对北宋这三大文人集团的研究，就是撰写了一部简明精当的北宋文学史，但是又突破通常文学史教科书格局的写法，是以文学群体研究的专题出之。而这一突破是与王先生的治学经历分不开的。

王先生自20世纪50年代中叶在北京大学中文系就学起，就开始了对中国文学史的学习和研究。北京大学中文系当时拥有老一辈的文学史家游国恩先生和青年中坚吴小如先生等名家。大学期间，王先生参加了北京大学中文系1955级同学集体署名的先后两部《中国文学史》的写作。1960年，他大学毕业后进入中国科学院哲学社会科学部（即今中国社会科学院）文学研究所。在文学研究所，他得到所长何其芳先生和前辈钱锺书先生等富有启发性的指导，又参加了文学研究所集体署名的《中国文学史》的写作。1978年，王先生调入复旦大学中文系，至今一直从事中国文学史的教学和研究。复旦大学中文系的同事中治文学史的有老一辈的朱东润先生和与王先生同年的章培恒先生等名家。王先生在复旦教学相长，学术研究渐臻老成境界。在这部著作的新书研讨会上，王先生自述："我参加过三部文学史的写作，我的学术经历如果用'文学史'来贯穿，就是在北大学习文学史，从北大到社科院文研所是写作文学史，再到复旦是教学和研究文学史，但是当时的古代文学研究始终受制于文学史的教科书格局，即以时代为序，以作家作品个案研究为主干，这个模式对传授古代文学史的系统知识自然有其优点，但不能当作古代文学研究的全部内容。"正是基于这样的认识，王先生有意识地在这部著作中突破通常文学史的教科书格局，用文学群体作为考察对象。王先生认为："文学群体是作家个人和社会（包括文学社会即文坛）联系的中介。文学作品在通常情况下乃是作家个人的精神劳动的产物，但他又不可能在完全封闭自足的心理结构中从事文学创作，必然受到社会环境、时代思潮、文坛风气等的深刻影响。作家个体自发的社会化要求，呼唤着文学群体的孕育诞生，而文学群体又促成个体的社会化得到发展和实现。个体从群体中获得大量的社会信息，感受到文学风会，培育和陶铸成自主独特的文学个性；群体则又以各个成员的代表者的资格，把群体的文学思想、观念、情趣、好尚、风格,影响于整个文坛和社会。群体在内部发挥着交融、竞争等多种机制,与外部又产生了各种纵贯、横摄的关联,由此构成一幅多方位、多层次的错综互动的文学图景。从文学群体入手来观察一个时期的文学现象,不失为一条有效路径。"(《北宋三大文人集团·结束语:后苏东坡时代》)

在这部著作中,王先生就是循着这一条路径从文学群体的角度来展开观察研究的,同时沿流讨源,串联起史的线索。例如,书中评述欧阳修从事古文写作的过程,历叙他向尹洙学古文到成为一代文宗,到与曾巩真脉相传。尹洙是钱(惟演)幕僚佐集团中专擅古文写作的重要作家,曾从北宋前期古文家穆修游。而欧阳修成为一代文宗的关键就在于其古文理论和写作实践都超越尹洙,奠定了宋代散文平易自然、流畅婉转的群体风格,从而谱写出中国散文史上别放异彩的新篇章。这样的评述,就清晰地勾勒出北宋前中期古文的发展轨迹了。再如,嘉祐二年(1057),欧阳修知贡举,录取进士三百多名,其中有他的得意门生曾巩和后来成为欧门进士集团骨干的苏轼、苏辙等隽才。书中揭示了嘉祐二年贡举事件的文学史意义,认为这一事件对于欧门的组成、文风的改革乃至宋代文学的发展导向具有多方面的重要意义,北宋时期的第一个文学高潮也随之同时出现。

二

贯穿问题意识，是这部著作的又一个显明特点。王先生非常认可何其芳先生提出的为文要有三"新"（即新材料、新问题、新观点）的要求，力图在本书中借由视角的更换、单一个案分析模式的突破，发现一些新材料和新问题。由于是在论文基础上整理、撰写而成的，王先生的这部著作始终带着问题意识，在论述中抓住主要问题展开论述，随处可见他的独特之见，要言不烦。

例如，本书首次把钱幕僚佐集团引入文学史视野，将这一集团置于文学史的长廊之中，加以系统、全面的介绍。陈尚君先生在这部著作的新书研讨会上曾指出，朱东润先生在《梅尧臣传》中就对钱惟演治下的洛阳文人聚集这一现象略有所涉，但是王水照先生将这一问题充分地深化和展开了，对于诸如谢绛的作用、钱惟演文学上的宽容和奖掖后进、幕府人物的构成等，都进行了完整、立体的勾勒与呈现。朱老认为，官为西京留守的钱惟演是洛阳的第一位大官，但是他是诗人，所以对作为诗人的梅尧臣等是平等看待的；梅尧臣的妻兄谢绛时任河南府通判，在洛阳的地位仅次于钱惟演，"在谢绛的领导下，洛阳成为诗人、文人的中心，文学史上所说的宋代诗文革新，是在这个情况之下发动的"，"但是在当时并没有提出革新的要求"，梅尧臣、尹洙、欧阳修只是在钱惟演、谢绛两人领导下进行创作活动，"他们不但没有强烈的政治主张，甚至连韩愈、柳宗元、元稹、白居易那样的创作动机也没有。这不是贬低梅尧臣等这一班人,而只是当时的事实"。作为一部传记,朱老的《梅尧臣传》是把钱惟演、谢绛等作为梅尧臣的交游来评述的,当然他也敏锐地指出了梅尧臣交游圈的特点。王先生则把这一交游圈提升到集团的高度,首次提出了钱幕僚佐集团这一现象。集团总有核心和盟主,即使这是一个没有打出旗号的集团。王先生指出,钱惟演"是一位充满政治权势欲望和艺术审美追求的矛盾复杂的人物",他任西京留守时类似"文艺沙龙"主人的角色定位"直接促成了文人集团的形成",其文学上的宽容和奖掖后进的精神特点,使他在这一文人集团中所起的核心作用是别人无法代替的。而欧阳修、梅尧臣等正是在他的宽容下取得创作的初步丰收。谢绛"不仅其官位仅次于钱惟演,而且在文人集团中的重要性也差可与钱氏比肩","以其文学才能和声誉成为这个集团的主盟人物"。王先生还对这一集团的构成人员做了详尽的考辨,对这一集团的特征做了精当的评析,认为"对文学和文化的共同爱好和热衷是这一文人群体聚合的基础","这是一个颇具互补互动功能、优化选择的文学群体,也便于取得文学整体上的优势和影响力"。这样,对这一文学集团的论述就很充分了。这是王先生对宋代文学尤其是北宋文学作了全面考察和长期研究后的发现。

再如,书中通过苏门《千秋岁》唱和词的研究,对词中所见元祐党人贬谪心态做了精微的分析,也具开创性。这些开创性的议题极大推动了北宋文学的深入研究。而对于学界多有研究或个人发现不多的论题，书中就不展开或从略。如鉴于欧阳修在文坛的主要贡献是领导古文运动，所以书中论欧（阳修）门进士集团这一章论述的聚焦点就落到散文方面，诗、词方面就从略了。这种抓住重要论题聚焦论述而非面面俱到的写法，也迥异于一般文学史的写法。

骆玉明先生曾评价王水照先生的学问有几个要点："首先是王先生有'一代之学'，即在宋代文学研究方面的贡献"；"除了一代之学，王先生还有一个很重要的'方面之学'，即整个中国古代的文章学"；"除了这两点外，还得说一说王先生的'一以贯之之学'"，他所有的学术研究"一以贯之的是：努力地体会、理解中国文化的整体性的传统，在文学研究的工作中对之加以继承和发扬，使之在当下民族文化的建设与发展中起到有益的作用；而这一切，又并不背离现代的和世界性的视野"（《半肖居问学录》，上海人民出版社，2015年）。可以说，王先生的《北宋三大文人集团》这部著作，集中体现了他的一代之学、一方面之学、一以贯之之学的成就。

"一以贯之之学"指的是王先生的治学方法。如果就王先生的治学领域来说，还可以补充和强调一下，王先生还有"一人之学"，即在苏轼研究方面的突出贡献。王先生是公认的当代苏轼研究第一人，他毕生治学的结晶《王水照文集》十卷本可望年内由上海古籍出版社出版，其中仅以苏轼研究为专题的就占了四卷。在《北宋三大文人集团》第三章"苏（轼）门'学士'集团"的各节论述中,我们可以体会到王先生研究苏轼及苏门"学士"集团的广度和深度。

王先生的这部著作包括其先期发表的相关论文已经在学界引起了热烈的反响,其研究成果已经多为学界接受,其研究方法也足以为后学借鉴,堪称文学史研究的典范之作。

(载《中华读书报》2022年3月23日)

一路相随，共创辉煌
——记上海古籍出版社与古籍整理小组的六十年

中华人民共和国成立后，党和国家高度重视古籍的保护和整理出版工作，古籍整理出版事业取得了辉煌的成就，而这一切与1958年国务院古籍整理出版规划小组（以下简称"古籍整理小组"）的成立及其工作是分不开的。从此以后，我国古籍整理出版工作有了全面规划和统一部署。六十年来，古籍整理小组团结全国专业学者，制订古籍出版规划，培养古籍整理出版人才；又指导全国专业出版社高质量和规范地从事古籍整理出版工作，从而使古籍整理出版规模稳步提高，精品力作不断涌现，一批专业出版社得到了长足的发展，其中上海古籍出版社就是一家得到古籍整理小组大力支持并取得显著成绩的从事古籍整理出版的专业出版社。

从古籍专业出版社的角度而言，得到古籍整理小组支持力度最大的是中华书局和上海古籍出版社。这两家出版社六十年来始终与古籍整理小组一路相随，相伴发展。古籍整理小组的成立，促进了中华书局和上海古籍出版社这两家专业古籍出版社的成长和发展。上海古籍出版社的前身之一是中华书局上海编辑所。1958年2月9日至11日，国务院科学规划委员会在北京召开古籍整理出版规划小组成立大会。经国务院科学规划委员会批准，古籍整理出版规划小组成立，由文化部副部长齐燕铭任组长，成员有陈寅恪等19人，并指定中华书局为办事机构，由文化部出版局局长金灿然任小组成员兼办公室主任、中华书局总经理兼总编辑；文化部决定中华书局明确定位为整理出版古籍和当代文史哲研究著作的专业出版社，属文化部领导；同时在上海设立一个编辑所，即中华书局上海编辑所。1958年6月，在古籍整理小组统一规划下，原上海市出版局所属的古典文学出版社与文化部出版局所属的财政经济出版社上海办事处（中华书局上海办事处）合并成立中华书局上海编辑所，习称"中华上编"。古籍小组的成立，为我国古籍整理出版事业的发展奠定了基础、立下了规则。在这之前，国内虽然也有几家出版社从事古籍图书的整理出版，如在北京的成立于1951年的人民文学出版社和成立于1954年的古籍出版社，在上海的成立于1952年的新文艺出版社和成立于1956年的古典文学出版社，但其古籍图书的整理出版没有总体规划，整理出版的古籍图书也不成规模。古籍整理小组成立后，古籍整理出版工作就有了全面的安排和统一的部署。中华书局和上海古籍出版社的前身中华书局上海编辑所在古籍出版方面向专业化迈进，开始形成享誉海内外的出版风格和品牌。

需要指出的是，中华书局上海编辑所虽然名义上是中华书局的分支机构，却是一个独立的出版机构，这是由其组成部分和组织架构所决定的。中华上编的员工和领导成员主要来自1956年11月成立的古典文学出版社，其历史还可追溯至新文艺出版社中国古典文学编辑组。中华上编是受上海市出版局领导的地方出版社，中华书局是受文化部直接领导的出版社；中华上编在编辑出版业务上接受总公司的指导，两家共用一个社名，但中华上编出版的图书在版权页上则注明"中华书局上海编辑所编辑"，与中华书局在人事和经济方面各自独立。中华上编与总公司在选题上有分工，中华上编的选题以古典文学为主，总公司的选题以历史、哲学为主。中华上编除了选题规划与中华书局统一协调外，行政、业务都归上海市出版局管理。1964年11月，由文化部出版局公布的《中华书局和中华上编工作关系问题会谈纪要》规定：中华书局与中华书局上海编辑所均为独立单位，但中华书局对中华上编在业务方面有指导关系；并相应规定了出书计划要统一，组稿要相互配合，稿酬标准要一致等。在短短的八年中，中华书局和中华书局上海编辑所组织编辑出版了不少有重大学术积累价值的古籍整理图书和深受广大读者喜爱的优秀传统文化普及读物，为两家出版社在选题和人才两方面打下了坚实的基础。"文化大革命"中，上海市出版局及下属的出版社包括中华上编被撤销，重新成立一个综合性的上海人民出版社。1978年1月，在上海人民出版社古籍室的基础上，上海古籍出版社成立。从此，在中国古籍整理出版园地，中华书局和上海古籍出版社南北辉映，共同为中国当代的学术文化做出了特别的贡献。经过六十年的努力，中华书局和上海古籍出版社已经成为我国古籍整理出版的重镇。

一

六十年来，古籍整理小组对上海古籍出版社的工作一直给予指导和支持。

古籍出版社成功的关键在于有一批专业的人才，古籍整理小组对此十分重视。中华书局和中华书局上海编辑所在确定专业方向后，即招纳了一批学有专长的古籍整理名家加盟。以中华上编为例，主持工作的总编辑李俊民和副总编辑陈向平都是学者型领导，编辑中有老出版家汪原放、刘哲民、胡道静和年富力强的王勉、钱伯城、富寿荪以及受到"胡风案"牵连的作家梅林、何满子等，还引进了学者刘拜山、于在春等名家。李俊民"常戏称他主张'人材内阁'，私下不无得意地说：我们这个班子办一个大学中文系是胜任的"（何满子《悼胡道静并琐忆往事》，《新民晚报》2003年12月22日）。

除了在编的编辑之外，中华书局和中华书局上海编辑所都还聘请了社会上一批学有专长的学者担任特约编辑。据说齐燕铭先生对此事尤为关心。金性尧《人世几回伤往事》一文载："齐燕铭先生在世时，对上海的两位学者很关心，一是谭正璧先生，一就是瞿先生。不久，他们两位被上编聘为特约编辑，而对瞿先生尤为倚重，例如李白集的校注。"（《伸脚录》，辽宁教育出版社，1995年）1961年5月，中华上编聘请了瞿蜕园、谭正璧等担任特约编辑。瞿蜕园先后为中华上编整理了《李白集校注》和《刘禹锡集笺证》这两部具有很高学术价值的古典文学名作。

在培养人才方面，古籍整理小组的最大举措是委请北京大学开设古典文献专业，为古籍整理出版事业培养专门人才，专业学制5年。1959年9月，在各方的大力支持下，北京大学中文系古典文献专业开始招生。1964年，第一批古典文献专业的学生毕业，为中华书局输送11人。次年，第二批古典文献专业的学生毕业，为中华书局上海编辑所输送1人。第三批古典文献专业学生中又有三位到中华书局上海编辑所工作。这些同志后来多成为两家出版社的骨干编辑，为两社的古籍整理出版工作做出了突出的贡献。

古籍出版社成功的标志在于有一批高质量的专业图书，古籍整理小组对此也十分重视。在制订古籍整理出版规划后，古籍整理小组切切实实地抓落实。1981年，中共中央发出了《关于整理我国古籍的指示》，明确指出："整理古籍，把祖国宝贵的文化遗产继承下来，是一项十分重要的、关系到子孙后代的工作。"随后，国务院决定恢复古籍整理出版规划小组，由李一氓任组长。1982年8月，国务院批准颁布实施《古籍整理出版规划（1982—1990）》，并拨专款用作古籍出版补贴。1983年5月，古籍整理小组决定将《古本戏曲丛刊》续出各集交上海古籍出版社负责出版。之前，中华上编已经在1961年开始出版《古本戏曲丛刊》第九集。此后于1986年又出版了《古本戏曲丛刊》第五集，收录明清传奇85种，其中50余种为传世孤本。1986年10月，李一氓代表古籍整理小组决定将由谭其骧先生主持整理的顾炎武所著《肇域志》由上海古籍出版社负责出版。这部顾炎武倾二十余年心血编纂的巨帙，又经过整理者与编辑二十余年的努力，终于于2004年出版，成为古籍整理的典范之作，荣获首届中国出版政府奖。

1994年，上海古籍出版社在中国出版工作者协会和深圳市南山区政府的支持下，决定编纂出版《续修四库全书》，由时任中国出版工作者协会主席、新闻出版署原署长宋木文同志任《续修四库全书》工作委员会主任，著名版本目录学家顾廷龙先生担任主编。《续修四库全书》共1800册，收书5213种，历经八年，终告完成。《续修四库全书》是中华人民共和国编纂的规模最大的一套古籍丛书，其学术价值和出版质量为学界和出版界所肯定，于2003年荣获第六届国家图书奖荣誉奖。《续修四库全书》的编纂出版也得到了古籍整理小组的支持。1992年接任古籍整理小组组长的匡亚明先生在接到顾廷龙先生关于《续修四库全书》编纂情况的来信后，热情回复，肯定"此宏伟工程，定能圆满完成"，并同意《续修四库全书》"在规划小组立项"（《古籍整理出版的宏伟工程——续修四库全书》，上海古籍出版社，2002年）。

时任古籍整理小组秘书长的著名学者傅璇琮先生主持《续修四库全书》编纂委员会的日常工作，后与顾老一起担任全书主编。

1992年在北京举行的第三次全国古籍整理出版规划会议，将编纂《中国古籍总目》列为国家古籍整理出版重点项目，并由古籍整理小组主持。这一项目于次年启动，至1999年因机构调整等原因而中断。2003年，古籍整理小组重新启动《中国古籍总目》的编纂工作，组成以时任古籍整理小组副组长杨牧之为主任的编纂出版工作委员会和傅璇琮、杨牧之为主编的编纂委员会，并责成中华书局和上海古籍出版社联合出版。在古籍整理小组的指导下，在全国众多图书馆和学者的支持参与下，两家出版社通力合作，又历经八年，终于在2012年完成了这部字数达2500万（含索引）的巨著的出版。这部巨著对内地（大陆）及港澳台地区主要图书馆、博物馆等逾千家古籍收藏机构所藏历代汉文古籍之基本品种、主要版本进行了迄今最大规模的调查与著录，第一次摸清现存中国古籍约20万种，为古籍整理与研究者提供了前所未有的书目工具。该书荣获了第三届中国出版政府奖。

二

六十年来，上海古籍出版社积极参与并贯彻落实古籍整理小组制订的国家各个时期的古籍整理出版规划，上海古籍出版社的同仁也把历届古籍整理小组的领导及其成员视作良师益友，积极寻求他们的指导和帮助。

作为一家地方出版社，上海古籍出版社从来没有把自己的作者群、读者群囿于上海的范围，而是扩展到海内外，不仅按照自己的出书范围和特色制订本社的出版计划，更是按照国家要求，把本社的出版计划融入国家的古籍整理出版规划之中，体现国家意志、代表国家水平。早在1959年8月，中华上编参照古籍整理小组的《古籍整理书目》及其指导思想，修订完成了《中华上编五年（1959—1963）选题规划》。1962年3月，中华上编又在本所原订的《古籍整理出版三至八年（1960—1967）》的基础上，按照新的要求，经过修改充实，成为《古籍整理出版十年（1962—1971）选题规划》。1978年8月，上海古籍出版社易名独立不久，就制订了《1978—1985年选题规划》。1982年3月，制订了本社的《九年（1982—1990）古籍整理出版选题规划（草案）》上报古籍整理小组，其中包括18套丛书、2600多个品种，其中约有三分之一的选题纳入《1982—1990年全国古籍整理出版重点规划》。进入20世纪90年代之后，古籍整理小组的工作日趋制度化，并且在国家财政的支持下，每年启动国家古籍整理出版专项经费资助项目申报。上海古籍出版社每年都积极申报，获得的资助项目在全国古籍出版社中名列前茅。在这一专项经费的资助下，上海古籍出版社不间断地打造精品力作。以2007年启动的中国出版政府奖为例，上海古籍出版社连续四届都有古籍整理图书荣获图书奖。

2013年，国家新闻出版广电总局、全国古籍整理出版规划领导小组组织开展了首届向全国推荐优秀古籍整理图书活动，从1949年至2010年出版的上万种图书中遴选出91种优秀古籍整理图书。中华书局和上海古籍出版社共有58种图书入选其中，大都是这两家出版社在近半个多世纪出版的，也就是在古籍整理小组成立后并在其指导下出版的。这一推荐活动，树立了古籍整理出版的标杆和典范，推动了古籍整理出版精品力作的生产。

上海古籍出版社的历届领导与资深编辑积极参加了历届古籍整理小组的活动。1958年2月，古典文学出版社委派资深编辑吕贞白列席了古籍整理出版规划小组成立大会。不久后出任中华上编主任的金兆梓任小组成员。1981年12月，古籍整理小组恢复，上海古籍出版社社长李俊民为小组成员。1992年4月，新一届古籍整理小组成立，成员有上海古籍出版社总编辑钱伯城，上海古籍出版社名誉社长李俊民为顾问。2008年，第四届古籍整理小组成立，上海古籍出版社原社长李国章、上海古籍出版社原总编辑钱伯城为成员。1982年9月，上海市人民政府为加强对本市古籍整理出版规划工作的领导，决定成立"上海市古籍整理出版规划小组"；规划小组不另设办公室，以上海古籍出版社为日常办事机构。上海古籍出版社社长李俊民、总编辑戚铭渠为规划小组成员；已退休的原编审吕贞白为规划小组顾问之一。1983年2月，上海市古籍整理出版规划小组召开第一次会议。上海古籍出版社作为规划小组的日常办事机构，为会议的主要议题准备了《上海市解放以来关于古籍整理出版工作的情况汇报》《上海市1982—1990年古籍整理出版选题规划》(草案)和为完成规划的建议及措施。在上海古籍出版社的引领下,上海有多家出版社把古籍整理出版作为出版社的选题方向,出版了不少精品力作,凸显了上海在全国的学术重镇地位,成为上海出版的一大亮点。

回望一甲子,前辈的业绩已经凝固为一座不朽的丰碑,值得我们致敬,激励我们前行。六十年来古籍整理小组和古籍出版社发展的历史告诉我们,党和国家的领导和支持是做好古籍整理出版工作的根本保证;制订实施古籍整理出版规划是做好古籍整理出版工作的重要抓手,也是可持续地做好古籍整理出版工作的重要支撑,规划的制订和实施,标志着一个由国家主导、体现国家意志、代表国家水平的脉络清晰的古籍整理出版体系的形成;打造高品位的古籍整理和文化普及的精品力作,是做好古籍整理出版工作的重要标志,也是古籍整理出版人的自觉追求;而培养造就一支高素质的稳定的古籍整理出版人才队伍,更是做好古籍整理出版工作的关键所在。六十年来,古籍整理小组组织编制了国家各个时期的古籍整理出版规划。以最近实施的《2011—2020年国家古籍整理出版规划》为例,规划明确了十年古籍整理的五项重点内容,即全面梳理我国古籍资源,总结古籍整理出版成果的古籍整理基础性出版项目;系统影印复制国内未见或稀见的重要古籍,促进散失海外中国古籍珍本回归的整理出版项目;采用多种方式深入整理甲金、简帛、石刻、写本、文书等各类出土文献整理出版项目；系统整理历代政治、经济、文化等方面第一手档案资料的社会档案整理出版项目；创新技术手段，推进古籍数字化的出版项目。这对于全国古籍整理出版不仅有指导性，更有操作性，起到了巨大的推进作用。而今，又一个十年即将到来，而新的十年规划尚未编制，时间迫人，时不我待，唯有只争朝夕。

我们现在正处在实现中华民族伟大复兴的新时代。展望未来，我们要认真学习习近平总书记关于弘扬中华优秀传统文化系列重要讲话精神，认真学习中共中央办公厅、国务院办公厅印发的《关于实施中华优秀传统文化传承发展工程的意见》，坚定文化自信，推动中华优秀传统文化创造性转化、创新性发展，推进我国古籍整理出版工作迈上新台阶。与时俱进，适应时代新要求。继续做好出书出人才的工作，把培养专业古籍整理出版人才、稳定专业人才队伍作为出版社工作的重点，把坚持质量第一始终作为出版社工作的要求。坚持专业化方向，继续做好古籍整理出版这一功在当代利在千秋的事业。投身于这个伟大事业，尽管前路漫漫，充满艰辛与寂寞，因为我们的使命是崇高的，所以我们无怨无悔，乐在其中。

（本文为2018年8月28日在昆明召开的"第33届全国古籍出版社社长年会暨全国古籍整理出版规划领导小组成立六十周年座谈会"上的发言）

春风吹拂四十年
——上海古籍出版社发展之路简记

1981年9月17日，中共中央发出1981年37号文件《中共中央关于整理我国古籍的指示》，根据陈云同志关于加强古籍整理出版工作的意见，指出："整理古籍，把祖国宝贵的文化遗产继承下来，是一项十分重要的、关系到子孙后代的工作。"同年12月10日，国务院发布《关于恢复古籍整理出版规划小组的通知》，决定恢复古籍整理出版规划小组。1982年3月，全国古籍整理出版规划会议在北京召开。同年8月，《古籍整理出版规划（1982—1990）》经国务院颁布实施。在这之前，全国从事古籍整理出版的专业出版社只有北京中华书局、上海古籍出版社（前身为古典文学出版社、中华书局上海编辑所），和人民文学出版社古典文学编辑部，即业界通称的1966年前的"两家半"出版社；以及1979年刚成立的山东齐鲁书社。在这之后，全国各地雨后春笋般地成立了十多家古籍整理出版的专业出版社；全国高等院校古籍整理研究工作委员会于1983年9月成立，负责全国高等院校古籍整理研究与人才培养工作，全国各地二十多家高等院校成立了古籍整理研究所或古典文献研究所等，启动了一大批古籍整理出版项目。从这时起，我国的古籍整理出版事业出现了前所未有的繁荣局面，进入了一个持续发展时期，取得了十分可观的成就。回顾四十年来我国古籍整理出版事业的发展历程，深深地体会到中共中央指示和陈云同志意见对于我国古籍整理出版事业起到了巨大的推动作用。四十年来，上海古籍出版社就是在这一巨大的推动下得到迅速发展并取得了显著的成绩。本文就对此作一简述，并力图归纳出值得坚持和可以借鉴的经验体会。

一

中共中央发出37号文件，犹如春风吹拂，对于从事古籍整理出版的上海古籍出版社员工来说是一个巨大的鼓舞。出版社组织全体员工开展学习讨论，还通过发表文章、召开会议等形式向有关学者、专家、出版社、书店、印刷厂等作了广泛的宣传；协同中华书局和人民文学出版社草拟了《全国古籍整理十年规划》（草案）；制订了本社的《五年（1982—1986）重点选题规划》；拟订了《古籍今译五年（1982—1986）规划（草案）》；撰写了《〈古籍选译丛书〉撰写要求、体例与其他规定》等。此外，还先后向上海市出版局递送了《本社对贯彻陈云同志指示的建议和设想》及《关于在上海如何贯彻中央37号文件的汇报提纲》，并向上海市出版局、上海市委宣传部作了汇报。1981年12月5日，市出版局召开专家学者参加的古籍整理出版工作座谈会。12月8日，市委宣传部召开有教育、文化、宣传部门负责人参加的古籍整理出版工作座谈会。

1982年3月17—24日，国务院古籍整理出版规划小组第一次会议在北京召开，上海古籍出版社社长李俊民作为小组成员、副总编辑包敬第作为特邀代表出席了会议。会前，作为参加会议的准备工作，制订了本社的《九年（1982—1990）古籍整理出版选题规划（草案）》上报，其中包括18套丛书，2600多个品种。会议基本通过了《1982—1990年全国古籍整理出版重点规划》。上海古籍出版社的《九年（1982—1990）古籍整理出版选题规划（草案）》中约有三分之一的选题纳入全国规划，包括六套丛书（《中国古典文学丛书》《明清笔记丛书》《中国古典小说研究资料丛书》《清人别集丛刊》《明人别集丛刊》《宋蜀刻本唐人集丛刊》）在内。会后，上海古籍出版社又将《九年（1982—1990）古籍整理出版选题规划》作了修订。9月，上海市人民政府为加强对本市古籍整理出版规划工作的领导，决定成立"上海市古籍整理出版规划小组"，小组由15人组成，以陈其五为组长，以王元化等为顾问；规划小组不另设办公室，以上海古籍出版社为日常办事机构。本社社长李俊民、总编辑戚铭渠为规划小组成员；已退休的原编审吕贞白为规划小组顾问之一。

1983年2月7—8日，上海市古籍整理出版规划小组召开第一次会议。本社作为规划小组的日常办事机构，为会议的主要议题准备了《上海市解放以来关于古籍整理出版工作的情况汇报》《上海市1982—1990年古籍整理出版选题规划（草案）》和为完成规划的建议和措施。参加会议的有规划小组全体成员和顾问及有关政府机关、高校、新闻、出版、书店、图书馆等单位的代表，共计60余人，市委和市政府的领导同志汪道涵、夏征农等也出席了会议。会议对上述议题材料进行了充分的讨论，形成了一份《会议纪要》。本社制订的《1982—1990年古籍整理出版选题规划》于会后作了一次修订，下半年又作了一次修订。经过两次修订后的规划，共包括选题1600余种，其中拟于1990年之前出版1000种。这一规划的制订，可以说为上海古籍出版社近四十年的出版选题奠定了基调。

二

学习了中共中央37号文件后，上海古籍出版社员工树立了抓紧、抓好整理出版古籍的紧迫感、责任感和光荣感，提出了一系列新的想法，并逐步予以实施。在本社的《五年重点选题规划》中，把过去"以古典文学为主"的出版方向扩大为"以古典文、史、哲为主"；并提出了普及与提高并举、古籍标点校注与今译并举、整理古籍与出版学术研究著作并举、铅印与影印出版并举等"几个并举"的出版方针。

在这一出版方针指导下,上海古籍出版社在保持传统学术出版的特色优势块面的同时,不断拓展新的学术领域的前沿出版项目。以影印出版为例。大家经过讨论,认为影印出版是大有可为的工作,可以作为保存与抢救古籍珍本、善本、孤本的一个重要措施,除了珍本、善本、孤本需要影印出版之外,还必须影印出版大型类书和工具书,以及将来从海外弄回来的国内已没有的珍贵古籍。应该说,这一共识的形成改变了上海古籍出版社一个时期内的古籍整理出版格局。原先,上海古籍出版社文、史、哲编辑室都有影印出版项目,但各编辑室都以铅印出版为主。1982年3月,上海古籍出版社建立了影印编辑室,从出版社的层面规划出版大型影印出版项目。从此,古籍影印出版尤其是体现文化积累意义的大型与超大型集成性丛书的影印出版,成了上海古籍出版社在古籍整理出版方面的一个重要开拓和标志,接连影印出版了《古本小说集成》(全693册)、《文渊阁四库全书》(全1500册)、《续修四库全书》(全1800册)、《清代诗文集汇编》(全800册)等大型与超大型集成性丛书。1990年,影印编辑室改组为以影印出版敦煌吐鲁番文献为主的敦煌吐鲁番文献编辑室。上海古籍出版社以前瞻性的学术眼光,开始出版《敦煌吐鲁番文献集成》以及《黑水城文献集成》。在学术界的支持下,以一社之力,历时二十余年,往来欧亚间,从俄罗斯、法国、英国等国拍摄或取得流落在彼邦近百年的有关文献,经过精心的编辑,用影印复制方式，出版了俄藏、法藏、英藏及国内所藏敦煌西域文献等百余册，其中《俄藏敦煌文献》（全17册）所收为举世罕见的秘籍，所有文献均为第一次发表，极大地推进了这一领域的研究。这一系列文献的整理出版，体现了上海古籍出版社站在学术前沿从事古籍整理出版的努力。1994年，上海古籍出版社还建立了以影印出版《续修四库全书》为主的编辑室。在中国出版工作者协会、深圳市南山区政府等的支持下，上海古籍出版社承担了编纂出版《续修四库全书》的工作，历经八年，终告完成。《续修四库全书》总结了清代中期《四库全书》编纂至民国成立之前的学术成果，收录古籍共5213种，是中华人民共和国编纂的规模最大的一套古籍丛书。其学术价值和出版质量得到了学界和出版界的肯定，于2003年荣获第六届国家图书奖荣誉奖。

三

精品图书，是作者和编辑共同努力的结果。古籍整理出版，离不开专业的编辑出版人才。上海古籍出版社以拥有一支高质量的出版人队伍而享誉业界。首任社长李俊民（1905—1993）本身就是一位学有专长的老出版家，他也是1956年成立的上海古籍出版社前身古典文学出版社首任社长、总编辑。他抓出版重在出书出人，非常重视编辑人才队伍的建设。他常说："出版社的职责在于出书，出好书，而其关键在于出人，没有人就没有书，关于人的问题,从古籍出版的角度上看,首先是出版社的编辑。"1978年1月上海古籍出版社甫成立,已经73岁的李俊民急于要把被"文化大革命"耽搁的时间夺回来,他求贤若渴,一方面努力找回"文化大革命"中被遣散的学有所成的老编辑;一方面向社会公开招聘编辑人员。1981年1月,上海古籍出版社为解决编辑力量与出版任务不相适应的矛盾,决定向社会公开招聘编辑,从报考的254人中录取11名。这些招聘来的编辑成为上海古籍出版社相当一段时期的业务骨干。

学习了中共中央37号文件后,上海古籍出版社认为要适应古籍整理事业的发展,要进一步扩大编辑队伍,积极培养古籍整理、今译和编辑的专业人才;同时建议教育部门在复旦大学、华东师范大学、上海师范学院(今上海师范大学)增设古籍整理专业或扩大现有古籍整理研究室。毕业生可以分配到对口的大专院校、科研部门、出版单位。此后二三十年间,上述三所学校古籍整理专业的不少学生毕业后来到上海古籍出版社担任编辑,为上海古籍出版社人才队伍增添新鲜血液。

在编辑人才队伍建设方面,上海古籍出版社一方面重用学有所成、年富力强的老编辑,一方面积极录用恢复高考后新毕业的研究生。1981年11月,时年59岁的钱伯城被任命为《中华文史论丛》编辑室主任。钱伯城1954年起就在上海出版界工作,是一位有丰富出版经验的老编辑,同时对中国古代文学尤其是明代文学有广泛深入的研究,撰有《袁宏道集笺校》等。1984年10月,他出任上海古籍出版社总编辑。1992年11月卸任退休。退休后，他还继续担任全国古籍整理出版规划小组成员、上海市古籍整理出版规划小组副组长，为古籍整理出版事业奉献余热。1982年1月，中共上海市委宣传部同意时年52岁的魏同贤担任上海古籍出版社副总编辑。魏同贤1953年8月毕业于山东大学中文系，毕业后就从事编辑工作，对中国古代小说尤其是《红楼梦》有广泛的研究。1988年10月，魏同贤出任上海古籍出版社第二任社长。直到1994年3月卸任退休。魏同贤是一个大胆开拓、锐意进取的出版家，在其任上对上海古籍出版社的编辑出版、印刷发行等多方面都作了探索，同时开启了《古本小说集成》《敦煌吐鲁番文献集成》等大型集成性文献项目的策划出版，为上海古籍出版社的发展打下了坚实的基础。1984年10月，上海市出版局任命时年46岁的李国章担任上海古籍出版社副总编辑。李国章1962年毕业于复旦大学中文系，曾参与《辞海》中国古典文学条目的修订、编写工作。1979年初调出版社任编辑。1994年3月接任上海古籍出版社第三任社长。在他的主持下，上海古籍出版社历时八年，影印出版了1949年以来最大的出版项目《续修四库全书》，取得社会效益和经济效益的双丰收。2001年4月，李国章卸任退休。他退休后担任全国古籍整理出版规划领导小组成员。《续修四库全书》项目的实施，几乎与他的社长任期相始终，最能体现他作为一个古籍出版人的识见和魄力。2002年，1800册的《续修四库全书》全部出版，被誉为"功在当代，泽及后世"的盛举。

1981年12月，杭州大学中文系研究生李梦生、上海师范学院古籍整理研究室研究生李伟国入职上海古籍出版社，这是上海古籍出版社录用的恢复高考后的第一批研究生。李梦生对明清文学和中国古代小说都有广泛深入的研究，后来参与了《古本小说集成》等书的策划出版，历任上海古籍出版社编辑室主任、副总编辑，后调任汉语大词典出版社社长。李伟国对宋代经济史有深入的研究，后来又涉猎敦煌文献研究，参与了《敦煌吐鲁番文献集成》等大型集成性文献项目的策划出版，历任上海古籍出版社编辑室主任、副社长副总编辑，后调任上海辞书出版社社长、上海人民出版社总编辑。1982年，又有五名研究生入职，其中华东师范大学中文系研究生赵昌平对唐代文学有精湛的研究，入职不久就脱颖而出，提任为编辑室副主任，而后任编辑室主任、副总编辑，1994年3月任总编辑直到2013年4月退休，他是上海古籍出版社历史上任职时间最长的总编辑，以其出版理念和实践长时期影响着上海古籍出版社的编辑出版，影响还波及上海出版界和全国古籍整理界。1984年至1986年，每年各有两名研究生入职。1985年入职的金良年、王兴康两位后来都成为著名的古籍出版人。金良年毕业于华东师范大学图书馆学系，对中国古代文化有广泛的涉猎，长于古籍整理，曾任上海古籍出版社历史编辑室主任，后调任上海书店出版社总编辑，退休后任全国古籍整理出版规划领导小组成员。王兴康毕业于华东师范大学中文系，对明清文学有广泛的涉猎，入职后历任上海古籍出版社编辑室主任、副社长、副社长（主持工作），2002年12月任上海古籍出版社第四任社长。王兴康善于策划运作重大出版项目，策划出版了《清代诗文集汇编》等大型集成性文献丛书，又长于经营，为出版社社会效益和经济效益的建设做出了重要贡献。王兴康后调任上海人民出版社社长。1986年入职的高克勤，复旦大学中文系唐宋文学专业研究生毕业，入社后历任编辑室副主任、主任、副总编辑、副社长副总编辑。2013年1月任上海古籍出版社第五任社长。近年来，上海古籍出版社保持了良好的可持续的发展，取得了突出的社会效益和经济效益。

四

四十年来，上海古籍出版社在发展的道路上虽然也历经坎坷、遇到风浪，但始终坚定方向、不断前行，在出好书出人才方面取得了显著的成绩。

从上海古籍出版社近四十年来的发展之路来看，可以得出如下的经验体会。

一是始终以弘扬中华优秀传统文化为己任，围绕国家文化战略开展工作，坚持古籍整理的重点和方向始终是与国家意志相一致的，形成了积极参与国家重大古籍整理出版工程的特点。近年来，更是抓住文化强国的机遇，做好以国家"十三五""十四五"出版规划、国家古籍整理出版十年规划、国家出版基金项目与全国古籍整理出版规划资助项目为重心的重点图书的出版工作。

二是始终坚持古籍整理出版的专业方向。上海古籍出版社几代出版人一棒接一棒地接力,始终坚持古籍出版专业方向,即使在20世纪90年代全国古籍图书市场低迷的情况下,也不改初衷,重点开发实施影印出版大型集成性文献丛书和策划编辑出版高质量的传统文化普及图书。近年来进一步做好专业出版,不断酝酿、筹划、落实新的大中型古籍整理、集成性资料项目以及原创性学术研究出版项目。

三是始终注重品牌建设。经过几十年几代出版人的艰苦努力,形成了特色并进而打造了驰誉海内外的"上古"品牌,这是出版社的宝贵财富。近年来,一如既往地加强品牌建设,通过实施精品战略、关注学术前沿、注重编校质量等措施,维护和光大出版社的品牌。

四是始终重视人才培养,增强员工队伍的凝聚力。人才是出版社最宝贵的财富。只有不断培养人才,始终拥有一支高素质的员工队伍,充分发挥每一位员工的才智,才能保证出版社传统的薪火相传。为此,上海古籍出版社不断加强企业文化建设,以"团结、敬业、开拓、奉献"为核心的企业文化和精神文明建设不断深入开展。2003年以来,上海古籍出版社一直保持上海市文明单位称号;2006年,上海古籍出版社荣获国家新闻出版总署先进集体称号;2013年,上海古籍出版社荣获第三届中国出版政府奖先进出版单位奖。

《中共中央关于整理我国古籍的指示》指出："整理古籍是一件大事，得搞上百年。"我们已经走过了四十年的历程。四十年的奋斗业绩，已经成为历史，成为新的征程出发的起点。今后的路正长。在未来的岁月中，上海古籍出版社将一如既往，坚持古籍出版专业方向，以弘扬中华优秀传统文化为己任，尽到古籍出版人的责任，为创建有个性、有特色的一流专业出版社而稳步前进。

（载《古籍整理出版情况简报》2021年第9期、第10期）

在坚守中发展
——记上海古籍出版社的古籍整理出版实践

引言

上海古籍出版社是一家具有六十多年历史的、以从事古籍整理出版为主的专业出版社。

上海古籍出版社的历史可以追溯到1956年11月成立的古典文学出版社，该社是在新文艺出版社中国古典文学编辑组的基础上成立的。1958年6月，经上海市出版局批准，在国务院古籍整理出版规划小组统一规划下，古典文学出版社与中华书局上海办事处合并成立中华书局上海编辑所，习称"中华上编"。需要指出的是，中华上编虽然名义上是中华书局的分支机构，但却是一个独立的出版机构，这是由其组成部分和组织架构所决定的。中华上编的员工和领导成员主要来自古典文学出版社。中华上编是受上海市出版局领导的地方出版社，中华书局是受文化部直接领导的出版社；中华上编与中华书局在人事和经济方面各自独立，而在编辑出版业务上接受总公司的指导，两家共用一个社名，但中华上编出版的图书在版权页上注明"中华书局上海编辑所编辑"。中华上编与总公司在选题上有分工，中华上编的选题以古典文学为主，总公司的选题以历史、哲学为主。中华上编除了选题规划与中华书局统一协调外，行政、业务都归上海市出版局管理。"文化大革命"中，上海市出版局及下属的出版社包括中华上编被撤销，重新成立一个综合性的上海人民出版社。1978年1月，在原中华上编和上海人民出版社古籍编辑室的基础上，上海古籍出版社成立。从此，上海古籍出版社进入了一个蓬勃发展的时期，与中华书局南北辉映，共同为古籍整理出版工作做出了重要的贡献。

在长期的发展进程中，上海古籍出版社形成了积极参与国家重大古籍整理出版工程、重点关注重大性学术研究选题和基础性典籍选题、努力引领和参与学术潮流、高度重视出版物的学术质量的传统。六十多年来，出版图书总计1万余种。在大型与超大型集成性古代文献资料、古籍整理和学术研究著作、古籍专业类工具书和大专教材、古籍普及类读物和艺术考古类图册等出版方面，形成了自己的特色。

一、开拓：体现文化积累意义的古籍整理出版

体现文化积累意义的大型与超大型集成性丛书的出版，是上海古籍出版社在古籍整理方面的一个重要开拓。

早在1961年，中华上编就开始出版由郑振铎先生倡导并主编的中国历代戏曲作品总汇《古本戏曲丛刊》第九集，线装影印124册，收录清代乾嘉年间宫廷大戏10种。1986年又出版了《古本戏曲丛刊》第五集，线装影印120册，收录明清传奇85种，其中50余种为传世孤本。1994年，上海古籍出版社分5辑出版了《古本小说集成》，影印精装693册，收录宋元明清小说428种，以白话小说为主，兼及部分文言小说，囊括了历史、言情、侠义、神魔等各类小说名作，系统、全面地反映了我国小说的发展脉络和时代特色，规模宏大，搜罗完备，其中不少作品是稀世之珍，有相当数量的作品是首次公之于世的。2013年，国家新闻出版广电总局、全国古籍整理出版规划领导小组开展首届向全国推荐优秀古籍整理图书活动，从中华人民共和国成立六十余年来出版的2万余种古籍整理图书中精选出经过历史检验的优秀古籍整理图书91种，以这些典范之作为古籍整理出版树立标杆，其中上海古籍出版社入选的有25种，《古本戏曲丛刊》和《古本小说集成》都榜上有名。

1990年，上海古籍出版社影印出版《文渊阁四库全书》（全1500册）。1994年7月，中国出版工作者协会同国家古籍整理

出版规划小组、上海古籍出版社、深圳市南山区政府组织成立了"续修四库全书工作委员会"和"续修四库全书编纂委员会",由时任中国出版工作者协会主席、新闻出版署原署长宋木文任《续修四库全书》工作委员会主任,版本学家顾廷龙担任《续修四库全书》主编(后增列傅璇琮为主编)。上海古籍出版社承担了编纂出版《续修四库全书》的工作,历经八年,终告完成。《续修四库全书》总结了清代中期《四库全书》编纂至民国成立之前的学术成果,是中华人民共和国编纂的规模最大的一套古籍丛书,共1800册,收录古籍共5213种。这套丛书与《四库全书》一起囊括了清代之前的基本古籍,两种影印本的出版极大地便利了读者,特别是《续修四库全书》的学术价值和出版质量得到了学界和出版界的肯定,于2003年荣获第六届国家图书奖荣誉奖。

2010年,在国家清史编纂委员会的支持下,上海古籍出版社出版了《清代诗文集汇编》(全800册)。收录自清入关迄民国年间重要人物的诗文集约4000种,其中很多是善本、孤本、稿本、抄本,为修撰清史、研究清史、开发利用清代文化资源提供了大量足资参考的文献资料。这是国家清史编纂委员会的"文献丛刊"中规模最大的文献整理项目。属于"文献丛刊"出版的还有《中国家谱资料选编》(全18册)等。国家清史编纂委员会的"档案丛刊",上海古籍出版社也出版了不少,重要的有《盛宣怀档案选编》(全100册)、《清代四川巴县衙门咸丰朝档案选编》(全16册)等。

除了传统文献之外，上海古籍出版社尤其重视新发现文献，如甲骨文文献、金文文献、石刻文献、敦煌西域文献、竹简帛书文献等的整理出版。早在20世纪80年代末，上海古籍出版社就以前瞻性的学术眼光，开始出版《敦煌吐鲁番文献集成》以及《黑水城文献集成》。在学术界的支持下，以一社之力，历时二十余年，往来欧亚间，从俄罗斯、法国、英国等国拍摄或取得流落在彼邦近百年的有关文献，经过精心的编辑，用影印复制方式，出版了俄藏、法藏、英藏及国内所藏敦煌西域文献等百余册，其中《俄藏敦煌文献》（全17册）所收为举世罕见的秘籍，所有文献均为第一次发表，极大地推进了这一领域的研究。21世纪伊始，上海古籍出版社陆续出版了上海博物馆前馆长马承源主编的《上海博物馆藏战国楚竹书》一至九册、北京大学出土文献研究所编《北京大学藏西汉竹书》一至五册等重要文物史料。上海博物馆藏战国楚竹书，是近百年来所发现的战国简牍中数量最多、内容最丰富的，总80种，完残合计约1200枚，收录《孔子诗论》《周易》等文献。北京大学藏西汉竹书共有3300多枚竹简，包括近二十种文献，收录《苍颉篇》《老子》《赵正书》等。其中《老子》是目前传世最完整的《老子》古本。在甲骨文文献、金文文献、石刻文献方面，出版的重要图书有《北京大学珍藏甲骨文字》（全2册）、《中国社会科学院历史研究所藏甲骨集》（全3册）、《旅顺博物馆所藏甲骨》（全3册）、《俄罗斯国立爱米塔什博物馆藏殷墟甲骨》、《商周青铜器铭文暨图像集成》（全35册）、《秦汉石刻题跋辑录》（全2册）等。这一系列文献的整理出版，体现了上海古籍出版社站在学术前沿从事古籍整理出版的努力。

除了国内留存的文献之外，搜求并系统影印复制国内未见或稀见的重要古籍文献，促进散失海外中国古籍珍本文献回归的整理出版项目，也是上海古籍出版社在古籍整理方面的一个重要开拓和特色。除了上述俄藏、法藏、英藏敦煌西域文献，《俄罗斯国立爱米塔什博物馆藏殷墟甲骨》等之外，出版的重要图书还有"海外珍藏善本丛书"（含《海外孤本晚明戏剧选集三种》《唐钞文选集注汇存》等）、《柏克莱加州大学东亚图书馆稿抄校本丛刊》（全18册）、《日本宫内厅书陵部藏宋元版汉籍选刊》（全170册）等。《日本宫内厅书陵部藏宋元版汉籍选刊》遴选中国宋代元代刊刻后流传日本、存于宫内厅书陵部的66种珍贵典籍，影印出版。所收者或为海内外孤本，或为初刻本和较早版本，或为足本和较全者，版本和学术价值甚高。

编纂出版古籍书目、提要、版本题跋、索引之类图书，是古籍整理出版基础性的工程。上海古籍出版社在这方面也是走在同行的前列。早在1960年，就出版了上海图书馆编的《中国丛书综录》（全3册）。20世纪80年代，陆续出齐了《中国古籍善本书目》，包括经部、史部、子部、集部、丛部。这部书，著录了全国各省市图书馆、博物馆、大专院校图书馆等单位所珍藏的古籍善本约13万部，款目6万余条，一些珍稀的宋元刻本和著名学者的手稿本以及大量的明代清初刻本都收入其中，书后附有古籍善本的藏书单位，是合全国众多藏馆之力集体编纂的成果。2013年，2500余万字的巨著《中国古籍总目》（含经部、史部、子部、集部、丛部、索引）全30册由中华书局和上海古籍出版社联合出版。《中国古籍总目》的编纂出版工程，由全国古籍整理出版规划领导小组主持，中国国家图书馆等11家国内著名图书馆先后参与编纂工作。经过全国数百位古籍整理专家、图书馆工作人员和出版社编辑持续辛勤的努力，历时二十年，终告完成。这部巨著对大陆（内地）及港澳台地区主要图书馆、博物馆等逾千家古籍收藏机构所藏历代汉文古籍之基本品种、主要版本进行了迄今最大规模的调查与著录，第一次摸清现存中国古籍约20万种，为古籍整理与研究者提供了前所未有的书目工具。该书荣获了第三届中国出版政府奖。2008年，出版了上海图书馆编《中国家谱总目》（全10册）。上海图书馆在其馆藏"中国家谱半壁江山"的基础上，又广征国内外民间及收藏机构的家谱资料，对现存中国家谱的修纂、年代、版本、各姓氏先祖及后裔迁移与发展、收藏者情况作了较详尽的著录，为进一步挖掘家谱的史料价值奠定了深厚的基础。该书荣获了第二届中国出版政府奖。此外，历年还出版了《郡斋读书志校证》《直斋书录解题》《千顷堂书目》《贩书偶记》《续修四库全书总目提要》《大藏经总目提要》《上海图书馆馆藏家谱提要》《黄丕烈藏书题跋集》《藏园群书题记》《日本国见在书目录详考》等许多重要的书目、提要、题跋著作和《中国历代书目题跋丛书》等，以及《古籍宋元刊工姓名索引》《明代刊工姓名全录》《明人室名别称字号索引》《清人室名别称字号索引》《明清进士题名碑录索引》等各种索引类图书。孙猛著《日本国见在书目录详考》，对《日本国见在书目录》这部在日本流传的汉籍目录的撰者、成书、流传、版本以及有关研究的现状及其学术价值做了全面的考证、研究，其收集的资料之多和研究的程度之深之细令人叹为观止。该书荣获了第四届中国出版政府奖。

二、重点：高质量的古籍整理出版

高质量的古籍整理出版尤其是古典文学典籍的整理出版工作，一直是上海古籍出版社编辑出版的重点。

经过半个多世纪以来的辛勤耕耘，上海古籍出版社已成为海内外古典文学典籍出版的重镇。早在20世纪50年代，古典文学出版社和中华书局上海编辑所，就出版了不少经过整理的古典文学典籍，其中有钱仲联增补集说校勘的《鲍参军集注》、马其昶校注的《韩昌黎文集校注》、钱仲联系年集释的《韩昌黎诗系年集释》、萧涤非整理的《皮子文薮》、邓广铭编年笺注的《稼轩词编年笺注》、夏承焘笺校的《姜白石词编年笺校》、王佩诤校点的《龚自珍全集》等。这些集子的原作者都是中国古代著名的文学家，其作品流传不衰，堪称中国古典文学的名作；这些集子的整理者又均为当代造诣深厚的学者，其整理方式严谨细致，堪称古籍整理的典范。这种原作及其整理者、整理方式的选择，为日后上海古籍出版社形成自己的出版特色奠定了扎实的基础。

上海古籍出版社成立伊始,就推出了《中国古典文学丛书》,其编辑说明指出:"《中国古典文学丛书》将有选择地出版我国先秦以来较有代表性的优秀文学作品,其中以诗文别集为主;少数著名的总集及影响较大的戏曲、小说也酌量收入。《中国古典文学丛书》根据不同情况分别采用前人旧注或集注本,一般均作必要的校勘并加新式标点;有些品种也将采用今人新注的形式。"据此,上海古籍出版社拟定了一个含200个品种的丛书书目,几乎网罗了文学史上所有有影响的作家作品,依据对这个书目中各种文集的版本、整理现状的调查,开始组约稿件、选择整理者。首先重印或修订重版了"文化大革命"前十年古典文学出版社和中华书局上海编辑所出版的近10种古典文学典籍整理本,并将其纳入丛书之中;随后出版了朱东润编年校注的《梅尧臣集编年校注》、钱伯城笺校的《袁宏道集笺校》等一批老学者从事多年的整理著作;之后的二十来年间,基本上以每年出版二至四种的速度,不断推出丛书的新品种。2009年上海书展期间,丛书出齐100种。上海古籍出版社召开"《中国古典文学丛书》100种出版座谈会",听取专家学者的意见,决定丛书的出版扩大规模、填补空白。之后,一是尽快组约在文学史上有重大影响的作家作品,如洪本健校笺的《欧阳修诗文集校笺》、高克勤点校的《王荆公诗笺注》、陈振鹏标点并由李学颖校补的《陈维崧集》等;二是丛书已有原作,后起学人新整理者也予收入,如龚斌校释的

《世说新语校释》、吴企明校笺的《辛弃疾词校笺》等；三是依据学术研究深入发展的态势，将原来未列入丛书书目之内单行出版的重要作家作品的不同的有影响的注释本也予收入，而不仅限一种，如杜甫诗原已收入清人杨伦笺注的《杜诗镜铨》为百种之一，扩容后又收入了林继中辑校的《杜诗赵次公先后解辑校》（修订本）、清人钱谦益笺注的《钱注杜诗》、当代学者谢思炜新校注的《杜甫集校注》；四是将以前出版的一些未收入丛书而整理质量不错的文集整理本也纳入丛书，如项楚校注的《王梵志诗校注》（增订本），蒋寅校注的《戴叔伦诗集校注》，严寿澂、黄明、赵昌平笺注的《郑谷诗集笺注》，沈文倬校点的《王令集》，钱伯城校点的《白苏斋类集》和《珂雪斋集》等。尤其是词集，在新增的品种中占了很大的比重。丛书出版的前100种中仅有4种词集。20世纪80年代，上海古籍出版社曾出版《宋词别集丛刊》十余种，偏于中小词家，影响相对不大。为了集约品牌，打造精品，《宋词别集丛刊》中的不少品种经过修订，纳入了《中国古典文学丛书》，如马兴荣等的《山谷词校注》、徐培均的《淮海居士长短句笺注》、邓子勉的《樵歌校注》、曹济平的《芦川词笺注》等；同时更增补了一些名家整理的重要词集，如龙榆生的《东坡乐府笺》、罗忼烈的《清真集笺注》、钱仲联的《后村词笺注》等。截至2018年底，丛书已出版了140种。这套丛书从选目上来说，全而见精，勾勒了中国文学史的发展概貌。丛书已出版的140种，以朝代论，大致为唐前18种，唐五代35种，宋33种，元2种，明18种，清34种。以文体论，总集4种，文论2种，笔记、小说3种，戏曲5种，词集20种，余均为诗文别集，其中文论、笔记、小说和戏曲较少。这是因为选目的重点是放在诗文别集方面，且白话小说的经典《三国演义》《水浒传》《西游记》《红楼梦》等已有多种整理本；再从整理方式来看，有标点、校点、笺校、笺注、校注、集注、集释等。其中笺校、笺注、集注、集释占三分之二，多为今人所撰，也有前人旧注。传世佳注尽量保留，仅作标点，如《文选》唐李善注、《王右丞集笺注》清赵殿成笺注、《杜诗镜铨》清杨伦笺注、《钱注杜诗》清钱谦益笺注、《三家评注李长吉歌诗》清王琦等三家评注、《樊川诗集注》清冯集梧注、《玉溪生诗集笺注》清冯浩笺注、《温飞卿诗集笺注》清曾益等笺注、《苏轼诗集合注》清冯应榴辑注、《山谷诗集注》宋任渊等注。宋以前的诗文集前人无注或简注者，多请当代古典文学名家和史家予以笺注或集注。

21世纪初，上海古籍出版社又启动了《中国近代文学丛书》的编辑出版，作为《中国古典文学丛书》的姐妹篇，以构成更全面的文学别集统系，截至2018年底已出版了29种，其中多为晚清作家。与《中国古典文学丛书》合而计之，上海古籍出版社整理清代作家作品的数量是最多的，这也与清代作家作品的存世量最多相一致。此外，上海古籍出版社自21世纪初又启动了《中国古代文学批评要籍丛书》的编辑出版，已出版了《沧浪诗话校笺》《原诗笺注》等多种，从而形成文学史资料与文论史资料交相辉映的格局，也因此，《中国古典文学丛书》文论方面的选题不拟增加。

历代文史哲大家文集的整理出版，是上海古籍出版社高质量古籍整理出版的又一标志。1978年以来，先后整理出版了《朱子全书》（全27册）、《王阳明全集》（全3册）、《徐光启全集》（全10册）、《顾炎武全集》（全22册）、《全祖望集汇校集注》（全3册）、《陈澧集》（全6册）、《康有为全集》（一、二、三集）、《廖平全集》（全16册）等一批大家著作。《朱子全书》和《顾炎武全集》的整理工作均由华东师范大学古籍所承担，前者由朱杰人、严佐之、刘永翔主编，后者由黄珅、严佐之、刘永翔主编。《徐光启全集》由复旦大学朱维铮、李天纲主编，在原来上海古籍出版社出版的《徐光启集》《徐光启著译集》《农政全书》等书的基础上增加了许多海内外新发现的佚文和资料，吸收了学界最新的研究成果。《顾炎武全集》收录了顾炎武现存可证实的全部著述，其中《天下郡国利病书》是首次整理。该书于2013年荣获了第三届中国出版政府奖。值得强调的是《顾炎武全集》中的《肇域志》，是之前由复旦大学谭其骧先生主持整理的。这部顾炎武倾二十余年心血编纂的巨帙，又经过整理者与编辑二十余年的努力，成为古籍整理的典范之作，于2004年出版，并于2007年荣获首届中国出版政府奖。

历史、哲学典籍的整理出版，也是上海古籍出版社高质量古籍整理出版的一大标志。早在中华书局上海编辑所时期，就整理出版了一些历史、哲学典籍和普及读物，如陈奇猷的《韩非子集释》《韩非子集释补》、王焕镳的《韩非子选》、蒋祖怡的《论衡选》、王利器的《盐铁论校注》等。1978年以后，上海古籍出版社图书选题的范围有了大规模的拓展，历史、哲学典籍及其研究、普及读物也成了选题的一个重要板块。整理出版的重要的经史典籍有新版《十三经注疏》整理本（已出版今人整理本8种）、《尚书文字合编》（全4册）、《史记会注考证》（全8册）、《汉书补注》（全12册）、《三国志集解》（全8册）、《新元史》（全10册）、《华阳国志校补图注》、《历代会要汇编》、《宋会要辑稿》（全16册）等。新版《十三经注疏》整理本由张岂之主编，各经均追本溯源，详加考校，力图在尽量恢复宋本原貌的基础上，整理出一套新的整理本。《尚书文字合编》由顾颉刚、顾廷龙合辑，搜集不同字体的传世《尚书》二十余种，为《尚书》原始文献最集中最齐全的合编本。《华阳国志校补图注》的校注者任乃强先生是我国著名的西南史地专家。他搜讨旧刻，博征群书，勘正原文，补其残阙，在本书中引用了近百种重要古典文献中的资料，分段加注，又插绘地图，从而将原本晋人常璩撰写的一本约9万字的地方史志扩充为一部近140万字的颇具学术价值的鸿篇巨制，对于研究我国西南地区从远古到东晋的历史地理具有不可替代的重要价值。该书于1994年荣获首届国家图书奖。《历代会要汇编》包括了战国、秦、西汉、东汉、三国、南朝宋齐梁陈、唐、五代、辽会要12种，其中有的是今人新编撰的，如《战国会要》为杨宽、吴浩坤主编，《辽会要》由陈述、朱子方主编，分别填补了先秦和辽代史籍的空白。《宋会要辑稿》，是清代嘉庆年间由著名地理学家徐松从《永乐大典》中辑出的宋代官修《会要》之文。全书366卷，内容丰富，涉及宋代典章制度的方方面面，堪称宋代史料之渊薮。但因辑录稿文字错误繁多，向来视为难读。经过四川大学古籍研究所的专家团队历经数十年点校整理，校正讹误，力复原貌，使该书尽现史料价值。

20世纪90年代末，在时任上海市古籍整理出版规划小组组长王元化先生的建议下，上海古籍出版社推出了《中华要籍集释丛书》，入选的图书以中国传统文化典籍为主，包括哲学、历史、文学等各个学科；丛书各种均选择精良的版本加以校勘，以汇集前人注释成果和体现当代学术水准为主，整理者为在这个领域有精深研究的学者，且以当代学者为主；丛书各种有大致统一的体例，但撰者在阐释和评注方面可有各自的特色，以体现不同的风格及整理者的学术成果。这套丛书从2000年开始出版第一种《韩非子新校注》起，基本上年出一至二种，截至2018年年底，已出十余种。其中张宗祥的《论衡校注》、吴毓江的《公孙龙子校释》、王焕镳的《墨子集诂》、范祥雍的《战国策笺证》等都是这些已故知名学者一生的治学结晶，具有很高的学术和文献价值，得到了学术界的肯定。范祥雍先生花了近四十年精力陆续写成的《战国策笺证》，在古籍整理中融入了自己的学术判断，能做到无征不信、博观约取、敏而有断，因此得到业界的高度评价，获得首届中国出版政府奖图书提名奖。陈奇猷先生以毕生精力潜心研究《韩非子》《吕氏春秋》，其《韩非子校注》《吕氏春秋校释》两书修订本《韩非子新校注》《吕氏春秋新校释》较之初版本，不仅篇幅大增，而且注释更为精到，资料更为丰富，认识也趋深化。《中华要籍集释丛书》以集校集释为主，但并非仅是汇集前人注释成果，做总结归纳，而特别重视建立在新材料发现基础上的创新，重视学术上的推陈出新，体现当代学术水准。如复旦大学哲学系教授李定生的《文子校释》一书辨文子真伪，考文子事迹，阐述文子道论，恢复《文子》的本来面目，对研究《文子》的真伪及其哲学思想有重要价值。

三、创新：古籍普及类读物出版

致力于高品位、系列化、多层次的古籍普及类读物的编辑出版，是上海古籍出版社出版的又一大特色。20世纪50年代末开始出版的《中国古典文学作品选读》丛书（共80种）、《中华活叶文选》（共16辑）等，20世纪80年代开始推出的《十三经译注》、《中华古籍译注丛书》、《中国古代科技名著译注丛书》、《圣贤语录》丛书、《二千年前的哲言》、图文本诗词曲三百首及古典小说系列、《中国文言小说全译丛书》、《新世纪文史哲经典读本》（共50种）等，乃至近年推出的《中国古代名著全本译注丛书》都曾起到引领读者的作用，沾溉了一代又一代的读者。

早在20世纪50年代末，中华书局上海编辑所就出版了《唐诗一百首》《宋诗一百首》《史记故事选译》等古籍文学方面的普及读物，1978年后以《中国古典文学作品选读》丛书之名不断推出新的品种，至1994年共出版80种。这套丛书上起《诗经》、《楚辞》、先秦散文，下至近代诗文，几乎网罗了中国历代文学名家名篇，选注者多为中国古典文学研究领域的名家，如《楚辞选译》的选译者陆侃如和龚克昌、《杜甫诗选注》的选注者萧涤非、《唐宋词一百首》的选注者胡云翼、《汉魏六朝散文选注》的选注者曹融南、《魏晋南北朝小说选注》的选注者刘世德、《元代戏曲选注》的选注者胡忌等。这些书少则几万字，多的十几万字，不仅写得深入浅出，而且多有选注者独得之见。专家写小书，成为上海古籍出版社普及读物精品化的一个标志。小书不小，传播面更广，影响更大，更需要精心编辑。以印数逾百万的《唐诗一百首》为例。这是出版社编辑选注的一本仅八万余字的小书，于1959年五一劳动节前正式出版。但出版前，先印了一个征求意见稿，不仅寄送有关领导、学者、学校、机关、报刊编辑部等，还寄送工人文化宫、上海警备司令部政治部等。此外，还专门在南京大学召开一个以古典文学研究者、工农干部为主参加的讨论《唐诗一百首》选注工作的座谈会；又在排印《唐诗一百首》的中华印刷厂举行座谈会，听取工人对选材、注释加工以及排印样式等方面的意见，力图更适合广大读者的要求。此书出版后，又于1965年成立了由五位编辑组成的修订组，花了半年多的时间修订。1978年新版时又作了修订。由此可见出版社对普及读物的重视和精打细磨的程度。《中华活叶文选》系从古代文史哲著作中选辑优秀篇章，详加解释或附今译，供具有中等文化水平的读者阅读。1960年至1966年，共出版100组散页和5辑合订本。1978年至1991年，又新出版140组散页和11辑合订本。选注者也是对选注内容有专门研究的学者，不仅所选的篇章多为历代传诵的名篇，而且解释多能抉取精义，起到鉴古通今的作用，所以在当时影响很大，与《中国古典文学作品选读》丛书等一起被誉为哺育几代人传统文化滋养的乳汁。21世纪初推出的《新世纪文史哲经典读本》，就是对上海古籍出版社普及读物精品化传统的继承和拓展，吸纳了学界半个世纪以来新的研究成果，努力适应新时代读者的阅读习尚，将文化传统与现代特色尽可能地完美结合。

1962年，中华书局上海编辑所出版了郭化若译注《孙子今译》。1978年，上海古籍出版社出版了任继愈译注《老子新译》。这种名家担纲的古文今译在出版界开了先河。1985年，程俊英译注《诗经译注》出版，这是《诗经》的第一个白话全译本。该书博采古今《诗经》注家之长，解题和注释简明精当，今译用今体民歌译古代民歌，具有独特的韵味。1989年，黄寿祺、张善文译注《周易译注》出版。这本书对《周易译注》的每卦每爻爻辞内在含义作了深入浅出的介绍，贯穿了两位专家研究《周易》的心得。《诗经译注》和《周易译注》至今还是同类书中最具学术价值和最受读者欢迎的品种。在这之后，上海古籍出版社又组约出版了李民、王健译注《尚书译注》等，完成了《十三经译注》的出版，随后又有《中华古籍译注丛书》《中国古代科技名著译注丛书》和《中国古代名著全本译注丛书》的出版，整合出版品种，规模更加扩大。

六十多年来，尤其是1978年以来，上海古籍出版社共有500余种图书分获国家图书奖、中国图书奖、中国出版政府奖、全国古籍整理图书奖等国家以及华东地区、上海市的大奖，获奖数均位居全国古籍专业出版社的前列。

六十多年的奋斗业绩，已经成为历史，成为新的征程出发的起点。在未来的岁月中，上海古籍出版社将一如既往，坚守古籍出版专业，承担起传承历史、传承文化、为社会主义先进文化的建设提供借鉴、让中华文化走向世界的重要使命，尽到出版人的责任。为创建有个性、有特色的，与上海国际大都市地位相称的一流专业出版社而稳步前进。

（载《上海市文化创意产业发展2020年度报告：出版领域》，学林出版社，2021年）

同饮一江水,相携四十春
——记上海古籍出版社与四川大学古籍所的合作历程

中国高校中的古籍整理研究所大多是1983年以后成立的。1981年9月17日,中共中央根据陈云同志讲话精神,发出《关于整理我国古籍的指示》(中发[1981]37号),阐明了整理古籍的重要意义,对古籍工作队伍建设、人才培养工作等方面提出了要求,明确指出:"古籍整理工作,可以依托于高等院校。有基础、有条件的某些高校,可以成立古籍研究所。"为贯彻中央指示,全国高校系统陆续建立了80余家古籍整理研究所(中心),集聚了约占全国80%的古籍整理人才,其中有复旦大学古籍整理研究所、华东师范大学古籍整理研究所、上海师范大学古籍整理研究所、南京大学古典文献研究所、杭州大学古籍研究所等。从此,这些古籍研究所的古籍整理人才成为古籍出版社的主要作者队伍。对于地处中国东部、长江下游的上海古籍出版社来说,由于学缘、地缘等的因素,沪、宁、杭的高校古籍所及其古籍整理人才自然是主要的依靠对象。而除了这些古籍所之外,地处中国西部、长江上游的四川大学古籍整理研究所(以下简称"川大古籍所"),也是上海古籍出版社长期合作和依靠的对象。四十年来,双方的合作日益密切,取得了一系列丰硕成果,共同为传承发展中华优秀传统文化做出了积极的贡献,可谓"同饮一江水,相携四十春"。值此川大古籍所成立四十周年之际,梳理双方合作的经过,总结成功的经验,对于在新时代继续做好古籍整理出版工作,是不无裨益的。

一

四川大学历史悠久、名家辈出,其人文学科堪称名家荟萃。20世纪80年代,在四川大学任教的文史大家就有徐中舒、缪钺、杨明照等先生,曾枣庄、刘琳、项楚等中年学者也已脱颖而出,他们大多成为日后成立的川大古籍所的创办者和学术带头人,也自然成为以古籍整理出版为主业的上海古籍出版社的作者。

上海古籍出版社是国内最早成立的从事古籍整理出版的专业出版社之一,在海内外学术界享有广泛的声誉。其前身是1956年成立的古典文学出版社和1958年改组成立的中华书局上海编辑所,1978年易为今名。老出版家李俊民长期担任这家出版社的负责人,在他的领导下,上海古籍出版社形成了整理出版高质量的古籍整理和研究著作的传统,团结、吸引了不少海内外卓有成

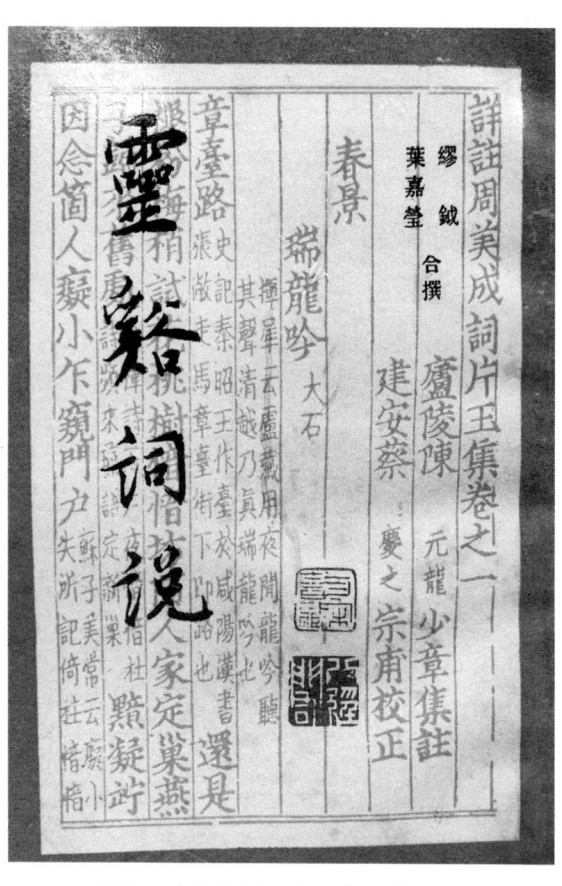

缪钺、叶嘉莹合撰《灵溪词说》书影

就的专家，也发现、造就了许多至今在学术界堪称中坚的学者，其中就有四川大学的专家学者。缪钺（1904—1995）长期担任四川大学历史系教授，文史兼长。上海古籍出版社1982年、1985年先后出版了他的论文集《诗词散论》《冰茧庵丛稿》，其中不少论文如《论宋诗》《论词》等论述精辟，影响至今不衰；1987年出版了他与加拿大不列颠哥伦比亚大学教授叶嘉莹合撰的词学专著《灵溪词说》，该书纵论唐五代两宋著名词人、词作、词论，新见迭出，出版后得到学界的高度评价，1995年获全国高等学校首届人文社会科学研究优秀成果一等奖。杨明照（1909—2003）曾任四川大学中文系主任，还担任过中国古代文学理论学会会长等职务，毕生致力于中国古代文论的研究，对《文心雕龙》研究用力尤深。1958年，古典文学出版社就出版了他的《文心雕龙校注》；1983年、1985年，上海古籍出版社又先后出版了他的《文心雕龙校注拾遗》和论文集《学不已斋杂著》。曾枣庄（1937年生）是一位开拓性的学者，在宋代文学和三苏研究等方面著述繁富。他与同道合作整理的苏辙《栾城集》和苏洵《嘉祐集笺注》，1987年、1993年由上海古籍出版社先后出版，并列入该社的"中国古典文学丛书"。项楚（1940年生）的力作《王梵志诗校注》和第一部论文集《敦煌文学丛考》都是1991年由上海古籍出版社出版的，这两部著作的出版确立了他作为敦煌学界和语言学界的领军人物的地位。

1983年，国家教育部批准成立川大古籍所作为从事中国古典文献整理与研究的专门机构，徐中舒任学术顾问，缪钺任名誉所长，杨明照任所长，赵振铎、胡昭曦任副所长。1984年，杨明照改任学术顾问，曾枣庄、刘琳任副所长。1985年，曾枣庄与刘琳（1939年生）共同主编《全宋文》，川大古籍所开始投入编纂《全宋文》的工作，也自此将宋代文化及其文献的整理研究作为重点。

我与四川大学及其川大古籍所结缘甚早。1985年10月，我当时是复旦大学中文系唐宋文学专业的三年级硕士研究生，毕业前的考察选了四川，想去看看李白、杜甫到过的地方，看看三苏的故乡。10月8日到成都后，就到九眼桥附近的四川大学招待所投宿。见到前一天的《成都晚报》载有杨明照《宋代文学与四川》一文，得知首届宋代文学讨论会刚在成都结束，于是就去川大中文系，要求看会议论文。中文系要我去古籍所找曾枣庄，曾先生当时不在，就与古籍所人员预约了看论文的时间。12日下午去古籍所，工作人员按照曾先生的吩咐，给我们看了会议的全部论文，并转达了曾先生的问候。川大及其古籍所给我留下的最初记忆就是这样的美好。

1986年7月，我研究生毕业后进入上海古籍出版社工作。在校对科实习半年后，到文学编辑室从事编辑工作。真是与川大有缘，担任责任编辑接手的第一部书稿就是项楚的《敦煌文学丛考》。这本书选入二十四篇论文，内容主要是对敦煌俗文学作品的文字校勘、俗语词训释和资料考证等作进一步的探讨。作者在结集时又作了一些修订、增删和调整。虽然这些论文都已发表过，但我

项楚著《敦煌文学丛考》书影

在审稿时仍不敢掉以轻心，在体例等方面提出了一些浅见，得到了项楚先生的认可，也体会到了项楚先生治学的严谨细致和虚怀若谷。

1988年至1994年，巴蜀书社陆续出版了《全宋文》前50册，1995年因资金短缺停止出版。1996年5月，上海古籍出版社副社长、副总编辑李伟国调任上海辞书出版社社长。李伟国是上海师范学院古籍整理研究室毕业的研究生，对宋代经济史有深入的研究。在他的推动下，《全宋文》的编辑出版工作由上海辞书出版社接棒。这部字数约1亿的迄今字数最多的断代文章总集，最终于2006年由上海辞书出版社和安徽教育出版社联合出版。在编辑出版过程中，上海辞书出版社约请了部分学者编辑审读《全宋文》书稿，我也应邀审读了其中王安石文等部分书稿，也算是与川大古籍所再次结缘。

二

1995年，时年36岁的舒大刚被任命为川大古籍所常务副所长，1998年任所长。他师从文史大家、吉林大学教授金景芳先生，1993年博士研究生毕业后去川大古籍所工作。当时，《全宋文》的编纂工作基本告一段落，古籍所逐渐将主要精力投入《宋会要辑稿》整理与研究等项目，同时酝酿《儒藏》和《巴蜀全书》等大型古籍整理项目。2004年启动《儒藏》编纂，舒大刚任主编。

2009年以川大古籍所为依托，四川大学与国际儒学联合会、中国孔子基金会共同组建四川大学国际儒学研究院，集儒学研究、教育和普及诸功能于一体，舒大刚任院长。2010年，《巴蜀全书》编纂项目获中共四川省委常委会批准，舒大刚任《巴蜀全书》总纂。2018年，中共四川省委宣传部与四川大学整合了四川大学古籍整理研究所、道教与宗教文化研究所和中国俗文化研究所三所研究机构，联合成立四川大学中华文化研究院，项楚任院长，舒大刚任执行院长。四十年来，川大古籍所名家辈出，学术成果丰硕，尤其是古籍整理成就斐然，已经成为国内研究宋代文化及其文献、儒学文献、巴蜀文化及其文献的重镇，也自然成为古籍专业出版社的依靠对象。

在舒大刚的领导下，川大古籍所与上海古籍出版社加强合作，开始把川大古籍所业已完成或正在进行中的重要的古籍整理项目交给上海古籍出版社编辑出版，双方的联系日益紧密，合作成果日趋丰富。2001年，时年45岁的王兴康任上海古籍出版社党委书记、副社长（主持工作），次年任社长，成为继李俊民、魏同贤、李国章之后的上海古籍出版社第四任社长。王兴康毕业于华东师范大学中文系，是文学大家施蛰存的研究生。他上任后，勇于进取，积极开拓选题，扩大作者队伍，川大古籍所的许多重大的古籍整理项目如《宋会要辑稿》《廖平全集》等就是他决定接受出版的。

2013年，我继王兴康之后担任上海古籍出版社党委书记、社长，直到去年退休。在这十年间，上海古籍出版社与川大古籍所

《宋会要辑稿》书影

的合作又有新的发展，成果更加丰硕。我上任后，继续把川大古籍所看作重要的合作伙伴，到任后的前三年每年去一次川大古籍所，或联系书稿，或参加会议，从而对川大古籍所有了进一步的了解。川大古籍所拥有一批专业强且能够不改初心、甘于寂寞地从事古籍整理研究的学者，他们的成果多具有较高的学术水准。他们给上海古籍出版社的项目多是其代表性成果，集中体现了他们的治学范围和特点，涵盖宋代文献、儒学文献、巴蜀文献等各个方面，可以说也代表了当今古籍整理的水平。因此，上海古籍出版社多把川大古籍所的项目列为编辑出版的重点项目，抽调骨干编辑担任这些项目的责任编辑，同时积极申报国家出版基金、国家古籍整理出版专项经费资助等重要项目和各种专业奖项。其中《宋会要辑稿》获2012年国家出版基金项目,《廖平全集》《蜀中广记》《经学通论笺注》《魏了翁文集》《太平治迹统》五种分获2013、2019、2021、2022、2023年度国家古籍整理出版专项经费资助。川大古籍所这样一个学术机构能有这样集中骄人的成绩,在全国同行中也是罕有其匹的。

以《宋会要辑稿》为例。该书是清代嘉庆年间徐松从《永乐大典》中辑出的宋代官修《会要》之文,内容丰富,卷帙浩大,堪称宋代史料之渊薮。但是,因辑录稿文字错误繁多,向来被视为最难整理的古籍之一。川大古籍所刘琳、刁忠民、舒大刚、尹波等专家历经数十年点校整理,花了极大的工夫,仅该书的校勘记就有3万余条;这部书的编辑出版工作历时三年,于2014年6月出版。全书1200多万字,16开16册,1万余页。于此可见这部书的体量之大以及整理、编校的工作量之大。2014年9月29日,四川大学召开"校点本《宋会要辑稿》出版暨学术研讨会",我与我社总编辑吕健、负责该书编辑的我社编审室主任占旭东三人专程赴会,听取专家意见。会上,朱瑞熙、陈祖武、邓小南等专家对校点本《宋会要辑稿》都作了高度的肯定,同时对整理人员的治学精神表示敬佩。该书出版后,先后荣获全国优秀古籍图书奖一等奖、四川省第十七次哲学社会科学优秀成果一等奖、第八届高校科研优秀成果一等奖、上海图书奖特等奖等。这些奖项也从多个方面对该书的质量予以高度的肯定。

再以《廖平全集》为例。廖平(1852—1932),四川井研人,是清末民国初著名经学家。他一生研治经学，形成了一个融合古今中外、富有时代特色的经学理论体系，在近代产生了巨大的学术影响和社会影响。他的著作曾影响康有为、梁启超等人，他的思想曾是戊戌变法的理论基础。他是近代学术史上不可忽略的一座高峰，因此其全集的编纂是很有学术价值的。《廖平全集》由川大古籍所舒大刚、杨世文主编，广搜博采廖平已刻、未刻的各类著述，并将散落各种杂志的单篇文章收编为文集，并附录廖平传记、年谱、评论、研究等各类研究资料，力图为学界提供资料完备、校勘精良的廖平研究文献。这部书的编辑出版工作也历时近三年，于2014年12月出版。全书500余万字，32开16册，9600余页。于此同样可见这部书的体量之大以及整理、编校的工作量之大。2015年10月17日，川大古籍所召开"《巴蜀全书》阶段性成果研讨暨第四届巴蜀文化与湖湘文化高端论坛"，《廖平全集》作为《巴蜀全书》成果在会上首发。我再一次与我社总编辑吕健，以及负责此书编辑的我社第一编辑室副主任杜东嫣三人专程赴会，听取专家意见。与会专家对《巴蜀全书》取得的阶段性成果和《廖平全集》的出版也都作了高度的肯定。《廖平全集》出版后，也先后荣获全国优秀古籍图书奖一等奖、四川省第十七次哲学社会科学优秀成果二等奖等。

上海古籍出版社和川大古籍所精诚合作的事例还有很多，双方合作的成果也有很多，正在进行中的合作项目还有不少，如《巴蜀全书》还有大量未出版的整理成果，"儒学学科丛书""儒释

《廖平全集》书影

道丛书"等成果也不断涌现，期待面世。

四十年来，上海古籍出版社和川大古籍所本着传承发展中华优秀传统文化的初心，携手合作，在古籍整理出版等方面取得了丰硕的成果，为弘扬中华优秀传统文化做出了贡献。在长期的合作过程中，上海古籍出版社的出版人和川大古籍所的学者也成了志同道合的朋友。相信在新的历史时期，上海古籍出版社和川大古籍所的合作会得到进一步的发展，取得更大的成绩。

（载2023年11月14日"川大古籍所"公众号）

工作指导，信息来源
——我与《古籍整理出版情况简报》

在我近三十五年的编辑出版生涯中，读过的刊物有上百种，因为种种原因，或是自己阅读兴趣转移，或是刊物本身转刊停刊，许多刊物不读了，唯有一本薄薄的不起眼的还没有正式刊号的内部刊物，我几乎是一期不落、一篇不漏地阅读，这就是《古籍整理出版情况简报》（以下简称"简报"）。

这本刊物16开，通常是两个印张32页，骑马钉装订，偶有合刊达百余页，白纸封面红字刊名，封面就是首页，由刊头和目录组成；封底就是尾页，通常是"每月新书要目"，按月刊登全国专业古籍出版社和其他出版社最新出版的古籍图书。这是一本专业刊物，设古籍整理出版论坛、成果巡礼、学术动态、业界要闻、出版信息、学者评书、古籍研究和收藏机构介绍、专家风采与往事、每月新书要目等栏目，主要研究古籍整理出版的形势和任务，以及遇到的问题及其对策，及时反映古籍研究、整理、出版各方面的新成果、新动态，所登载的文章理论、史料、信息三者并重。这本刊物来头不小，历史悠久。主办者最早是1958年2月成立的时属国务院科学规划委员会的国务院古籍整理出版规划小组（现为全国古籍整理出版规划领导小组），小组成立后召开了第一次全国古籍整理出版规划会议，并创办了这本刊物，1958年创刊后八年间共出版了七十八期；停刊十三年后于1979年出版了复刊后的第一期，此后稳步发展至每月出刊一期，不觉间马上就要迎来出刊六百期的日子。作为一个长期从事古籍整理出版的出版人，理所当然地对这本伴随着自己成长的刊物表示衷心的感谢。

记不清最早是在何时何处读到这本刊物的。1979年9月，我进入复旦大学中文系读书，这本复刊于同年7月的刊物当时是赠送给高校相关系所、相关部门和学者的，我应该在中文系资料室看到过。1986年7月，我到上海古籍出版社工作，当时社资料室的报刊架上就陈放着这本刊物，从此我就成了其忠实读者，这本刊物也就成为我从事古籍整理出版工作的专业指导和获得信息的重要来源。

在这本刊物上，可以及时读到党和国家对古籍整理出版工作的最新指示。1981年9月，中共中央发出《关于整理我国古籍的指示》，根据陈云同志的意见，指出："整理古籍，把祖国宝贵的文化遗产继承下来，是一项十分重要的、关系到子孙后代的工作。"同年12月，国务院发出通知，恢复成立古籍整理出版

《古籍整理出版情况简报》1961年书影

规划小组，接着召开了第二次全国古籍整理出版规划会议。回顾四十年来我国古籍整理出版事业的发展历程，深深地体会到中共中央指示和陈云同志意见对于我国古籍整理出版事业起到了巨大的推动作用。1991年，召开了第三次全国古籍整理出版规划会议。每次古籍整理出版规划会议的重要文件，以及古籍整理出版管理部门和著名专家学者从理论上探讨古籍整理出版工作的指导思想和规律、研究实践中存在的重大问题的相关文章，都会及时地在"简报"上刊出，使我们的古籍整理出版工作有明确的方向。

在这本刊物上，还可以比较全面地了解当前学者从事古籍研

《古籍整理出版情况简报》1979年书影

究的状况、学者和出版社重大项目的整理计划及其进程,是我们出版社在选题策划和申报出版项目时的重要参考。例如,2012年第7、8期是《2011—2020年国家古籍整理出版规划》专刊,达127页,收入491个规划项目以及袁行霈、安平秋、程毅中、张涌泉等著名学者对规划项目的评说。这些项目分为文学艺术、语言文字、历史、出土文献、哲学宗教、科学技术、综合参考、普及读物和古籍数字化等九个门类。每个项目标明整理者、整理方式、卷册数、字幅数、出版单位、出版时间,非常详尽。看了这一规划,就可以清楚地了解古籍整理出版领域的国家意志和国家水平，就可以预估十年间全国古籍整理出版的发展格局，从而找准自己出版社的定位、发展目标，有效地把握工作进度和节奏。每一个十年规划不仅给即将开启的十年定下了基调，也给下一个十年规划的制订和实施提供了借鉴，打下了基础。

我尤其爱读最新的史料发现和考订成果、读书札记和正误指瑕、各学科专家对重要古籍整理图书有深度的评论等这类报道和文章。记得1987年3月的"简报"上，刊登了四川大学教授项楚《〈五灯会元〉点校献疑三百例》，是对著名学者苏渊雷点校的《五灯会元》一书的商榷批评。我当时正担任项楚《敦煌文学丛考》一书的责任编辑，这是项楚的第一本论文集，也是我担任责任编辑的第一本书稿。这本论文集主要收录了项楚关于敦煌变文和王梵志研究的论文。项楚当时刚在敦煌学界崭露头角，我对他的学术造诣还没有充分认识。读了他的这篇文章，深为其广博的学识和扎实的功底所感佩。其文立论严谨，思理明晰，征引繁富，考证精详，所疑有根据，所说多可成为定论。项楚此后又写了《〈五灯会元〉点校献疑续补一百例》（《季羡林教授八十华诞纪念论文集》，江西人民出版社，1991年），续有订正。当年"简报"多登载这类正误指瑕的文章，每读到这类文章都有猛击一下的感觉，警醒自己对古籍整理出版工作要抱有敬畏之心，在日常的编辑工作中尤其是审稿时要小心仔细认真，努力不出差错。后来国务院古籍整理出版规划小组把这类文章汇编成六册《古籍点校疑误汇录》，由中华书局出版，成了我们经常翻阅的参考书了。

随着阅读的深入和阅历的增加，我对古籍整理出版工作也有了一些认识和体会，特别是从前辈学者出版人身上学到不少宝贵的东西，积累了工作经验，于是我把这些感受和体会写出来投给"简报"。承蒙"简报"编者不弃，从2000年到2016年间，我在"简报"上共发表了七篇小文，数量不多，文章不长，都是自己工作的心得体会和感受，其中有介绍上海古籍出版社如何几十年来在坚守专业出版方向中发展的，有介绍上海古籍出版社精品图书《中国古典文学丛书》《中华要籍集释丛书》《海外汉学丛书》的，有缅怀老一辈学者的纪念文章《王元化先生与古籍整理出版》，当然也有自己对古籍整理出版的一得之见。2006年第一期"简报"发表了我的《大型文献丛书的出版应体现学术研究的价值》一文。有感于20世纪90年代国内出版界出现一波影印出版大型文献丛书的的热潮，我认为："随着社会经济、文化的进一步发展，大型文献丛书的出版也会不断地发展。出版社应本着对民族文化的高度责任感，本着出版人的良知，积极地、科学地推动这一工作。首先是要科学地审慎地确定选题，不要做无谓的重复出版，更不能出版劣书、伪书，不能使巨大的投资付之东流。其次在从事这项工作时，也要以严谨踏实的态度，把出版工作做好，要有'要么不做，要做就要做好'的目标，力争把每一项工程都做成传世之作。"这篇文章是我参加一次文献学会议的发言，引起了一定的反响。2008年，曾经多年担任过"简报"编辑的前辈杨牧之主编《古籍整理与出版专家论古籍整理与出版》一书，从历期"简报"中选了一百余篇文章,分为"古籍整理与出版的重大意义""古籍整理与出版的情况与问题""古籍整理与出版业务探讨与建议""古籍整理与出版的人才培养"四部分。我的这篇小文也蒙杨先生青睐入选,这对我也是一个鼓舞,至少我的观点得到了前辈专家的肯定。

2021年,对于古籍整理出版工作来说,是制订并启动"2021—2030年国家古籍整理出版规划"的开局之年。在这个有标志性的时刻,庆贺"简报"出刊六百期,无疑是有重要意义的。我们要总结经验,不忘初心,牢记使命,再启征程,为继承和弘扬中华优秀传统文化做出我们应有的贡献。

(载《古籍整理出版情况简报》2021年第2期)

找准作者

三十多年前，我进入上海古籍出版社从事编辑工作时，时已年近七旬的编辑室主任陈邦炎先生对我说，做编辑就要抓住名家名作。在此后的编辑工作中，我深深地体会到名家名作对于出版社的重要性。但是，发现并拿到现成的名家名作或未来的名家名作的出版权，并不是一件轻而易举的事，要求编辑首先要有发现的眼力、沟通的能力，要依靠出版社的实力和品牌，有时决定性的还有机遇。所以，做编辑时，虽然始终把名家名作作为选题追求的目标，但日常工作中的选题策划还是以出版社的专业方向、品牌特色和读者需求为主，在此基础上努力打造名家名作。

上海古籍出版社以整理出版中国古代典籍著称，尤以文学典籍为重，其标志性的出版物便是《中国古典文学丛书》。这套丛书收录《诗经》《楚辞》以降的中国古典文学传世作品的整理本，其中整理者不少是名家大师，如瞿蜕园、夏承焘、龙榆生、邓广铭、钱仲联等，原作和整理本都堪称名家名作。由于这套丛书学术含量高，对整理者的学术水平要求也高，所以整理者寻找不易，以致有一些重要作品的整理本暂时还是空白。我担任编辑室主任时，负责这套丛书的选题开发，努力寻找整理者，以填补空白。当时丛书中还缺少欧阳修、李清照等重要作家的文集整理本。李清照集已有人民文学出版社出版的王仲闻校注的《李清照集校注》，以搜罗广泛、考证谨严、注释详明著称。欧阳修集有中华书局出版的李逸安标点的《欧阳修全集》。我们策划选题时，一直坚持"人无我有，人有我优"的要求，因此要求新整理的李清照集能后出转精，欧阳修集要有笺注。

上海市社会科学院文学研究所资深研究员徐培均曾师从词学大家龙榆生，在我社出版过专著《李清照》，整理出版了宋代词人秦观的《淮海集笺注》和《淮海居士长短句笺注》，对李清照和词学有深入的研究，又有古籍整理的经验，是整理李清照集的理想人选。徐先生与我很熟悉，他长期担任上海市古典文学学会副会长，我也长期在学会兼职，来往密切。于是我动员他做李清照集。他开始还有顾虑，担心有王仲闻的整理本珠玉在前，没有能力超过。我建议他从校本、注释、史料考证等方面多下功夫。徐先生考虑后，接受了稿约。他在借鉴前人的基础上力求有所突破，努力寻找更好的版本，承日本学者相助，找到日藏钞《汲古阁未刻词》本《漱玉词》、日藏清汪玢辑《漱玉词汇钞》，以及上海图书馆藏清沈瑾钞《漱玉词》，而这三种版本都是王仲闻未曾寓目的。徐先生的《李清照集笺注》便以《汲古阁未刻词》本

《李清照集笺注》书影

为底本，校以汪玢辑本、沈瑾钞本等，同时对作品尽可能作了考证编年，并附新撰《李清照年谱》等。2002年，《李清照集笺注》出版，得到许多专家的好评，王运熙先生誉之为"迄今为止同类著作中材料最齐备、考证最细致的著作"。徐先生精益求精，十年后又作了两次修订。初版二十年来，该书各种版次包括平装本、精装本、典藏本等印了33次共49450册。

洪本健是华东师范大学中文系教授，与我在宋代文学学会年会等经常见面。他曾著有《醉翁的世界——欧阳修评传》，辑录《欧阳修资料汇编》，对欧阳修及其作品深有研究。我约他做《欧阳修诗文集校笺》，他表示为难，谦虚地说自己没有做过古籍整理，怕做不好。我就鼓励他慢慢来，不约定交稿时间，愿意等他做好，并与他一起确定以《四部丛刊》周必大刻本《欧阳文忠公集》为底本。他后来也得到日本学者相助，以日本天理大学图书馆藏南宋本《欧阳文忠公集》为主要参校本，纠正了不少纰漏疏误，保证了本书的校勘质量。2009年《欧阳修诗文集校笺》出版，也得到许多专家的好评。这部180万字繁体竖排的厚重的古籍整理本，十多年来也印了16次共14400册。上述两种整理本现在也成了名家名作了。

中国古典文学宝库虽然琳琅满目，但成为出版热点的也不过是唐宋诗词、《古文观止》、明清四大小说等品种。如何扩大选题范围，开发更多的精品力作，也成为我长期探索的重点。20世纪90年代以后，图书市场上《菜根谈》《呻吟语》等明清小品

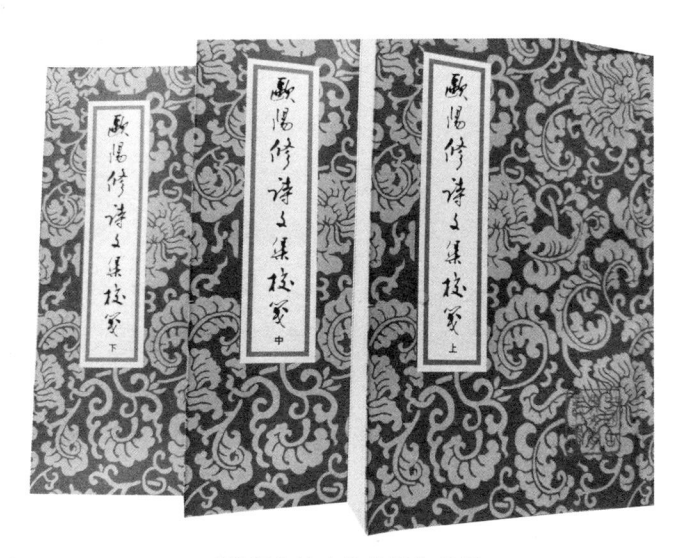

《欧阳修诗文集校笺》书影

读物逐渐出现并受到读者欢迎，但是不少不标版本也没有校注。我觉得应该有一套按照古籍整理的要求、对每种作品作校注的明清小品丛书。于是，我提出了《明清小品丛刊》的选题，从众多的明清小品著作中选了20种，分为8册。选题通过后，就开始寻找作者，当然还是在自己熟悉的学术圈里找。金性尧是我社老编辑，20世纪30年代走上文坛，写过关于《浮生六记》的文章，我就请他指导其掌珠金文男从事《浮生六记（外三种）》的校注。江巨荣是复旦大学中文系教授，师从戏曲研究大家赵景深，对中国古代戏曲等有精湛的研究，我请他担纲校注清代戏剧家李渔的名作《闲情偶寄》。夏咸淳也是上海市社会科学院文学研究所资

《明清小品丛刊》四种书影

深研究员，对明代文学家张岱深有研究，在我社出版过他辑校的《张岱诗文集》，于是请他担纲校注张岱的《陶庵梦忆 西湖梦寻》两种。李金堂是南京市晓庄师范学校的教师，曾向我社投稿他编校的清初文学家余怀的《余怀全集》，整理质量不错，于是请他校注余怀的《板桥杂记（外一种）》。吴承学、黄仁生、孙小力、罗立刚都是我熟悉的中青年学者，都毕业于复旦大学中文系。吴承学当时已任教中山大学，刚出版了专著《晚明小品研究》，于是我去函约请他担纲校注《呻吟语 菜根谈》两种。黄仁生在复旦大学古籍整理研究所工作，出版过他辑校的《江盈科集》，就请他校注江盈科的《雪涛小说（外四种）》，孙小力、罗立刚当时都在上海大学任教，分别承担了《帝京景物略》和《小窗幽记（外二种）》的校注。如今他们四位都是各自研究领域的名家。首批四册于2000年5月出版，首印5000册，第二年7月前又出版四册。这套书出版后受到读者的欢迎，此后每一两年就重版一次，截至2022年，都达到和超过了10次。其中《浮生六记（外三种）》已印刷17次共119300册，《闲情偶寄》已印刷16次共78200册，《陶庵梦忆　西湖梦寻》已印刷15次共79200册，《小窗幽记（外二种）》14次共49200册，《板桥杂记（外一种）》已印刷13次共39400册。这套丛书也已成为常销书，其影响也日益显现，丛书后来又增补了新的品种；同时，为适应新的读者需求，有的品种还请原校注者推出了译注版，如金文男撰写了《浮生六记译注》。

三十多年的编辑生涯，策划编辑出版的图书数以百计，甘苦得失难以诉说，就选题策划来说，找准作者是策划后的首要，也是选题成功的关键。

（载《文艺报》2023年3月15日，易题为"怎么找到最合适的作者？"）

后记

本书的编成出版，首先要感谢浙江古籍出版社给了我机会。

浙江古籍出版社与我曾经长期工作的上海古籍出版社俱为以编辑出版古籍整理和研究著作为主的专业出版社，出版宗旨相同，出版特色相近，两家出版社交流频繁。浙江古籍出版社成立四十年来，出版了一批具有专业特色、地方特色的高质量的图书，受到学术界、出版界的充分肯定。近年来，更是积极开拓选题，影响日渐扩大。蒙王旭斌社长和浙江古籍出版社俯允，拙著得以附骥列入由傅杰、刘进宝两位同年（与我俱为1979级本科生）老友主编的《问学》丛书，深感荣幸。

收入本书的25篇文章，除了3篇是以前撰写发表未曾结集之外，其他都是2020年以来撰写发表的，其中近半文章发表于《南方周末》，在此向通过微信聊天约稿而至今尚未谋面的《南方周末》编辑刘小磊先生致谢，也感谢所有发表过拙文的报刊社、出版社和公众号的编辑。此次结集的文章多保持发表时的原貌，增加了一些图片。在此也要感谢责任编辑伍姬颖女史为本书出版付出的辛劳。

本书诸文所述,或有疏误之处,期待得到读者的指正。

高克勤

2024 年 1 月